J.J.C. Donner

Des Aeschylos ausgewählte Tragödien

SALZWASSER
VERLAG

J.J.C. Donner

Des Aeschylos ausgewählte Tragödien

Unveränderter Nachdruck der Originalausgabe von 1864.

1. Auflage 2022 | ISBN: 978-3-75259-695-3

Verlag: Salzwasser Verlag GmbH, Zeilweg 44, 60439 Frankfurt, Deutschland
Vertretungsberechtigt: E. Roepke, Zeilweg 44, 60439 Frankfurt, Deutschland
Druck: Books on Demand GmbH, In de Tarpen 42, 22848 Norderstedt, Deutschland

Des

Aeschylos

ausgewählte

Tragödien.

Verdeutscht

von

J. J. C. Donner.

Stuttgart.

1864.

Inhalt.

I.

Der gefesselte Prometheus.

Der Dulder.

Prometheus hatte durch die Gaben, die er wider den Willen des Zeus den Sterblichen zugewandt, und durch übermüthigen Trotz die Rache des Gottes herausgefordert und die Strafe verwirkt, mit deren Vollziehung das vorliegende Drama beginnt.

Kraft und Gewalt (Kratos und Bia), die allzeit fertigen Vollstrecker der Gebote des Zeus, schleppen den Prometheus in eine wüste Gebirgsgegend am äußersten Saum der Erde, wo Hephästos den stammverwandten Gott mit eisernen Banden an den schroffen Abhang eines Felsenberges ketten soll. Mit roher Härte schelten die Diener des Zeus die Regungen seines

Mitgefühls, und treiben ihn erbarmungslos zur Vollendung des nur mit Zögern begonnenen Werkes. Prometheus erträgt sein Geschick ohne einen Laut des Schmerzes, und erst, nachdem seine Peiniger sich entfernt haben, bricht er in Klagen aus, welche durch die Ankunft der Töchter des Okeanos unterbrochen werden. Diese geben ihre innige Theilnahme an seinen Leiden zu erkennen, und auf ihre Bitten enthüllt er ihnen die Gründe, aus welchen Zeus so Schweres über ihn verhängt hat. Indessen erscheint Okeanos selbst, beklagt das Geschick des Prometheus, und ermahnt ihn, von seinem Trotze abzulassen und sich der Macht des allgewaltigen Feindes zu beugen; ja, er will selbst bei Zeus sich verwenden und die Befreiung des Prometheus erbitten. Aber umsonst sind alle Vorstellungen des Freundes, und Okeanos scheidet mit Unwillen von ihm. Die Okeaniden erheben einen Klagegesang über die Leiden des Prometheus, und nachdem dieser in langer Rede die Segnungen aufgezählt, die dem Geschlechte der Menschen durch ihn zu Theil geworden, hofft der Chor, daß es ihm, wenn er nur sein eigenes Wohl nicht außer Acht lasse, dereinst noch gelingen werde, seine Fesseln zu brechen. Prometheus entgegnet mit einer Hindeutung auf die ewige Macht des Schicksals, dem auch Zeus nicht entfliehen werde; worauf der Chor seine Ehrfurcht gegen die Götter ausspricht, und die Unmacht der Sterblichen ihnen gegenüber schildert. Nun erscheint Io, die Tochter des Inachos, die, durch Hera's Eifersucht von Angst und Wahnsinn gestachelt, Länder und Meere durchirrt, und jetzt an diesen äußersten Saum der Erde verschlagen worden ist. Prometheus wird durch ihr Flehen bestimmt, die Ursachen seines Geschickes und zugleich das Ziel ihrer eigenen Leiden ihr zu enthüllen, doch nicht bevor Io den fragenden Okeaniden Grund und Anfang ihrer unseligen Irrfahrten erzählt hat. Von neuer Wuth getrieben, stürmt Io von dannen, und der Chor, von ihrem Schicksal ergriffen, spricht seine Gedanken und Empfindungen in einem Gesange aus. Prometheus, welcher der Io bereits verkündigt hatte, daß ein Held aus ihrem Stamme ihn von seinen Qualen erlösen werde, erhebt seine Stimme immer lauter gegen Zeus, und spricht unverholen von dem endlichen Sturze seiner Herrschaft. Da erscheint Hermes, der Götter-bote, und gebeut dem Gefesselten im Namen des Zeus, zu enthüllen, von welcher Seite dem Kroniden jene Gefahr drohe. Prometheus setzt dieser Aufforderung höhnenden Trotz entgegen, und als endlich Hermes, die Fruchtlosigkeit seiner Mahnungen erkennend, mit neuen härteren Qualen droht, bietet er unerschüttert auch diesen Trotz. Die Drohung geht in Erfüllung. Der Fels erbebt, der Blitz zuckt, der Donner grollt, in Aufruhr stürmen die Elemente: Prometheus versinkt in den Tartaros.

Personen.

Kraft und Gewalt, Diener des Zeus.

Hephästos.

Prometheus.

Chor der Okeaniden.

Okeanos.

Io, Tochter des Inachos.

Hermes.

Scene. Felsiges Meergestade in wüster Gegend; links die offene See, rechts wilde Felsenschluchten. Von der rechten Seite her kommen *Hephästos* mit Hammer und Ketten und die Gottheiten *Kraft* und *Gewalt*, die den Titanen *Prometheus* gefesselt herbeiführen.

Kraft.

Am fernen Saum der Erde sind wir angelangt,
Im Skythenland, in menschenöder Wüstenei.
Dir ziemt, Hephästos, eingedenk zu sein des Amts,
Das dir der Vater zugetheilt, den Frevler hier
Hoch anzuketten an die steile Felsenwand
In diamant'ner Fesseln unlösbarem Netz.
Denn deine Blum', allkünstlerischen Feuers Glanz,
Hat er geraubt, der Erde Söhnen zugewandt;
Für solche Schuld denn strafen ihn die Götter nun,
Damit er fügsam ehren lernt die Herrschermacht
Des Zeus, und seiner Menschenlieb' Einhalt gebeut.

Hephästos.

Kraft und Gewalt, für euch erreichte Zeus' Gebot
Nunmehr sein Ende, Weit'res hält euch nimmer auf.
Mir aber graut es, einen stammverwandten Gott
Mit Gewalt zu ketten an die sturmumbrauste Kluft.
Und dennoch treibt mich strenge Noth zu dieser That;
Denn schwer bestraft sich's, trotzen wir des Vaters Wort.

(zu *Prometheus*)

O du, der weisen Themis hochgesinnter Sohn,
Ich soll in unlösbarem Erz dich Sträubenden
Mit Sträuben fesseln an den öden Felsenhang,

Wo keine Stimme noch Gestalt der Menschen dir
Erscheinen, und, von hellem Sonnenstrahl gesengt,
Des Leibes Blume welken wird, wo dir ersehnt
Die Nacht in buntem Sterngewand den Tag verhüllt,
Und dann den Frühreif wieder schmelzt der Sonne Blick.
Stets wird die Qual dich martern, die dich hier umgarnt;
Noch ist ja nicht geboren, der dich retten wird.
Dies war der Dank, den deine Menschenliebe fand:
Du bot'st, ein Gott, von Götterzorne nicht geschreckt,
Mehr als geziemend Ehre dar den Sterblichen,
Wofür du fortan hüten wirst den Schauerfels,
Aufrechtgefesselt, schlummerlos, mit starrem Knie.
Und manches Ach und Wehe wird fruchtlos von dir
Erschallen; unerbittlich grollt die Brust des Zeus,
Und jeder neue Herrscher übt ein strenges Amt.

Kraft.

Auf! Was verziehst du, hegst umsonst Mitleid mit ihm?
Was zürnest du dem gottverhaßten Gotte nicht,
Ihm, der des Staubes Söhnen dein Kleinod verrieth?

Hephästos.

Stark bindet Freundschaft, mächtig eint des Blutes Band.

Kraft.

Es sei! Doch ungehorsam sein des Vaters Wort,
Wie kannst du dieses? Graute dir davor nicht mehr?

Hephästos.

Wohl bist du stets hartherzig und von Trotz erfüllt.

Kraft.

Um diesen hier zu klagen, frommt ja doch zu Nichts:
So ringe du nicht eitel um Vergebliches.

Hephästos.

O meiner Hände tausendfach verhaßtes Werk!

Kraft.

Was grollst du diesem? An den Leiden hier, um kurz
Es auszusprechen, trägt die Kunst ja keine Schuld.

Hephästos.

Und doch — o hätt' ein Andrer diese Kunst erlangt!

Kraft.

Wohl wurde Jedem seine Last, nur nicht dem Zeus,
Der Götter König; unbeschränkt herrscht er allein.

Hephästos.

Das seh' ich hier, und widersprechen kann ich Nichts.

Kraft.

So spute dich, die Fesseln umzuschlingen ihm,
Daß Vater Zeus nicht lässig säumend dich erblickt!

Hephästos.

Hier kannst du schon die Schellen ausgebreitet seh'n.

Kraft.

Die wirf ihm um die Hände, dann mit voller Kraft
Den Hammer schwingend, nagle sie am Felsen fest.

Hephästos.

Schon thu' ich's, ohne Säumen wird das Werk vollbracht.

Kraft.

Noch stärker schlage, keile fest, laß nimmer ab!
Er weiß sich loszuwinden aus der engsten Haft.

Hephästos.

Der Arm ist angeschmiedet, unauflöslichfest.

Kraft.

Nun fess'le den auch sicher an, damit er lernt,
Er sei, der Schlaue, gegen Zeus ein blinder Thor.

Hephästos.

Ihn ausgenommen, schälte mich Niemand mit Grund.

Kraft.

Jetzt nimm des Demantkeiles schonungslosen Zahn,
Und treib' ihn mächtig mitten durch die Brust hindurch.

Hephästos.

Weh, weh, Prometheus! Wie bejammr' ich dein Geschick!

Kraft.

Schon wieder säumst du, jammerst um den Feind des Zeus?
O daß du nur dich selber nicht dereinst beklagst!

Hephästos.

Du siehst ein Schauspiel, dessen Graun kein Aug' erträgt.

Kraft.

Ihn seh' ich dulden seiner That verdienten Lohn.
Jetzt um die Hüften lege noch den Eisengurt.

Hephästos.

Das muß ich leider. Dränge mich doch nicht so sehr.

Kraft.

Ja, drängen will ich und dazu noch lauter schrei'n.
Nach unten steige, ringe straff die Schenkel ein!

Hephästos.

Und schon gethan ist's, ohne viel Arbeit gethan.

Kraft.

Nun hämm're mächtig, nagle fest der Bande Stift;
Denn der die Arbeit richtend schaut, er waltet streng!

Hephästos.

Zu deinem Aeußern stimmend, tönt der Zunge Laut.

Kraft.

Sei du der Weichling; *meinen* unbeugsamen Trotz
Und meines Herzens Härte schilt mir nimmermehr!

Hephästos.

Wir geh'n: denn seine Glieder all' umspannt das Netz.

Kraft.

Hier trotze nun, entwende Göttereigenthum,
Und gib's den Tagessöhnen hin! Wie können sie,
Die Menschen, dieser Qualen dich erledigen?
Den Vorbedachten nennen dich die Himmlischen:
Wie falsch! Des Vorbedachtes ja bedarfst du selbst,
Aus diesem Kunstgewinde dich herauszuzieh'n.

(Kraft, Gewalt und Hephästos ab.)

Prometheus.

O heil'ger Aether und o Lüfte, schnellbeschwingt,
O Stromesquellen und der Meereswallungen
Endloses Glanzspiel! Erde, dich Allmutter, auch,
Dich, Helios' allsehend Auge, ruf' ich an:
Seht, was ich hier von Göttern dulden muß, ein Gott!
Schaut her, welch Leid, qualvoll, schmachvoll,
Mich martert, mit dem Jahrtausende lang
Fortkämpfen ich soll!
Solch schmähliche Fess'lung sann er mir aus,
Der neu sich erhob, der Unsterblichen Fürst!
Ach, ach! Um das Jetzt, um das kommende Leid
Wehklag' ich zumal. Wann wird jemals
Der Mühsale Ziel mir erscheinen?
Und doch — was sag' ich? Alles weiß ich klar voraus,
Was künftig sein wird; unerwartet naht sich mir
Niemals ein Leiden. Mein Verhängniß muß ich denn,
So leicht ich kann, ertragen, wohl' erkenn' ich ja,
Daß unbezwingbar deine Macht, Nothwendigkeit!
Doch schweigen und nicht schweigen über mein Geschick,

Unmöglich ist mir Beides. Weil ich Armer Heil
Der Erde Söhnen brachte, trag' ich dieses Joch.
Im Ferulstabe barg ich und entwandte schlau
Den Quell des Himmelsfeuers, der den Sterblichen
Ein Lehrer aller Künste ward, ein großer Hort.
Und solche Strafen duld' ich nun für solche Schuld,
In Banden angekettet hoch in freier Luft.
Horch, horch!
Was scholl? Welcher Duft weht von dorther unsichtbar
Mich an? Von Göttern? Menschen? Oder beider Art?
Kam zu dem äußersten Felsen ein Fremdling,
Mein Leid zu schauen? Oder was verlangt er sonst?
O seht in Fesseln mich, den unglücksel'gen Gott,
Mich, Zeus' Urfeind, der allen ein Gräul,
Den Unsterblichen, ward, soviel' im Olymp
Eingeh'n in Kronions Herrscherpalast,
Weil über Gebühr ich die Menschen geliebt!
Weh!
Welch Rauschen vernahm, wie von Vögeln, mir nah
Schon wieder mein Ohr? Lind flüstert die Luft
Von der Fittige leicht hinsäuselndem Schwung.
Was naht, mir weckt es ein Grausen.

(Von der Meerseite her schweben auf einem Flügelwagen die Töchter des Okeanos vor den Felsen des Prometheus, und singen in abwechselndem Chorliede.)

Erste Strophe.

Erster Halbchor.

O fürchte Nichts! Freundlichen Sinnes kam die Schaar hier
Mit der Schwingen raschem Wettflug
Zu den Felshöhen heran, nachdem wir
Den Vater kaum flehend erweicht.
Eilender Lüfte Geleit' entführt' uns.
Denn dröhnend scholl Eisengeklirr
In meiner Kluft heimlichsten Raum,
Und trieb die Scham schreckend vom ernsten Auge:
Ich eilt' unbeschuht in dem Fluggespann her.

Prometheus.

Ach, ach!
Ihr Töchter aus Tethys' fruchtbarem Schooß,
Von dem Gotte gezeugt, der wogend mit nie
Einschlummernder Flut um die Erde sich wälzt,
Dem Okeanosstrom, blickt auf, seht her,
Wie hier ich die neidlos traurige Hut,
In Bande verstrickt, an des Felsabhangs
Aufstarrenden Klippen besteh'n muß!

Erste Gegenstrophe.

Zweiter Halbchor.

Ich seh's, Prometheus; um das Auge lagert grauend
Vor Entsetzen, schwer von Thränen,
Ein Gewölk, daß ich in Qualen also
Dich sehen muß schmachtend am Fels,
Duldend die Last diamant'ner Bande!
Denn neue Herrn walten am Steu-
er im Olymp, und der Kroni-
de herrscht, gemäß neuem Gesetz, gesetzlos:
Das früher Gewaltige stürzt er nieder.

Prometheus.

O hätt' er hinab in den Hades mich
Zu den Todten gestürzt, in der Tartarosnacht
Unermeßliche Kluft, mit unlösbarem Band
Zornvoll mich umstrickt, daß weder ein Gott
Noch ein Anderer sonst frohlockte darob!
Nun schweb' ich den Lüften ein Spielwerk hier,
Muß dulden zur Lust für die Feinde!

Zweite Strophe.

Erster Halbchor.

Wo hegte solch verhärtet Herz
Ein Gott, sich deines Leids zu freu'n?
Wer fühlte nicht mit deiner Qual

Mitleiden? Freilich außer Zeus: er zürnt und grollt;
Ungebeugten Sinnes stets,
Bändigt er Uranos' Stamm; nimmer rastet er,
Bis sein Herz sich ersättigt hat,
Oder ein listiger Arm die gewaltige Macht ihm entwindet.

Prometheus.

Wohl meiner dereinst, obschon er mich jetzt
In die Bande gelegt, zu der Schmach mich verdammt,
Er bedarf noch mein, der Unsterblichen Fürst,
Zu verkündigen ihm den verborgenen Rath,
Der Scepter und Herrschaft einst ihm entreißt!
Nie soll er mir dann durch süßes Geschwätz,
Durch Zauber des Mund's umstimmen das Herz,
Nie schreckt er mich dann durch das wildeste Droh'n,
Es ihm zu verkünden, bevor er mich löst
Aus der grausamen Haft, und mir Buße zu thun
Für die kränkende Schmach sich bequemte!

Zweite Gegenstrophe.

Zweiter Halbchor.

Du trotzest kühn, beugst selbst der Qual,
Der bittern, nicht den starren Sinn,
Und sprichst mit allzudreistem Mund.
Doch mir zerreißt die Seele, tiefeinschneidend, Furcht;
Denn ich beb' um dein Geschick,
Wie du das Ende dereinst dieser Müh'n im Port
Schauen sollst: unerreichbar stets
Hegt er im Busen das Herz, unerbittlichen Sinnes, Kronion.

Prometheus.

Hart ist er, ich weiß, und erkennt als Gesetz
Nur was er will; doch wird er gewiß
Sanftmüthig dereinst,
Wenn also die Noth ihm gebrochen den Trotz.
Dann mildert er wohl sein starres Gemüth,

Dann stürzt er zum Bunde, zur Freundschaft mir
Sich bereit dem bereiten entgegen.

Die Chorführerin.

Jetzt offenbar' uns Alles und verkündige:
Welch eine Schuld war's, über der dich Zeus ergriff,
Daß also schmachvoll, daß so herb er dich bestraft?
Verkünd' es, wenn die Rede dir nicht schmerzlich fällt.

Prometheus.

Mir ist es schmerzvoll auch davon zu reden nur,
Schmerzvoll zu schweigen; bittres Leid ist überall.
Als Groll in Götterherzen aufzuglüh'n begann,
Und unter ihnen sich erhob der wilde Zwist,
(Für Kronos' Sturz vom Throne rang der eine Theil,
Daß Zeus hinfort gebiete, während Andere
Sich mühten, daß Zeus nimmerdar ihr König sei,)
Da rieth ich wohl das Beste, doch unmöglich war's,
Die Titanen, Gäa's Kinder und des Uranos,
Dafür zu stimmen; nein, den freundlichklugen Rath
Verschmäh'n sie stolz in ihres Herzens Uebermuth,
Und hoffen mühelosen Sieg in offnem Kampf.
Doch hatte mehr als Einmal Mutter Themis schon,
Und Gäa, reich an Namen, doch an Wesen eins,
Wie's künftig kommen werde, mir geoffenbart,
Daß weder Stärke noch Gewalt, daß List allein
Dem Gott die Herrschaft sichre, der durch List gesiegt.
Nachdem ich solches dargelegt in klarem Wort,
Da hielten sie's nicht Eines kurzen Blickes werth.
Das Beste nun von Allem, was mir offen stand,
Schien mir, mit meiner Mutter im Verein dem Zeus
Als Helfer willig beizusteh'n, dem willigen.
So schließt nach meinem Rathe denn des Tartaros
Schwarztiefer Schlund den altergrauen Kronos ein
Sammt seinen Kampfgenossen. Also ward von mir
Der Götter Fürst mit Liebesthaten überhäuft,

So ward mit schnödem Danke mir von ihm gelohnt.
Denn dieß Gebrechen haftet stets dem Herrscher an,
Daß er den eignen Freunden nicht zu trauen wagt.
Doch über eure Frage, was den Gott bewog,
Mich so hinauszustoßen, geb' ich nun Bescheid.
Sobald er sich auf seines Vaters Thron gesetzt,
Stracks theilt er Ehrenämter an die Götter aus,
Dem dieses, andre jenen, und bestellt des Reichs
Gewalten; nur der jammervollen Sterblichen
Vergaß er völlig, ja, beschloß ihr ganz Geschlecht
Zu tilgen und ein andres neues aufzuzieh'n.
Da widerstrebte seinem Plan Niemand als ich.
Ich wagt' es muthig, ich errang's den Sterblichen,
Daß nicht zerschmettert Hades' Nacht sie niederschlang.
Für diese That denn beugte mich so grause Qual,
Schmerzvoll zu dulden und bejammernswerth zu schau'n.
Mitleid den Menschen bietend, ward ich dessen selbst
Nicht werth geachtet, sondern unbarmherzig hier
Am Fels gekettet, Schaugepräng, schmachvoll für Zeus.

Die Chorführerin.

Der hat ein Herz von Eisen, ist aus Stein gezeugt,
Den, o Prometheus, deine Qual zum Mitgefühl
Nicht stimmt. O hätte solches Leid mein Auge nie
Gesehen: nun ich's sehe, bricht es mir das Herz!

Prometheus.

Ja wohl zerreißt den Freunden mein Anblick das Herz.

Die Chorführerin.

Du gingest doch nicht weiter, als du mir erzählt?

Prometheus.

Den Menschen wehrt' ich, ihr Geschick vorauszuseh'n.

Die Chorführerin.

Und welch ein Mittel fandest du für diese Noth?

Prometheus.

Die blinde Hoffnung pflanzt' ich ein in ihre Brust.

Die Chorführerin.

Wohl großen Segen schenktest du den Menschen da.

Prometheus.

Zu diesem gab ich ihnen auch das Feuer noch —

Die Chorführerin.

So hat des Feuers Flamme nun das Tagsgeschlecht?

Prometheus.

Wodurch es tausendfache Kunst erlernen wird.

Die Chorführerin.

Für solche Frevel also straft dich Kronos' Sohn —

Prometheus.

Mit Schmach und Qualen, und erlöst mich nimmerdar.

Die Chorführerin.

Und steht ein Ziel des Leides dir niemals bevor?

Prometheus.

Kein andres, keines, außer wenn es ihm gefällt.

Die Chorführerin.

Wenn's ihm gefällt? Was hoffst du? Sieht dein Auge nicht,
Du fehltest? Wie du fehltest, das zu sagen, ist
Mir keine Lust, dir Kummer. Also schweigen wir
Darüber; Lösung suche nur aus deiner Qual!

Prometheus.

Wer sichern Fußes außerhalb des Leides steht,
Mag leicht Bedrängten Lehren und Ermahnungen

Ertheilen. Mir war alles dieß ganz wohlbekannt.
Ich fehlte wissend, wollend, nie verläugn' ich das,
Und lud, den Menschen helfend, selbst das Leid mir auf.
Ich dachte freilich nimmermehr von solcher Qual
Zerfleischt dahinzuwelken hier am Klippensturz,
Gebannt an diesen öden, nachbarlosen Fels.
Doch nicht beklagt das Leiden, das mich jetzt bedrängt:
Nein, steigt hernieder und vernehmt die kommenden
Geschicke, daß ihr Alles bis zum Ende schaut.
Willfahret mir, willfahret, tragt mein Loos mit mir,
Dem Mühbeladnen. Denn das Unglück, wirren Flugs
Umschweifend, sucht heut diesen, morgen jenen heim.

(Die Okeaniden steigen während des Folgenden auf den Felsboden hinab.)

Der Chor.

Gern thun wir, Prometheus, was dein Ruf
Uns eben gebot.
Leicht heb' ich den Schritt und entschwinge mich schnell
Dem geflügelten Sitz
Und der heiligen Luft, wo der Adler sich sonnt;
Ich steige herab auf den felsigen Grund;
Es verlangt mich von dir
Dein Schicksal ganz zu vernehmen.

(Von der Meeresseite her erscheint Okeanos auf seinem geflügelten Seeroß.)

Okeanos.

Ich komme zu dir, o Prometheus, hier,
Nachdem ich durchmaß den unendlichen Pfad:
Das geflügelte Seeroß trug mich daher,
Das ohne Gebiß mein Wille gelenkt.
Denn wisse, mich schmerzt dein Jammergeschick.
Wohl drängt mich dazu die Verwandtschaft schon,
Dünkt mir; doch, seh' ich auch ab vom Geschlecht,
Wo wäre von allen Göttern ein Gott
Mir theurer als du?
Daß wahr ich geredet, erkennst du bald;

Denn schmeichelnder Trug ist ferne von mir.
Auf, sage, worin ich dir beisteh'n kann;
Denn du sollst mir gesteh'n, ein bewährterer Freund,
Als Okeanos, werde dir nimmer!

Prometheus.

Ha, was erblick' ich? Kommst auch du, mein Leid zu schau'n?
Wie mochtest du des gleichgenannten Stromes Quell,
Wie deine Felsengrotten, die du selbst gewölbt,
Verlassen, und im Mutterland des Eisens hier
Erscheinen? Oder kamest du, mein Mißgeschick
Selbst anzusehen, mitzufühlen meine Pein?
O sieh' ein Schauspiel, siehe mich, den Freund des Zeus,
Der ihm verbündet bauen half den Königsthron,
Sieh', unter welchen Qualen er mich niederbeugt!

Okeanos.

Ich seh's, Prometheus, und du sollst den besten Rath
Von mir vernehmen, bist du selbst auch vielgewandt.
Erkenne dich, in neue Sitten stimme dich;
Ein neuer Herrscher waltet auch im Götterkreis.
Denn stößest du so trotzig scharfe Reden aus,
Leicht möchte Zeus dich, thront' er auch viel höher noch,
Vernehmen, fürcht' ich, und der Marter Fluch, der itzt
Dein Haupt getroffen, schiene dir ein bloßes Spiel.
Deßhalb, o Jammervoller, laß von deinem Trotz,
Und nach Erlösung spähe nur aus dieser Noth.
Altklug vielleicht erscheint dir meine Rede hier;
Gleichwohl, Prometheus, siehst du, daß der Uebermuth
Der allzustolzen Zunge solchen Lohn gewinnt.
Du bist noch nicht geschmeidig, beugst dich nicht dem Schmerz,
Und willst zu diesem Leide noch ein neues Leid.
O füge meiner Lehre dich, und löcke nicht
Dem Stachel kühn entgegen, da du siehst, wie streng
Ein schrankenloser König hält den Herrscherstab.
Nun aber will ich gehen, will versuchen, dich

Aus dieser Qual zu lösen, wenn mir's möglich ist.
Du schweige still und hemme deiner Zunge Trotz.
Hast du, der Ueberweise, noch nicht eingeseh'n,
Daß eitel schnöder Rede folgt ein schnöder Lohn?

Prometheus.

Beneidenswerther, daß du bliebst aus aller Schuld,
Obschon du jedes Wagestück mit mir getheilt!
Nun aber laß dieß, kümm're dich nicht mehr darum!
Denn ihn bewegst du nimmer; Nichts beugt seinen Sinn.
Sieh, daß dir selbst nur dieser Gang nicht Schaden bringt!

Okeanos.

Viel besser als dir selber weißt du Anderen
Zu rathen; nicht die Rede nur, die That bezeugt's.
Doch halte mich von meinem Gange nicht zurück!
Ich hoffe ja, ich hoffe, Zeus wird mir die Gunst
Gewähren, und von deinen Qualen dich befrei'n.

Prometheus.

Für Solches lob' ich jetzo dich und immerdar.
Gewiß, an Freundeseifer fehlt dir's nicht: indeß
Laß deine Mühe; nichtig ja, nutzlos für mich,
Bleibt alle Mühe, wenn du ja dich mühen willst.
Nein, harre ruhig, halte dich der Sache fern.
Denn wenn ich selbst auch leide, möcht' ich darum nicht,
Daß Vielen gleiches Ungemach begegnete.
O nein! Des Bruders Schicksal schon betrübt mich tief,
Des Atlas, der im fernen Abendlande steht,
Und auf den Schultern, eine schwergewalt'ge Last,
Des Himmels und der Erde Säulen stützend trägt.
Den Erdensohn auch sah ich, der Kilikia's
Felskluft bewohnt, und seufzte, wie das Ungethüm
Mit hundert Häuptern durch Gewalt gebändigt ward,
Der grimme Typhon, der den Göttern allzumal
Trotz bot, Verderben schnaubend aus dem grausen Schlund;

Aus seinen Augen blitzte wild des Feuers Glanz,
Als wollt' er stürzen mit Gewalt Zeus' Herrscherthron.
Ihn aber traf Kronions ewigwacher Pfeil,
Der Donnerstrahl, der flammenathmend niederfuhr,
Daß hochvermess'ner Prahlerei Verheißungen
Zum Nichts zerstoben: mitten schlug in's Herz der Strahl,
Und brach im Dampfe wilder Glut die stolze Kraft.
Und nun, ein machtlos hingestreckter Riesenleib,
So liegt er dort, des Meeres engem Sunde nah,
Tief unter Aetna's Felsengrund hinabgedrückt:
Auf hoher Kuppe sitzend schlägt sein glühend Erz
Hephästos. Dorther stürzen einst Glutströme sich
Hernieder, und verzehren rings mit grimmem Zahn
Die fruchtumglänzten Segensau'n Sikelia's.
So wird Typhoeus seine Wuth in flammenden
Geschossen aussprüh'n niegedämpften Glutorkans,
Obwohl zur Asche durch Kronions Strahl verbrannt.
Doch dir gebricht erfahrne Kunde nicht, du brauchst
Nicht meines Rathes; rette dich, wie du's vermagst.
Ich will das Loos ausdulden, das Zeus' Wille mir
Beschieden, bis die Flamme seines Zorns erlischt.

Okeanos.

Du hast, Prometheus, also nicht gewußt, der Arzt
Für zorneskranke Herzen sei ein gutes Wort?

Prometheus.

Ja, wenn zu rechter Stunde du das Herz erweichst,
Und nicht gewaltsam dämpfen willst des Zornes Glut.

Okeanos.

Doch wenn ein theilnahmvoller Sinn vorsorgt und wagt,
Welch einen Nachtheil siehst du da? Belehre mich.

Prometheus.

Verlorne Mühe, blöden Sinns Gutmüthigkeit.

Okeanos.

Verstatte mir, an dieser Krankheit krank zu sein;
Gern trägt's der Wohlgesinnte, wenn er thöricht scheint.

Prometheus.

Die Schuld der Thorheit würde mir dann zugewälzt.

Okeanos.

Nach Hause weist mich offenbar dein Wort zurück.

Prometheus.

Daß dir das Mitleid gegen mich nicht Haß erweckt.

Okeanos.

Bei'm neuen Herrscher auf dem allgewalt'gen Thron?

Prometheus.

Vor seinem Unmuth hüte dich, ihn reize nicht!

Okeanos.

Mir soll, Prometheus, dein Geschick ein Warner sein.

Prometheus.

Auf, zeuch von hinnen, bleibe diesem Sinn getreu!

Okeanos.

Ich war zu geh'n gerüstet, und nun mahnst du mich.
Schon streift des Aethers ebne Bahn mein Flügelroß
Mit wildgeschwungnem Fittig; freudig sehnt es sich,
Sein Knie zu beugen auf der Lagerstatt daheim.

(Okeanos ab durch die Luft.)

Wechselgesang des Chores.

Erste Strophe.

Ich klag' um dein schmerzliches Jammergeschick, Prometheus,
Und ein Strom träufelnder Zähren

Aus dem zarten Auge netzt mir
Mit dem feuchten Quell die Wange.
Unerträglich schaltet Zeus hier
Nach Gesetzen eigner Willkühr,
Und den alten Göttern zeigt er
Uebergewaltig seinen Heerstab.

Erste Gegenstrophe.

Schon hallt es wehklagend umher in den Landen allen
Um den Ruhm deines Geschlechtes,
Um den deinen, der so groß ward
In der Welten langem Alter.
Ja so viel' im nahen Asien
In den heil'gen Fluren wohnen,
Ja sie all', um dein entsetzlich
Jammergeschick wehklagen alle.

Zweite Strophe.

Auch das Volk auf Kolchis' Erde,
Mädchen ohne Furcht in Schlachten,
Auch die Skythen, deren Horde
Fern am äußersten Saum der Welt
Schwärmt um den See Mäotis;

Zweite Gegenstrophe.

Und Arabia's Heldenblüte,
Und, die steilgethürmte Burgen
Nah' am Kaukasos bewohnen,
Wilde Schaaren, im Kampfe mit
Spitziger Lanze tosend.

Schlußgesang.

Vordem nur Einen Gott erblickt' ich so
In die Schmach diamantener Bande
Gezwängt, den Atlas aus der Titanen Stamm,
Der stöhnend trägt in Ewigkeiten hin
Des Himmelpols unermeßliche Wucht,
Gethürmt auf seine Schultern.

Wild rauscht der aufgestürmten See
Wogenschlag, die Tiefe seufzt,
Und dumpf hallt es nach Aides' düstre Kluft,
Und der heiligen Ströme rieselnder Born
Beklagt sein schmerzlich Leiden.

Prometheus.

O wähnet nicht, daß Dünkel oder Eigensinn
Mich schweigen heiße; sinnend nagt mein Herz sich wund,
Daß ich zu Schmach mich also muß erniedrigt seh'n.
Gleichwohl die neuen Götter hier — wer sonst, als ich,
Hat alle Würden, alle Macht an sie vertheilt?
Doch will ich davon schweigen; denn ich sagte nur,
Was euch bekannt ist: aber was am Menschen ich
Verbrochen, hört, wie dieser, blöden Sinns zuvor,
Durch mich des Geistes mächtig ward, durch mich bewußt.
Ich sag' es nicht, die Menschen einer Schuld zu zeih'n,
Nein, nur die Wohlthat meiner Gabe darzuthun.
Sie sah'n mit offnen Augen einst und sahen nicht,
Sie hörten, und vernahmen nicht; des eitlen Traums
Gestalten ähnlich, mengten sie die lange Zeit
Blindwirrend Alles, kannten nicht das sonnige
Wohnhaus, erbaut von Ziegeln, nicht des Zimmrers Kunst:
Sie wohnten eingegraben, wie leichtwimmelnde
Ameisen, tief in sonnenloser Höhlen Nacht.
Kein sichres Merkmal hatten sie, wann Winterfrost,
Wann blüthereicher Frühling, wann fruchtspendender
Spätsommer nahte; sonder Sinn und Kunde war
Ihr Thun in Allem, bis der Sterne dunkle Bahn
Ich ihnen zeigte, Niedergang und Aufersteh'n.
Der Wissenschaften beste dann, die Zahlenkunst,
Erfand ich ihnen, lehrte sie der Schrift Gebrauch
Und Allerinnrung, jeder Kunst Erweckerin.
Der Thiere Nacken spannten wir zuerst in's Joch,
Dem Pflug zu dienen, und damit ich Sterblichen
Der allzugroßen Bürde Wucht erleichterte,

Schirrt' ich das zügelfrohe Roß dem Wagen vor,
Das stolze Bild der überreichen Ueppigkeit.
Des Seglers leinbeschwingtes, meerdurchirrendes
Fahrzeug erfand kein Andrer außer mir allein.
So schlaue Künste sann ich Unglückseliger
Den Menschen aus, und selber weiß ich keinen Rath,
Um mich herauszuwinden aus der schweren Noth.

Die Chorführerin.

Du trägst ein schmachvoll Leiden; alles Rathes bloß,
Schwankst du; dem schlechten Arzte gleich, der selbst erkrankt,
Verzagst du muthlos, und vermagst dir selber nicht
Das Mittel auszufinden, das dich heilen kann.

Prometheus.

Vernimm von mir noch weiter, und du staunst noch mehr,
Welch schlaue Mittel, welche Künst' ich ausgedacht.
Voran das Größte: wenn sie Krankheit niederwarf,
So gab es kein Heilmittel, keine Speise gab's,
Noch Salben, noch Getränke; sie verkümmerten,
Entrathen aller Labe, bis ich ihnen dann
Angab die Mischung segenvoller Arzenei,
Womit sie Krankheit aller Art bewältigen.
Der Seherkunst vielfache Weisen ordnet' ich,
Und schied zuerst aus, welche Traumerscheinungen
Gesichte seien; Töne dann geheimen Sinns
Und jedes Wegs Vorzeichen that ich ihnen kund,
Bestimmte deutlich und genau krummklauiger
Raubvögel Aufflug, welche rechts und welche links
Glück oder Unheil künden, auch von welcher Kost
Sich jeder nähre, wie sie wechselweise sich
Freundschaft und Lieb' erweisen und Geselligkeit;
Dann wie der Eingeweide Farb' und Glätte, wie
Der Milz und Leberlappen buntgesprenkelte
Gestalt den Himmelsgöttern wohlgefällig sei.
Indem ich Schenkelstücke, wohlumhüllt mit Fett,

Ein langes Hüftbein opfre, weis' ich Sterblichen
Zur schweren Kunst die Bahnen, und erleuchtete
Den Seherblick der Flamme, der sonst dunkel war.
Soviel von diesem. Endlich was von Schätzen noch
Den Menschen tiefverborgen ruht im Erdenschooß,
Erz, Eisen, Gold und Silber, wer erkühnte sich
Zu sagen, daß er dieses eh' als ich entdeckt?
Niemand fürwahr, das weiß ich, wer nicht lügend prahlt.
Vernimm es Alles kurzgefaßt in Einem Wort:
Es schuf Prometheus alle Kunst den Sterblichen.

Die Chorführerin.

Du hilf hinfort nicht über Maß den Sterblichen,
Um eigne Leiden unbesorgt! Ich lebe, traun,
Der festen Hoffnung, daß du, frei von dieser Haft,
Nicht minder mächtig schalten wirst als Zeus dereinst.

Prometheus.

Noch will die Allvollenderin, will Moira nicht
Es so vollenden; dieser Haft entflieh' ich erst,
Nachdem mich tausendfache Pein und Qual gebeugt.
Kunst ist ja viel machtloser als Nothwendigkeit.

Die Chorführerin.

Wer führt das Steuerruder der Nothwendigkeit?

Prometheus.

Der Moiren Dreizahl und die Straferinnyen.

Die Chorführerin.

So wäre Zeus unmächtig gegen ihre Macht?

Prometheus.

Dem vorbestimmten Loose mag er nicht entflieh'n.

Die Chorführerin.

Was ist das Loos Kronions, als zu herrschen stets?

Prometheus.

Das wirst du niemals hören, dringe nicht in mich.

Die Chorführerin.

Wohl ist es etwas Heil'ges, was du so verhüllst.

Prometheus.

O denkt auf andre Reden; noch ist nicht die Zeit,
Dieß auszusprechen; nein, verbergen muß ich es
So tief wie möglich; denn bewahr' ich es geheim,
Werd' ich der schnöden Bande los und dieser Qual.

Wechselgesang des Chores.

Erste Strophe.

Nimmer empöre mein Herz
Zeus, des Weltalls Lenker, zu feindlichem Trotze!
Nimmer sei ich lässig, den Göttern zu nah'n
Mit heiligen Opfern der Stiere
Dort an meines Vaters Okeanos rastlosflutendem Strom!
Nimmer auch frevle mein Mund!
Möge das feststeh'n in mir,
Und nimmerdar entschwinden!

Erste Gegenstrophe.

Seliger, welcher getrost
Dehnen darf sein Leben in leuchtender Hoffnung,
Stets die Seele weidend in wonniger Lust!
Doch faßt mich ein Schauer, gewahr' ich's,
Wie du dulden mußt, von unsäglicher Qual ohn' Ende verzehrt,
Weil du nach eigenem Sinn,
Ohne Furcht vor Zeus, zu hoch
Die Menschen ehrst, Prometheus!

Zweite Strophe.

O wie fehlt für die Liebe die Liebe!
Wer, Theurer, kann dich retten

Von den Söhnen des Tags, wer steht dir bei? Du sah'st nicht,
Wie die nichtige Kraft der Unmacht,
Traumgestalten gleich, die Menschen,
Dieß blinde Geschlecht, in Bande verstrickt hält?
Nimmer vermag Zeus' ewigem Rath
Der Menschen Wille vorzugreifen.

Zweite Gegenstrophe.

Ich erkannt' es an dir, o Prometheus,
An deinem schweren Leide.
O wie anders umschwebt mich dieses Lied, wie anders,
Als jener Gesang, der am Brautbad
Dir von uns erklang, am Brautbett,
Zu der festlichen Lust, da du meine Hesione,
Durch hochzeitliche Gaben verlockt,
Heimführtest in der Liebe Lager!

(Jo, die Tochter des Inachos, von Here in eine Kuh verwandelt, kommt heftig auf die Bühne gestürmt; die Hörner an ihrer Maske deuten ihre Verwandlung an.)

Jo.

Welch Land? Welch Volk? Wen sehen wir dort
An dem Felsabhang in die Bande gezwängt,
Unwettern ein Spiel? Um welches Vergeh'n
Zehrt Strafe dich auf? O verkünde, wohin
In die Welt ich Arme verirrte!
Ach, ach! Weh, weh!
Mich sticht der Wahnsinn, mich Arme, wieder!
Des Erdensohns, des Argos Bild,
Wehrt's ab! Hu! Grauen faßt mich,
Den Tausendäugigen seh' ich, meinen Hüter.
Sieh, dort schleicht er her, lauernden Trug im Blick!
Im Tode selbst verbirgt ihn nicht die Erde;
Nein, aus des Hades Grüften
Steigt er empor, und jagt
Mich Arme gleich dem Wilde, scheucht mich

Lechzende durch des Gestades Sand.
Das wachsgefügte stimmvolle Rohr tönt mir so liebliche
Schlafmelodieen zu.
Weh, weh! O Graun!
Wohin irrt mein Pfad, trägt in die Ferne mich hin?
Ach warum, Kronos' Sohn? Welche Schuld
Fandest du denn an mir,
Daß du mich kettetest an diese Qual,
Mit solcher wahnsinntrunkenen Angst mich Wahn-
sinnige also marterst?
Senge mit Flammen, birg tief in die Erde mich,
Oder im Meer gib mich dem Hai zum Raub!
Ach, versage diesen Wunsch mir nicht, o Herr!
Genug der Irren trieben mich
Abmattend fort in die Ferne, nimmer weiß ich, wo
Ich der Qual entrinne.

Die Chorführerin.

Hörst du der stiergehörnten Jungfrau bangen Ruf?

Prometheus..

Wie hört' ich nicht, die wilden Wahnsinns Stachel treibt,
Die Inachide, die Kronions Herz entflammt
In Lieb', und nun die endlos lange Bahn, verfolgt
Vom Hasse Hera's, ruhelos durchirren muß.

Io.

Wie wurde *dir* meines Vaters Name kund?
Sage mir's, der Dulderin!
Und wer, Armer, bist du selbst,
Der mich Qualvolle so mit treffendem Namen nennt?
Der du das Leid aussprachst, das von den Göttern mich
Endlos quält, das in's Herz zehrend bohrt
Stacheln rasenden Wahnsinns? Ha!
In irren Sprunges stürmender Hast, gejagt
Von grollender Rache Hera's,

Kam ich hieher, in wildwühlenden Hungers Qual.
Wer ist der Unselige, der (o Graun!)
Duldet, was ich dulde?
Auf, enthülle mir
Zu klarer Rede, welches Leid
Mir noch bevorsteht, zeige, wenn du kannst, den Weg,
Meine Qual zu heben!
O sprich, gib der unsel'gen Jungfrau Bescheid!

Prometheus.

Ich will dir klar enthüllen, was du hören willst,
Nicht Räthselsprüche flechtend, nein, in schlichtem Wort,
Sowie vor Freunden unverhüllt zu reden ziemt.
Ich bin Prometheus, dem der Mensch das Feuer dankt.

Io.

Du, der zum Heil erschienen allen Sterblichen,
Weßhalb, Prometheus, duldest du so grause Pein?

Prometheus.

Nur eben hab' ich ausgeklagt um meine Noth.

Io.

So wirst du meine Bitte nicht bewilligen?

Prometheus.

Sprich, was begehrst du? Jede Kunde geb' ich dir.

Io.

Verkünde, wer an diesen Fels dich kettete.

Prometheus.

Des Götterherrschers Wille durch Hephästos' Arm.

Io.

Um welche Frevel leidest du die Strafe hier?

Prometheus.

Soviel von mir zu hören, sei dir jetzt genug.

Jo.

Dann auch die Zeit verkünde mir Unglücklichen,
Sprich, welche wird das Ende meiner Irren sein?

Prometheus.

Das nicht zu wissen frommt dir mehr, als wenn du's weißt.

Jo.

O nicht verbirg mir, was ich doch erdulden muß.

Prometheus.

Ich, glaube mir's, mißgönne diese Gunst dir nicht.

Jo.

So zögre nicht, mir Alles offen kundzuthun.

Prometheus.

Nicht Neid verbeut mir's; dich zu kränken trag' ich Scheu.

Jo.

O sorge mein nicht weiter, als mir selbst gefällt.

Prometheus.

Weil du's begehrst, so muß ich reden: höre denn!

Die Chorführerin.

Noch nicht! Der Freude gönne mir auch einen Theil.
Nach ihrem eignen Leide laßt uns fragen erst,

So daß sie selbst ihr schmerzenreiches Loos erzählt;
Ihr künftig Leiden höre sie von dir sodann.

Prometheus.

Dir ziemt es, Io, daß du diesen Wunsch gewährst,
Zumal sie doch auch Schwestern deines Vaters sind.
Denn auszuweinen, auszujammern sein Geschick,
Ist, wo des Mitleids Thränen dir als süße Frucht
Vom Hörer winken, wohl des Weilens Mühe werth.

Io.

Wohl darf ich eurem Wunsche nicht entgegen sein.
Ihr sollt in klarem Worte, was ihr hören wollt,
Vernehmen. Zwar mich schmerzt es, auch zu sagen nur,
Woher der gottverhängte Sturm, der grause Tausch
Der jungen Schönheit über mich Unsel'ge kam.
Traumbilder schwebten nächtlich stets herein zu mir
In meine Frauenkammer, und ermahnten mich
Mit Schmeichellauten: „Mädchen, hochbeseligtes,
Was willst du Jungfrau bleiben, da der Ehe Bund
Dir winkt, der höchste? Zeus erglüht in Liebe dir
Vom Pfeil der Sehnsucht, und verlangt Kythere's Glück
Mit dir zu kosten. Du verschmähe nicht, o Kind,
Des Zeus Umarmung, geh zu Lerna's tiefer Au,
Nach deines Vaters Heerden und Gehöft hinaus,
Damit Kronions Auge sein Verlangen stillt."
Durch solche Träume ward ich Unglückselige
In jeder Nacht geängstet, bis ich Muth gewann,
Die Nachtgesichte meinem Vater kundzuthun.
Der sandte viele Boten nach Dodona's Hain,
Nach Pytho's Herd, zu forschen, wie der Götter Huld
Er sich gewinne durch die That, durch welches Wort.
Sie kehrten heim und brachten sinnverwirrende
Aussprüch', in unlösbare Räthsel eingehüllt.
Doch endlich ward dem Inachos ein heller Spruch,

Der unverhüllt in klaren Worten ihm gebot,
Mich auszustoßen aus der Väter Haus und Land,
Daß ich verlassen irrt' am fernsten Saum der Welt;
Und woll' er nicht, so zucke flammenäugiger
Blitzstrahl von Zeus, ganz auszutilgen sein Geschlecht.
Gehorsam diesem Seherspruch des Loxias,
Vertrieb der Vater sträubend mich die sträubende,
Verbannte mich vom Hause; denn ihn zwang des Zeus
Allmächt'ger Zügel mit Gewalt zu solcher That.
Sofort verwandelt wurde mir Gestalt und Sinn:
Die Stirn gehörnt, ihr seht es, durch verwirrenden
Wahnsinn gestachelt, rannt' ich fort in wüthendem,
Sinnlosem Sprunge zu Kerchneia's süßem Born,
Zur Quelle Lerna's. Und ein Hirt, der Erde Sohn,
Voll ungestümen Zornes, Argos, folgte mir
Aus hundert Augen lauernd nach auf jeder Spur.
Doch ihm entriß ein jähes Schicksal unverhofft
Das Leben; mich treibt ohne Rast im Bremsensturm
Die Göttergeißel stachelnd fort von Land zu Land.
Mein Mißgeschick vernahmst du: wenn du sagen kannst,
Was noch bevorsteht, melde mir's; doch schmeichle nicht
Mitleidig mir mit Lügen; denn das schändlichste
Der Uebel nenn' ich lügenhafter Worte Trug.

Der Chor.

O wehe, weh! Halt' ein, weh!
Nimmer, nimmermehr wähnt' ich, daß
So schmerzvolles Leid mir je dring' in's Ohr,
Nie, daß so grausenhaft und unerträglich
Qualen und Marter und Angst, ein zweischneidig Schwert,
Eiskalt mir durchbohre das Herz!
O Graun, o Graun! Schicksal, Schicksal!
Wie füllt Jo's Leiden mich mit Schauder!

Prometheus.

Du seufzest allzufrühe, bist von Schreck erfüllt:
Halt' ein, bevor du hörtest auch das Uebrige.

Die Chorführerin.

Sprich, laß mich hören; Kranken ist's ein süßer Trost,
Was übrig noch von Leide, klar vorauszuseh'n.

Prometheus.

Was ihr zuvor euch wünschtet, habt ihr leicht von mir
Erlangt: ihr wolltet aus der Jungfrau Munde selbst
Zuerst vernehmen, welche Noth sie durchgekämpft.
Das Weit're hört nun, welche Mühsal künftig noch
Zu dulden Hera's schwerer Zorn ihr auferlegt.
Du präge, was ich sage, Kind des Inachos,
In's Herz, damit du deiner Irren Ziel erkennst.
Zuerst von hier dem Sonnenaufgang zugewandt,
Durchwanderst du ein ungepflügtes Ackerland.
Du kommst zu Skythenhorden, die geflochtene
Korbhütten hoch auf runden Wagen sich erbau'n,
Mit Bogen ausgerüstet, weithintreffenden.
Nicht nahe diesen, sondern eil' ihr Land vorbei,
Zum meerumrauschten Felsenbord den Schritt gewandt.
Sofort zur Linken wohnen dir die Chalyber,
Die Eisenschmiede; hüte dich vor diesem Volk,
Das ungeschlacht und Fremden unzugänglich ist.
Dann kommt der Strom Hybristes, so mit Recht genannt;
Nicht überschreit' ihn, bietet er doch keine Furt,
Bevor du dicht zum höchsten Berge, Kaukasos,
Gelangtest, wo des Stromes Ungestüm herab
Vom Scheitel sprudelt. Wenn du diese Höh'n erklommst,
Der Sterne Nachbarn, mußt du mittagwärts die Bahn
Hinunterwandeln, wo der Amazonen Heer
Du triffst, der Männerfeinde, das Thermodons Flut

In Themiskyra's Auen einst umwohnen wird,
Wo Salmydessos' rauhe Bucht vorstarrt in's Meer,
Stiefmütterlich den Schiffen und der Schiffer Graun.
Die weisen fortan liebevoll die Pfade dir.
Und hart am engen Meeresthor gelangst du zum
Kimmerischen Isthmos; ihn verlasse kühnes Muths,
Um rasch zu steuern durch Mäotis' schmalen Sund.
Groß wird im Mund der Menschen allezeit der Ruf
Von deiner Fahrt sein, und nach ihr der Bosporos
Genannt. Du scheidest von Europa's Erde dann,
Und kommst zum Festland Asia's. — Wohlan, erscheint
Euch nicht der Götterkönig aller Orten gleich
Grausam? Er wollte diesem Erdenweib, ein Gott,
Sich liebend nah'n, und stürzte solche Qual auf sie.
Fürwahr, ein schlimmer Freier warb um dich, o Kind;
Denn glaube mir, die Kunden, die du jetzt vernahmst,
Sind kaum ein Vorspiel dessen, was du leiden mußt.

Io.

O weh mir, weh, weh!

Prometheus.

Schon klagst du wieder, schluchzest auf. Was wirst du thun,
Wenn Kunde dir von deinem weitern Leide wird?

Die Chorführerin.

So hast du weit're Mühen noch ihr kundzuthun?

Prometheus.

Graunvoller Qualen stürmisch aufgeregtes Meer.

Io.

Was frommt mir denn zu leben? Warum stürz' ich mich
Nicht ungesäumt von diesem steilen Fels hinab,

Daß hier am Grund zerschmettert alles Leides ich
Frei würde? Besser, stürb' ich so mit Einem Mal,
Als wenn ich alle Tage leid' in neuer Qual.

Prometheus.

Nicht leicht fürwahr erträgst du meines Leides Last,
Weil auch zu sterben mein Geschick mir nicht vergönnt;
Denn Sterben überhöbe mich der Marter doch.
Nun aber ist kein Ende meiner Kämpfe mir
Beschieden, eh Kronion seinem Thron entstürzt.

Io.

Daß Zeus vom Throne stürze, kann dies je gescheh'n?

Prometheus.

Du würdest, glaub' ich, diesen Sturz wohl gerne seh'n?

Io.

Wie sollt' ich anders, da mir Zeus dies Leid gethan?

Prometheus.

So magst du wissen: also wird's wahrhaft gescheh'n.

Io.

Und wer beraubt des königlichen Scepters ihn?

Prometheus.

Er selbst sich selbst durch eignen Rathes Unverstand.

Io.

In welcher Weise? Sag' es, wenn's nicht Schaden bringt.

Prometheus.

Ein Ehebündniß schließt er, das ihn reuen wird.

Jo.

Mit Göttern oder Menschen? Wenn du darfst, so sprich.

Prometheus.

Was fragst du danach? Dies enthüllen darf ich nicht.

Jo.

Und ist's die Gattin, welche dann vom Thron ihn stürzt?

Prometheus.

Den Sohn gebiert sie, stärker als sein Vater Zeus.

Jo.

Und keine Rettung findet er aus dem Geschick?

Prometheus.

Niemals, bevor ich meiner Bande ledig bin.

Jo.

Wer wird, dem Zeus zum Trotze, dich entledigen?

Prometheus.

Von deinen Sprossen einer ist hiezu bestimmt.

Jo.

Wie sagst du? Retten werde dich ein Sohn von mir?

Prometheus.

Der dritte deiner Sprossen nach zehn anderen.

Jo.

Noch ist mir unverständlich, was dein Spruch enthüllt.

Prometheus.

Auch spähe nun nicht ferner deinem Loose nach.

Jo.

Was du mir erst verheißen, nimm jetzt nicht zurück.

Prometheus.

Von zwei Berichten einer denn sei dir gewährt!

Jo.

Von welchen? Sag' es und gestatte mir die Wahl.

Prometheus.

Wohlan, so wähle: soll ich dir dein künftig Leid
Genau berichten, oder wer mich lösen wird?

Die Chorführerin.

Von Beidem woll' ihr Eines, mir das Andere
Gewähren: laß die Bitte nicht vergeblich sein!
Ihr melde denn, welch weit'res Irrsal ihrer harrt,
Mir, wer dich einst erlöse: sehnend wünsch' ich das.

Prometheus.

Weil ihr es wünschet, widerstreb' ich länger nicht,
Und offenbar' euch Alles, was ihr wissen wollt.
Erst, Jo, meld' ich deine vielbewegte Flucht;
Sie schreib' in Tafeln deines Sinns getreu dir ein.
Wenn du den Sund durchschwammest, der die Festen trennt,
Zeuch, wo des Ostes Sonnenbahn sich flammend hebt,
Hindurch die Meereswogen, bis du hingelangst
Zu Gorgoneierfluren, nach Kisthene, wo
Des Phorkys Töchter hausen, hochbetagte Frau'n,
Drei, schwanengleich, gemeinsam Eines Auges froh
Und Eines Zahnes, welche nie der Sonne Strahl

Beglänzt, und nie des Mondes nächtlich Aug' erblickt;
Und ihnen nah die Schwestern, drei geflügelte
Gorgonen, schlangenhaarig, grimm von Menschenhaß,
Bei deren Anblick jeder Hauch des Lebens stirbt.
Zu deiner Hut verkünd' ich solches dir voraus.
Noch andern Anblick grauser Art vernimm von mir.
Hab' Acht vor jenen Greifen, Zeus' scharfzahnigen,
Stimmlosen Hunden und den rossetummelnden
Einäugigen Arimaspen, die des Pluto Strom
Umwohnen, der in goldnem Sand die Welle rollt.
Komm ihnen ja nicht nahe! Dann ein fernes Land
Erreichst du, jenes schwarze Volk an Helios'
Urborne, wo des Aethiops Gewässer strömt.
An dessen Ufer wandre, bis du hingelangst
Zum Wassersturze, wo von Byblos' Höh'n herab
Des Neilos Flut den süßen heil'gen Strom ergießt.
Der wird den Weg dir weisen in's dreiseitige
Nilland, wo dir und deiner Kinder Stamm dereinst
Die ferne Wohnung, Jo, dein Geschick bestimmt. —
Blieb irgend etwas dunkel dir und räthselhaft,
So frage nochmals, und vernimm ein klares Wort;
Denn reich're Muße ward mir, als ich wünschen mag.

Die Chorführerin.

Wofern du Weit'res oder Uebergangnes ihr
Von ihrer drangsalvollen Fahrt zu melden hast,
Sprich: doch vernahm sie Alles, dann gewähr' auch uns,
Um was wir baten; wohl gedenkst du dessen noch.

Prometheus.

Sie hat der Irrfahrt letztes Ziel nun ganz gehört.
Und daß sie wisse, daß ich Wahrheit ihr gesagt,
So will ich, was sie Schweres litt, bevor sie kam,
Berichten, meinen Worten zur Bestätigung.
Doch langer Rede läst'gen Schwall erspar' ich mir,

Und wende mich zum Ziele deiner Irren selbst.
Nachdem du kamest in Molossis' Ebenen
Und an Dodona's steilgethürmte Felsenhöh'n,
Wo Zeus Thesprotos Tempel hat und Sehersitz,
Und (wunderbar!) die sprachbegabten Eichen steh'n,
Die dich mit hellen Lauten und nicht räthselhaft
Begrüßten als des Götterfürsten künftige
Glorreiche Gattin: — schmeichelt dir ein solcher Gruß? —
Da, wuthgestachelt, ranntest du von dort die Bahn
Am Meergestade bis zu Rhea's großer Bai,
Von wo du rückwärts auf bestürmtem Pfade lenkst.
Dereinst in fernen Zeiten wird die Meeresbucht
Nach dir, o Jungfrau, (wiss' es!) Iobucht genannt,
Den Menschen allen ein Gedächtniß deiner Fahrt.
Das ist ein sichrer Zeuge dir von meinem Geist,
Der Tief'res schauet als das Offenkundige.
Jetzt, was noch übrig, meld' ich euch und ihr vereint,
Und lenk' in meines Wortes alte Bahn zurück.
Die Stadt Kanobos hebt sich an des Landes Saum,
Dicht, wo der Neilos mündet, an der Ufer Damm.
Dort gibt dir Zeus des Geistes alte Kraft zurück,
Mit leiser Hand dich streichelnd und berührend nur.
Und du gebierst den dunkelbraunen Epaphos,
Von Zeus' Berührung so genannt. Ihm zinsen einst
Die Gauen, die des Neilos breiter Strom benetzt.
Ein Stamm von diesem, der mit fünfzig Sprossen blüht,
Der fünfte, kehrt nach Argos einst ungern zurück,
Ein Haufe Jungfrau'n, der dem Ehebund entflieht
Der Stammesvettern. Diese, blind in Liebeswahn,
Den Falken gleich dicht hinter Tauben hergestürmt,
Erjagen sich die Frauen, — unheilvolle Jagd!
Denn ihnen gönnen Götter nicht der Liebe Glück.
Pelasgererde birgt sie, wann der Frauen Arm
Und nächtlichlauernd kühner Zorn sie niederschlug:
Die Hand der Braut gibt jedem Bräutigam den Tod,
Und taucht ihr doppelschneidig Schwert in blut'gen Mord.

So möge sich Kythere meinen Feinden nah'n!
Nur Einer Jungfrau Busen rührt der Liebe Pfeil;
Ihr Herz in süßem Sehnen schreckt vom Gattenmord
Zurück, und wählt von Zweien dieses Eine sich:
Schwach will sie lieber heißen, als die Mörderin.
Aus ihrem Schooß wird Argos' Herrscherstamm erblüh'n.
Viel Worte braucht's, um dieses deutlich darzuthun:
Genug! Aus diesem Samen sproßt ein kühner Held,
Der bogenstolze, welcher mich von dieser Qual
Erlösen wird. So hat es meine Mutter mir
Enthüllt, die graue Themis vom Titanenstamm.
Doch wie und wo, zu sagen, dies braucht lange Zeit;
Und wenn es dir kundwürde, frommte dir's zu nichts.

Jo.

O Leid, o Leid!
Wie der zuckende Schmerz, wie des Wahnsinns Wuth
Mich wieder durchflammt, sein glühender Pfeil
In die Seele mir bohrt!
Wie das bebende Herz laut pocht an die Brust!
Wild rollen im Kreis mir die Augen umher.
Weit über die Bahn hin stürm' ich, entrafft
Von dem Hauche der Wuth, und die Zunge gehorcht
Nicht mehr, hohl schlägt mein stammelnder Laut
In des Unheils grollende Brandung.

(Jo stürmt von der Bühne in die Ferne hinaus; Pause.)

Wechselgesang des Chores.

Erster Halbchor.

Strophe.

Weise, ja weise fürwahr ist, wer zuerst es
Sinnend erwogen im Geist und laut mit der Zunge verkündigt,

Daß der Ehbund zwischen den Gleichen allein glückbringend sei.
Den Eh'n des Reichthums, der im Besitze sich bläht,
Und des Hochmuths, der sich des Stammes vermißt,
Nachzugeh'n, frommt niedrer Armuth nimmermehr.

Zweiter Halbchor.

Gegenstrophe.

Nimmer, o Mächte des Schicksals, nimmer mögt ihr
Mich in den Armen des Zeus als Lagergenossin erblicken!
Führe niemals einer der Himmlischen mich als Gattin heim!
Mich schaudert, Jo's züchtige Mädchengestalt,
Die den Gott flieht, also gemartert zu seh'n
Durch des Irrsals Müh'n, die Hera's Groll ihr schuf.

Schlußgesang.

Ich lobe mir ein gleiches Bündniß ohne Harm:
Blicke nie ein höh'rer Gott
Auf mich mit unentfliehbar'm Liebesauge!
Wer kämpft solchen Kampf, wer entwirrt hier den Pfad?
Weiß ich dann, was mir geschähe?
Nimmer könnt' ich ja vor Zeus' ewigem Rath entfliehen.

Prometheus.

Wohl wird sich Zeus trotz seines stolzen Sinnes noch
Demüthig beugen, weil er einen Ehebund
Zu schließen sich bereitet, der in Dunkel ihn
Vom Königsthrone niederstürzt. Dann wird gewiß
Der Fluch des Vaters Kronos ganz erfüllt an ihm,
Den dieser einst vom alten Throne stürzend sprach.
Wie solches Unheil abzuwenden sei, vermag
Der Götter keiner, außer mir, ihm kundzuthun.
Ich weiß es, weiß die Mittel. Trotzig mag er denn
Dort oben thronen, auf den hohen Donner stolz,

Umsprüht von Blitzen, die sein Arm glutathmend schwingt!
Denn nimmer rettet dieses ihn, daß nicht hinab
Er stürzte schmachvoll unerträglich schweren Sturz.
Solch einen Ringer rüstet er nun gegen sich
Selbst selber aus, ein Wunder unbezwungner Kraft,
Der Wetterflammen, mächt'ger als der Blitz, ersinnt
Und Tosen, lauter dröhnend als des Donners Hall,
Der auch des Oceanes erderschütterndes
Schreckniß, Poseidons dreigezackten Speer, zerschellt.
Kommt dieses Unheil über ihn, dann lernt er wohl,
Wie gar verschieden Sclaverei von Herrschen ist.

Die Chorführerin.

Traun, wie's dir einfällt, lästerst du des Kronos Sohn.

Prometheus.

Ja, was ich wünsche, red' ich, und was sich erfüllt.

Die Chorführerin.

Und dürfte Jemand hoffen, Zeus zu bändigen?

Prometheus.

Ihm drohen Leiden, schwerer als die meinen sind.

Die Chorführerin.

Wie? Bebst du nicht, so grause Drohung auszustreu'n?

Prometheus.

Was soll ich fürchten? Wartet mein doch nicht der Tod!

Die Chorführerin.

Qualvoll're Qual, denn diese, könnt' er schaffen dir.

Prometheus.

So mag er's thun; auf Alles siehst du mich gefaßt.

Die Chorführerin.

Wer sich vor Adrasteia beugt, ist weise nur.

Prometheus.

Verehre, flehe, schmeichle dem, der eben herrscht!
Ich aber kümm're minder mich als Nichts um Zeus.
Er schalte, walte, wie er will, die kurze Frist:
Denn lange wird sein Götterreich doch nicht besteh'n!
Doch sieh, Kronions Läufer eilt ja dort heran,
Des neuen Oberherrschers unverdross'ner Knecht.
Er kommt gewiß, uns etwas Neues kundzuthun.

(Hermes erscheint, in der Luft schwebend, mit dem Heroldstab und Flügelschuhen.)

Hermes.

Dich Ueberklugen, dich in Herbheit überherb,
Dich Frevler an den Göttern, der dem Tagsgeschlecht
Das Schönste gab, des Feuers Räuber, red' ich an.
Den Bund, von dem du prahltest, heißt der Vater dich
Kundthun, der ihn vom Königsthrone stürzen soll.
Und nicht in Räthsel hülle dich, nein, rede klar
Und unverholen, daß du mich nicht nöthigest,
Zweimal, Prometheus, herzugeh'n. Wohl siehst du ja,
Daß Zeus durch solche Dinge nicht geschmeidig wird.

Prometheus.

Hochfahrend wohl und stolzen Uebermuthes voll
Klingt deine Rede, wie's dem Götterknecht geziemt.
Neu herrscht ihr Neuen, und gedenkt harmlos bereits
In sichrer Burg zu wohnen. Hab' ich wirklich nicht
Zwei Herrscher schon aus dieser Höhe stürzen seh'n?
Den dritten, der jetzt waltet, seh' ich ihnen nach
Alsbald und schmachvoll stürzen. Dünkt dir etwa gar,
Die Götter fürcht' ich, beuge mich den Neulingen?
Fern bin ich, allzuferne, traun, von solcher Furcht.

Du gehe flugs des Weges, den du kamst, zurück;
Denn Nichts von Allem, was du fragst, verkünd' ich dir.

Hermes.

Mit solchem Starrsinn hast du dich auch früher schon
In diesen Hafen deiner Noth hineingesteu'rt.

Prometheus.

Für deinen Frohndienst gäb' ich mein unselig Loos,
Das sei versichert, nimmermehr zum Tausche dar.
Denn besser acht' ich's, diesem Fels dienstbar zu sein,
Als Zeus' des Vaters treuer Knecht im Botenamt.
So trotzend muß man widersteh'n dem Trotzenden.

Hermes.

Du fühlst in deiner Lage dich behaglich wohl?

Prometheus.

Behaglich? Könnt' ich meine Widersacher so
Behaglich sehen, unter sie dich mitgezählt!

Hermes.

So klagst du mich auch wegen deiner Leiden an?

Prometheus.

Mit schlichtem Wort, den Göttern allen heg' ich Haß,
Die mir für Gutes wider Recht nur Böses thun.

Hermes.

Ich höre wohl, kein kleiner Wahnsinn rast aus dir.

Prometheus.

Wenn Feinde hassen Rasen ist, so ras' ich wohl.

Hermes.

Du wärest unerträglich, wenn du glücklich wärst.

Prometheus.

Weh mir!

Hermes.

Dem Zeus ist dieser Ausruf unbekannt.

Prometheus.

Doch macht die lange graue Zeit uns Alles kund.

Hermes.

Und dennoch hast du weise sein noch nicht gelernt.

Prometheus.

Sonst hätt' ich dir, dem Knechte, wohl kein Wort gegönnt.

Hermes.

Es scheint, du willst nicht sagen, was dir Zeus befiehlt.

Prometheus.

Sein Schuldner, trüg' ich also wohl den Dank ihm ab.

Hermes.

Hohnreden wahrlich beutst du, wie dem Knaben, mir.

Prometheus.

Und bist du denn kein Knabe, ja noch thörichter,
Wofern du jemals Kunde hoffst aus meinem Mund?
Durch keine Marter, keine feinerdachte List
Soll mich Kronion zwingen, das ihm kundzuthun,
Bevor er dieser Bande Schmach von mir gelöst.
So schmett're denn zur Erde seiner Blitze Glut,

In weißbeschwingtem Flockensturm, im Donnerhall
Der Tiefen schwind'le, stürze wildverwirrt das All:
Nichts wird mich beugen, daß ich ihm verkündigte,
Wer ihn dereinst von seinem Throne stürzen soll!

Hermes.

Erwäge doch, ob das zu deinem Heile dient.

Prometheus.

Erwogen, festbeschlossen ward dies Alles längst.

Hermes.

Gewinn' es endlich, endlich über dich, o Thor,
Zu deinem Jammerloose rechtgesinnt zu sein!

Prometheus.

Du quälst mich fruchtlos, wie zur Woge redest du.
Nie komme dir zu Sinne, daß ich je vor Zeus'
Rathschlüssen weibisch fürchtend mich entwürdige,
Und ihn beschwöre, diesen allverhaßten Gott,
Die Hände flehend ausgestreckt nach Frauenart,
Die Bande mir zu lösen. Das sei ferne mir!

Hermes.

Ich rede viel und rede, scheint es, ganz umsonst.
Denn meine Bitten rühren nicht, erweichen nicht
Dein Herz; den Zaum zerknirschend, gleich dem jungen Roß,
Und wild dich bäumend, bietest du dem Zügel Trotz.
Indeß in machtlos eitlem Wahn erhebst du dich.
Denn Trotz, mit klugem Sinne nicht gepaart, vermag
Niemals zu siegen, auf sich selbst allein gestellt.
Bedenke, wenn du meinen Rath achtlos verschmähst,
Welch Ungewitter, welches Weh's graunvolle Flut
Dich unentfliehbar fassen wird. Zeus wird zuerst

Mit Donnerschlägen und des Wetterstrahles Keil
Den schroffen Abhang splittern hier, und deinen Leib
In Nacht begraben, dichtumrankt vom Felsenarm.
Und hast du langer Zeiten Lauf vollendet dort,
So steigst du wieder an das Licht. Dann wird des Zeus
Beschwingter Hund; sein blutigrother Adler, dir
Giervoll zerfleischen deines Leibs ein großes Stück,
Ein Gast, der ungeladen kommt an jedem Tag,
Mit deiner Leber schwarzem Raub sich sättigend.
Und hoffe nicht, das Ende solcher Pein zu schau'n,
Bevor ein Gott als Stellvertreter deiner Qual
Erscheint, bereit, in Hades' düstres Haus hinab
Zu geh'n, in sonnenlose Nacht des Tartaros.
Nun magst du dich entschließen; nicht ersonnen ja
War diese Drohung, sondern sehr im Ernst gemeint;
Denn Nichts von Lügenreden weiß der Mund des Zeus;
Nein, jedes seiner Worte wird zur That. So sieh
Umher und überlege dir's, und achte nie
Den kecken Trotz für besser als Besonnenheit.

Die Chorführerin.

Uns dünkt des Hermes warnend Wort zu rechter Zeit
Gesprochen; denn er mahnt dich, abzusteh'n vom Trotz,
Und nachzugehen weisen Raths Besonnenheit.
So folg' ihm! Unrecht handeln bringt dem Weisen Schmach.

Promelheus.

Wohl wußt' ich zuvor um die Kunden bereits,
Die dieser enthüllt: doch erduldet der Feind
Unbilden vom Feind, so beschimpft es ihn nicht.
So schmettre herab zweizackig auf mich
Der geschlängelte Blitz, und es zittre die Luft
Von des Donners Getos' und der zuckenden Wuth
Des empörten Orkans, und der Erd' Abgrund
Mit den Wurzeln zugleich durchschütt're der Sturm!

Und das wogende Meer, hoch schlag' es empor
In tobendem Schwall, wo die himmlischen Stern'
Hinwandeln die Bahn; in die finstere Kluft,
In den Tartaros, stürze hinab mein Leib,
Von des Schicksals wirbelndem Strudel entrafft:
Doch mich wird er nimmer vernichten!

Hermes.

Wohl kündet sich hier in Entschlüssen und Wort,
So spricht sich schwindelnder Wahnsinn aus.
Was mangelt ihm noch zu dem äußersten Wahn,
Wenn er also sich bläht? Was fehlte zur Wuth?

(zu dem Chor)

Ihr Jungfrau'n, die voll Mitleid ihr
Euch härmt um des Mann's qualvolles Geschick,
Flugs hebt euch weg aus diesem Gebiet,
Daß euch nicht schwinden die Sinne, betäubt
Von dem schrecklichen Brüllen des Donners!

Der Chor.

Gib anderen Rath, sprich anders zu mir,
Und ich folge gewiß; wohl sträubt sich das Herz,
Zu gehorsamen dem, was du eben gebotst.
Was rufst du mich auf zu so niedriger That?
Gern duld' ich mit ihm das verhängte Geschick.
Denn ich habe Verrath tief hassen gelernt,
Und weiß kein Gift,
Das mehr mich erfüllte mit Abscheu.

Hermes.

Wohl denn, so gedenkt, was ich warnend gesagt:
Und wenn euch erjagt des Verhängnisses Fluch,
Klagt nicht das Geschick an, sagt niemals,
Daß Kronos' Sohn euch, eh' ihr's gedacht,
In's Verderben gestürzt. Nein wahrlich, ihr selbst,
Ihr verderbt euch selbst: bald flechtet ihr euch,

Nicht plötzlich verlockt, nicht heimlich umgarnt,
Mit sehendem Aug' in's unendliche Netz
Des Geschicks durch eigenen Wahnsinn.

(Hermes entfernt sich; gewaltiges Tosen in der Luft, verbunden mit Erdbeben.)

Prometheus.

Schon wird es zur That, es erfüllt sich das Wort:
Auf schüttert der Grund,
Und der Donner im dumpf nachhallendem Schlag
Brüllt laut, und es zuckt in geschlängelten Loh'n
Aufflammend der Blitz; hoch jagen den Staub
Sturmwirbel empor, und alle zumal
Wild jagen die Wind', in feindlichem Hauch
Mit des Aufruhrs Wuth auf einander gestürzt;
Und der Aether vermählt sich der wogenden See.
So stürzt das Gericht, von Kronion gesandt,
Mich schreckend mit Grau'n, sichtbar auf mich.
O heilige Mutter, o Aether, du,
Der das Licht hinrollt, das Alles durchdringt,
Ihr seht, was ich dulde mit Unrecht!

(Prometheus sinkt mit dem Felsen in den Abgrund.)

Erklärende Anmerkungen.

V. 2. Mit dem Skythenreich bezeichnet der Dichter die äußerste Gegend der Erde, die von Nordwesten nach Nordosten sich erstreckt.

V. 12. Kraft und Gewalt (Kratos und Bia) sind Diener des Zeus, die als Söhne der Styx und des Pallas schon Hesiodos erwähnt. Seit dem Tage, da ihre Mutter sie dem Zeus zum Beistande wider die Titanen zuführte, sind sie die beständigen Begleiter des Gottes. Vgl. Hesiod's Theogon. V. 379 ff.

V. 85. Anspielung auf die Bedeutung des Namens. Prometheus bezeichnet nämlich den Vorbedächtigen.

V. 115. Beider Art, d. i. von Göttern und Menschen zusammen.

V. 138. Der Okeanos umströmt nach der Vorstellung der Alten die ganze Erdscheibe.

V. 300. Des gleichgenannten Stromes, des Okeanos.

V. 302. Das Mutterland des Eisens ist nach den alten Erklärern Skythia, wo das Eisen zuerst entdeckt worden; dort wohnten die Chalyber, die Eisenschmiede, wie sie der Dichter V. 713 nennt.

V. 407. Dieses Geschlecht, die Verwandten des Prometheus, sind die Titanen, namentlich Atlas und Typhon.

V. 415. Mädchen ohne Furcht in Schlachten, die Amazonen.

V. 554. Hesione, die Tochter des Okeanos, Gattin des Prometheus und Mutter des Deukalion.

V. 563. Argos, der von Here bestellte Wächter Jo's.

V. 715. Hybristes, d. i. der Trotzer, so mit Recht genannt, wohl von dem reißenden Ungestüm seiner Wogen. Dieser auf den Höhen des Kaukasos entspringende Fluß, der von da nach Norden strömt, wird von einigen Auslegern für den Tanais, von anderen für den Araxes erklärt.

V. 731. Bosporos, der Sund der Kuh, d. i. der in eine Kuh verwandelten Jo.

V. 771. Herakles als der dreizehnte von Jo stammende männliche Sproß, von Epaphos, dem Sohne Jo's, an gerechnet bis auf die Tochter Elektryons, Alkmene, die Mutter des Herakles.

V. 791. Die Töchter des Phorkys und der Keto, Pephredo, Enyo und Deino, auch Graien genannt, weil sie sogleich als alte Frauen geboren wurden. Ihre Schwestern sind die Gorgonen (V. 795), Stheno, Euryale und Medusa.

V. 834. Rhea, der alte Name des jonischen Meeres.

V. 862. Nur Einer Jungfrau, der Hypermnestra.

V. 896. Ein höherer Gott, sagen die Okeaniden, im Gegensatze gegen sich selbst, die Göttinnen niederer Ordnung.

V. 930. Adrasteia, ein Beiname der rächenden Nemesis, der Göttin, welche den Uebermuth züchtigt, und der Niemand entrinnen kann (ἣν ὀυκ ἄν τις ἀποδράσειε).

V. 987. Donnerhall der Tiefen, unterirdischer Donner, Erdbeben.

V. 1021. Dieser Stellvertreter ist der von Herakles verwundete Kentaur Cheiron, der unsterblicher Natur war und für Prometheus zu sterben sich entschloß.

V. 1085. Prometheus ruft seine Mutter Themis, die Göttin der Gerechtigkeit, als Richterin, den allsehenden Aether als Zeugen der Mißhandlungen an, die Zeus ihm zufügt. Schüz.

Lesarten und Verwandtes.

V. 2. ἄβροτον εἰς ἐρημίαν.

V. 49. ἅπαντ᾽ ἐπαχθῆ, πλὴν θεοῖσι κοιρανεῖν.

Der Sinn ist: „Alles hat seine Beschwerden, nur die Herrschaft über die Götter nicht. Die untergeordneten, der Herrschaft des Zeus unterworfenen Götter müssen Vieles thun und leiden, was ihnen lästig ist; denn sie sind nicht frei; frei ist nur Zeus." Vgl. Schömann z. d. St.

V. 51. ἔγνωκα τοῖσδε, κȣ̓δὲν ἀντειπεῖν ἔχω.

V. 55. βαλὼν νιν ἀμφὶ χερσίν.

V. 86. προμηθίας.

V. 93. οἵαις αἰκείαισιν.

V. 116. ἵκετο τερμόνιόν τις ἐπὶ πάγον.

V. 213. δόλῳ δὲ τȣ̀ς ὑπερσχόντας κρατεῖν.

δόλῳ gehört zu ὑπερσχόντας und zu κρατεῖν.

V. 303. ἦ für ἢ.

V. 399. δακρυσίστακτον ἀπ᾽ ὄσσων
ῥαδινῶν ῥέος παρειὰν
νοτίοις ἔτεγξε παγαῖς·
ἀμέγαρτα γὰρ τάδε Ζεὺς
ἰδίοις νόμοις κρατύνων
ὑπερήφανον θεοῖσι
τοῖς πάρος ἐνδείκνυσιν αἰχμάν.

V. 412. μεγαλοστόνοισι σοῖσι.

V. 433. ἁγνορύτων ποταμῶν.

V. 529. βȣφόνοις παρ᾽ Ὠκεανȣ̃ πατρὸς ῥόον ἄσβεστον.

Der Vers besteht aus einem überzähligen trochäischen Monometer und einem vollständigen anapästischen Dimeter.

V. 599. λαβρόσσυτος ἦλθον Ἥρας.
V. 605. τί μῆχαρ.
V. 620. τοσοῦτον ἀρκεῖ σοι σαφηνίσαι με νῦν.
V. 676. Λέρνης τε κρήνην.
V. 788. πρὸς ἀντολὰς φλογῶπας ἡλίου στίβει, πόντου περῶσα φλοῖσβον, wandre nach dem Aufgang der Sonne, und durchsteure das Meer.
V. 858. δαμέντας.
V. 893. εἰσορῶσ' Ἰοῦς μέγα δαπτομέναν
δυσπλάνοις Ἥρας ἀλατειῶν πόνοις.
V. 895. ἐμοὶ δὲ τίμιος ὁμαλὸς γάμος ἄφοβος,
μηδὲ κρεισσόνων θεῶν
ἔρως ἄφυκτον ὄμμα προσδράκοι με.
V. 931. τὸν κρατοῦντ' ἀεὶ, den jedesmaligen Herrscher.
V. 942. πρὸς ὧν ohne τε, zu beziehen auf γάμους.
V. 1007. οὐδενὸς μεῖζον σθένει, d. i. οὐδενὸς ὑπερέχει.
V. 1051. εἰ τάδ' ἐπαυχεῖ; τί χαλᾷ μανιῶν;

Verzeichniß der Sylbenmaße in den lyrischen Stellen dieser Tragödie.

V. 93—100. Anapäste.

V. 114—117.

⏑ – – ⏑ – – ⏑ – – ⏑ – –

115 Vollständiger jambischer Trimeter.

– ⏑ ⏑ – ⏑ ⏑ – ⏑ ⏑ – ⏑

117 Vollständiger jambischer Trimeter.

V. 119—126. Anapäste.

Strophe 1. V. 127—135. Gegenstrophe 1. V. 143—151.

⏑ – ⏑ – – ⏑ ⏑ – ⏑ – ⏑ – ⏓
⏑ ⏑ – ⏑ – ⏑ – ⏓
⏑ ⏑ – – ⏑ ⏑ – ⏑ – ⏑
⏑ – ⏑ – – ⏑ ⏑ –
– ⏑ ⏑ – ⏑ ⏑ – ⏑ – ⏓
– – ⏑ – – ⏑ ⏑ –
⏑ – ⏑ – – ⏑ ⏑ –
⏑ – ⏑ – – ⏑ ⏑ – ⏑ – ⏒
⏑ – ⏑ ⏑ – ⏑ ⏑ – ⏑ – ⏓

V. 136—142. V. 152—158. Anapäste.

Strophe 2. V. 159—166. Gegenstrophe 2. V. 178—185.

⏑ – ⏑ ⏒ – ⏑ –
⏑ – ⏑ – ⏑ – ⏑ –
⏓ – ⏑ – ⏑ – ⏑ –

162 Vollständiger jambischer Trimeter.

– ⏑ – ⏑ – ⏑ –
– ⏑ ⏑ – ⏑ ⏑ – – ⏑ – ⏑ –
– ⏓ – ⏑ ⏑ – ⏑ –
– ⏑ ⏑ – ⏑ ⏑ – ⏑ ⏑ – ⏑ ⏑ – ⏑ ⏑ – ⏑

V. 167—177. V. 186—192. Anapäste.
V. 277—284. Anapäste.
V. 285—298. Anapäste.
Strophe 1. V. 398—405. Gegenstrophe 1. V. 406—413.

⏒ – ⏑ – – ⏑ ⏑ – ⏑ ⏑ – ⏑ – ⏓
⏑ ⏑ – – ⏑ ⏑ – ⏑
⏑ ⏑ – ⏑ – ⏑ – –
⏑ ⏑ – ⏑ – ⏑ – ⏑
⏑ ⏑ – ⏑ – ⏑ – ⏓
⏑ ⏑ – ⏑ – ⏑ – ⏓
⏑ ⏑ – ⏑ – ⏑ – ⏑
– ⏑ ⏑ – ⏒ – ⏑ – ⏓

Strophe 2. V. 414—418. Gegenstrophe 2. V. 419—423.

– ⏑ – – – ⏑ – ⏑
– ⏒ – ⏑ – ⏑ – ⏑
– ⏑ – ⏑ – ⏑ – ⏑
– ⏑ – ⏑ ⏑ – ⏑ –
– ⏑ ⏑ – ⏑ – ⏑

Schlußgesang. V. 424—434.

⏑ – – – ⏑ – ⏑ – ⏑ –
⏑ ⏑ – ⏑ ⏑ – ⏑ ⏑ – ⏑
⏑ – ⏑ – ⏑ – ⏑ ⏑ – ⏑ –
– – ⏑ – ⏑ – ⏑ – ⏑ –
⏑ – ⏑ – ⏑ ⏑ – ⏑ ⏑ –
⏑ – ⏑ – ⏑ – ⏑
– – ⏑ – ⏑ – ⏑ –
– ⏑ – ⏑ – ⏑ –
⏑ – – ⏑ – – ⏑ ⏑ – ⏑ –
⏑ ⏑ – ⏑ ⏑ – ⏑ – ⏑ ⏑ –
⏑ – ⏑ – ⏑ – ⏑

Strophe 1. V. 525—532. Gegenstrophe 1. V. 533—540.

– ⏑ ⏑ – ⏑ ⏑ –
– ⏑ – – – ⏑ ⏑ – ⏑ ⏑ – ⏑
– ⏑ – ⏑ – ⏑ ⏑ – ⏑ ⏑ –
– – ⏑ ⏑ – ⏑ ⏑ – ⏑
– ⏑ – ⏑ – ⏑ ⏑ – ⏑ ⏑ – – – – ⏑ ⏑ –
– ⏑ ⏑ – ⏑ ⏑ –
– ⏑ – ⏓ – ⏑ –
⏑ – ⏑ – ⏑ – ⏒

Strophe 2. V. 541—548. Gegenstrophe 2. V. 549—556.

⏑ ⏑ – ⏑ ⏑ – ⏑ ⏑ – ⏒
⏓ – ⏑ – ⏑ – ⏑
⏑ ⏑ – ⏑ ⏑ – – – ⏑ – ⏑ – ⏓
⏑ ⏑ – ⏑ ⏑ – ⏑ – –
– ⏑ – ⏑ – ⏑ – ⏒
– – ⏑ ⏑ – – – ⏑ ⏑ – – und: ⏑ ⏑ – ⏑ ⏑ – ⏑ ⏑ – ⏑ ⏑ – ⏑ ⏑
– ⏑ ⏑ – – – ⏑ ⏑ – und: – – – ⏑ ⏑ – ⏑ ⏑ –
⏒ – ⏑ – ⏑ – ⏑ – ⏑

V. 557—561. Anapäste.

V. 562—585.

⏑ – ⏑ – – ⏑ – ⏑ – ⏑
⏑ – ⏑ – ⏑ – ⏑ –
– – – – ⏑ – ⏑
⏑ – ⏑ – ⏑ ⏑ – ⏑ – ⏑ – ⏑
– – – ⏑ – – ⏑ ⏑ – ⏑ –
⏑ – ⏑ – ⏑ – ⏑ – ⏑ – ⏑
– ⏑ ⏑ – ⏑ – ⏑
– ⏑ ⏑ – ⏑ –
⏑ – ⏑ – ⏑ – ⏑ – ⏑
– ⏑ ⏑ – ⏑ ⏑ – ⏑ –
⏑ – ⏑ – ⏑ – – ⏑ – – ⏑ ⏑ – ⏑ ⏑
– ⏑ ⏑ – ⏑ –
– – ⏑ –
⏑ – – ⏑ – – ⏑ ⏑ – ⏑ ⏑ –
– ⏑ – – ⏑ – – ⏑ –

– ⏑ ⏑ – ⏑ –

– ⏑ – – ⏑ ⏑ ⏑ – ⏑ –

⏑ – ⏑ – – – ⏑ ⏑ – ⏑ –

– ⏑ ⏑ – ⏑ – ⏑

– ⏑ ⏑ – ⏑ – – ⏑ ⏑ – ⏑ –

– ⏑ ⏑ – – ⏑ ⏑ – ⏑ –

– ⏑ – ⏑ – ⏑ – ⏑ – ⏑ –

⏑ – ⏑ – ⏑ – ⏑ –

584 Vollständiger jambischer Trimeter.

– ⏑ – ⏑ – ⏑

V. 591—607.

– – ⏑ – – ⏑ – ⏑ – ⏑ –

– ⏑ – ⏑ – ⏑ –

⏑ – – ⏑ – ⏑ –

– ⏑ – – ⏑ – ⏑ – ⏑ ⏑ – ⏑ –

– ⏑ ⏑ – – – – ⏑ ⏑ – ⏑ –

– ⏑ – – ⏑ – – ⏑ –

– ⏑ – ⏑ ⏑ – – –

⏑ – ⏑ – ⏑ – ⏑ ⏑ – ⏑ –

⏑ – ⏑ ⏑ – ⏑ – –

– ⏑ ⏑ – ⏑ – – ⏑ ⏑ – ⏑ –

– – ⏑ – – ⏑ ⏑ – ⏑ –

– ⏑ – – – ⏑

– ⏑ – ⏑ –

⏑ – ⏑ – ⏑ – ⏑ –

605 Vollständiger jambischer Trimeter.

– ⏑ – ⏑ – ⏑

⏑ – – ⏑ – – ⏑ – – ⏑ –

V. 686—693.

⏑ – ⏑ – – – –

– ⏑ – ⏑ – – ⏑ –

⏑ – – ⏑ – ⏑ – – ⏑ –

– – ⏑ – ⏑ – ⏑ – ⏑ – ⏑

– ⏑ ⏑ – ⏑ ⏑ – ⏑ – – ⏑ –

– – – – – ⏑ ⏑ –

⏑ – ⏑ – – ⏑ – ⏑

⏑ – – ⏑ – ⏑ – ⏑ – ⏑

V. 874—882. Anapäste.

Strophe. V. 883—888. Gegenstrophe. V. 889—894.

– ⏑ ⏑ – ⏑ ⏑ – – – ⏑ – ⏑

884. 890 Unvollständiger daktyl. Hexameter.

– ⏑ – – – ⏑ ⏑ – ⏑ ⏑ – ⏓ – ⏑ –

⏒ – ⏑ – – – ⏑ ⏑ – ⏑ ⏑ –

– ⏑ – – – ⏑ ⏑ – ⏑ ⏑ –

– ⏑ – – – ⏑ – – – ⏑ –

Schlußgesang. V. 895—900.

895 Vollständiger jambischer Trimeter.

– ⏑ – ⏑ – ⏑ –

⏑ – ⏑ – ⏑ – ⏑ – ⏑ – ⏑

– – – ⏑ – – ⏑ – – ⏑ –

– ⏑ – – – ⏑ – ⏑

– ⏑ – ⏑ – ⏑ – – ⏑ ⏑ – ⏑ – ⏑

V. 1034—1087. Anapäste.

II.

Die Sieben vor Thebä.

Der Wechselmord.

Der Wechselmord der feindlichen Brüder, der Söhne des Oedipus, die von dem Rachefluch des Vaters, nach welchem sie mit dem Schwerte sich in ihr Erbe theilen sollen, verfolgt werden, ist der Gegenstand des vorliegenden Drama's. Eteokles hält an die Bürger Thebä's, das von dem Heer der Argeier belagert ist, eine Anrede, und ermahnt sie zu tapferer Ausdauer in der Vertheidigung des Vaterlandes. Nachdem die Versammlung sich zerstreut hat, erscheint ein Bote mit der Meldung, daß die sieben Heerführer der Argeier sich durch feierlichen Eid verpflichtet hätten, entweder die Stadt zu nehmen, oder vor ihren Mauern zu fallen; die Gefahr sei dringend, ein Sturm auf alle Thore stehe bevor. Der König fleht die Götter um Beistand an, und zieht sich zurück, um die nöthigen Gegenanstalten zu treffen. Die Frauen Thebä's, von Schrecken bewältigt, flüchten sich auf die Burg, und rufen jammernd und wehklagend zu den Göttern. Eteokles, der ihr Geschrei mit Unwillen vernimmt, eilt herbei, ihnen Ruhe zu gebieten. Die Jungfrauen suchen ihre Besorgnisse möglichst zu entschuldigen, geben aber zuletzt den Vorstellungen des Königs Gehör. Doch nachdem Eteokles wieder in die Stadt geeilt ist, um die Vertheidigungsanstalten fortzusetzen, regt sich die kaum unterdrückte Furcht von neuem, und der Chor schildert in lebhaften Farben das Elend einer Belagerung und den unglücklichen Zustand einer eroberten Stadt. Der König kehrt mit dem Boten zurück, der nun die Anführer der einzelnen Haufen, welche die sieben Thore bedrohen, umständlich schildert. Eteokles wählt von den Seinen je die Tapfersten aus, um sie den feindlichen Heerführern entgegenzustellen; dem siebenten, seinem Bruder Polyneikes, will er selbst entgegentreten. Der Chor bemüht sich vergebens, ihn von diesem Entschlusse abzubringen. Eteokles eilt in den Kampf; die Jungfrauen klagen ihm nach in einem Gesange, der von der bangen Ahnung des nahenden Verhängnisses erfüllt ist. Da verkündet ein Bote, was geschehen: die Feinde seien zurückgeschlagen, Thebä gerettet, aber auch die Brüder, Polyneikes und Eteokles, sich wechselseitig mordend, im Zweikampfe gefallen. Der Chor feiert den unglücklichen Ausgang in einem Trauergesang. Bald erscheinen die Schwestern der beiden Gefallenen, Antigone und Ismene, und vereinigen, nachdem auch die Leichen der Brüder auf die Bühne gebracht worden, ihre Klagen mit denen des Chors. Am Schlusse tritt ein Herold im Namen des thebischen Rathes auf, der dem Eteokles als Vertheidiger des Vaterlandes die Ehre des Begräbnisses zugesteht, dem Polyneikes aber versagt, weil er zu Bekriegung Thebä's fremde Söldner herbeigerufen. Antigone setzt sich diesem Verbote männlich entgegen, und erklärt, den Bruder, auch gegen den Willen des Rathes, selbst bestatten zu wollen. Der Chor theilt sich in zwei Hälften, deren eine mit Antigone die Leiche des Polyneikes, die andere mit Ismene den Leichnam des Eteokles begleitet.

Personen.

Eteokles, Sohn des Oedipus und der Jokaste, König von Thebä.

Ein Bote als Späher.

Chor thebischer Jungfrauen.

Antigone, } Schwestern des Eteokles und des Polyneikes.
Ismene, }

Ein Herold.

Scene. Die Burg von Thebä mit der Aussicht auf die Stadt und die Umgegend, umgeben von Altären und Statuen der Götter, namentlich der Pallas Athene, des Poseidon mit erhobenem Dreizack, des Ares und der Aphrodite, des Apollon und der Artemis. Thebisches Volk drängt sich zur Versammlung, und füllt die Thymele mit den anstoßenden Räumen. Eteokles mit seinem Gefolge tritt aus dem Burgthore.

Eteokles.

Ihr Kadmosbürger, reden muß das Treffende,
Wer, wach für seines Volkes Wohl, das Ruder lenkt
Am Bord des Staates, nie das Aug' in Schlaf gewiegt.
Denn sind wir glücklich, wissen wir's den Göttern Dank;
Doch wenn ein Leid uns träfe, — mög' es nie gescheh'n! —
Dann würde durch die ganze Stadt Eteokles nur
Vielfach von alles Volkes weithinschallendem
Wehklageruf gefeiert: Zeus der Schützende,
Treu seinem Namen, wende dies von Kadmos' Stadt!
Auf, Bürger alle, wer zu voller Manneskraft
Noch nicht gereift ist oder wer bereits ergraut,
Pflegt eures Leibes, stählet ihn zu frischer That,
Voll regen Eifers alle, wie's die Pflicht gebeut,
Die Stadt zu schirmen und der Landesgötter Herd,
Daß ihrer Ehren Sterne niemals untergeh'n,
Auch Söhn' und Mutter Erde, die uns hold gepflegt!
Denn als ihr, klein noch, spieltet auf dem weichen Grund,
Hat sie der Kindespflege Last all' über sich
Genommen, hat zu schildbewehrten Bürgern euch
Erzogen, daß ihr rüstig wärt zu solchem Dienst.
Bis diesen Tag nun neigte sich ein Gott zu uns.

Denn sind wir auch belagert schon die lange Zeit,
Gewährten gute Götter uns doch meist den Sieg.
Doch, wie der Seher heute sprach, der Vögel Wart,
Der, ohne Flammenzeichen, nur mit Geist und Ohr
Der Vögel Schicksalsfluge lauscht voll weiser Kunst, —
Er, solcher Sprüche Meister, that uns heute kund,
Das Heer Achäa's habe sich zahlreich zu Nacht
Gesammelt, und bedrohe Kadmos' Stadt mit Sturm.
Drum auf die Mauerzinnen, an die Thorbastei'n
Eilt alle, stürmt in voller Rüstung all' hinaus,
Besetzt die Brustwehr, stellet auf die Platten euch
Der Thurmeshöhen, an den Thorausgängen harrt
Getrostes Muthes, zaget nicht in banger Angst
Vor diesem Fremdlingsschwarme: wohl vollbringt's ein Gott!
Kundschafter sandt' ich, Späher in das Heer hinaus,
Und die verfehlen sicher nicht des Weges Ziel.
Wenn sie mir Kunde bringen, fängt mich keine List.

(Das bewaffnete Volk entfernt sich nach der Stadtseite. Nachher tritt ein Bote ein von der Seite der Fremde.)

Der Bote.

Eteokles, edler Herrscher im Kadmeiervolk,
Wahrhafte Botschaft bring' ich aus dem Heere dir;
Ein Augenzeuge, sah ich selbst, was dort geschah,
Wie sieben Heeresfürsten, kampfgewaltige,
Stieropfer weihten über schwarzumwundnem Schild,
Und dann die Hände tauchend in der Stiere Blut,
Bei Ares und Enyo, bei'm mordtrunknen Gott
Des Schreckens schwuren, Kadmos' Felsenburg in Staub
Zu stürzen, auszutilgen durch Gewalt die Stadt,
Wo nicht, im Tod zu tränken dieses Land mit Blut.
Und Angedenken hingen sie, als Todesmal
Daheim den Aeltern, an Adrastos' Wagen auf,
Stillweinend; keine Klage scholl aus ihrem Mund.
Denn eisenherzig glüht' in Mannesmuth die Brust,
Wildschnaubend, gleich den Löwen, die Mord sprüh'n im Blick.

Und ihre Drohung zögert nicht, wird schnelle That.
Denn als ich fortging, loosten sie, auf welches Thor
Ein jeder stürme, durch des Zufalls Wurf bestimmt.
So stelle du den besten Männerkern der Stadt
An alle Thorausgänge hin und säume nicht;
Denn nahe schon, in voller Rüstung, stürmt heran,
Staubwirbelnd, Argos' Kriegesheer; der Rosse Schaum,
Weiß aus den Nüstern tropfend, netzt das Feld umher.
Du schirme, gleich des Schiffes klugem Steuermann,
Die Stadt, bevor hernieder zuckt des Krieges Sturm;
Denn mächtig brüllt der Heere Landeswoge schon.
Erhasche jetzt den rechten Augenblick im Flug!
Mein Auge wird als treuer Tageswächter dir
Auch fürder dienen; und genau belehrt von dem,
Was draußen vorgeht, bleibst du frei von Ungemach.

(geht ab.)

Eteokles.

O Zeus, o Erde, dieser Stadt Schutzgötter ihr;
Erinnys meines Vaters, hochgewalt'ger Fluch!
O laßt sie nicht mit allen Wurzeln ausgetilgt,
Die Kadmosveste, fallen durch des Feindes Arm,
Die Hellas' Laute redet, sammt des Hauses Herd!
O laßt die freien Fluren hier und Kadmos' Stadt
Vom Sklavenjoche nimmerdar bewältigen!
Helft, rettet! Beiden, euch und uns, frommt mein Gebet;
Denn eine Stadt im Glücke preist die Götter auch.

(Der König geht ab. Nach einer Weile kommt von der Seite der Heimat der Chor der Jungfrauen.)

Erste Jungfrau des Chores.

Ich klag' um graunvolles Leid!
Heran stürmt das Heer, dort aus den Zelten brach's,
Vorauf zahllos hier wälzt sich ein Reiterstrom:
Der Staub, himmelan wölkend, bezeugt es uns,
Ein sprachloser, untrüglicher Bote, laut!

Zweite.

Aus dem Schlaf schreckt Getös, von dem Hufschlag im Gefild
In's Ohr dröhnend; horch, es fliegt, braust heran,
Dem Strom gleich, der unhemmbar vom Berge tost.

Dritte.

O weh, Götter, weh, Göttinnen! Scheucht hinweg,
Wehrt das entbrannte Leid!

Vierte.

Wider die Mauern wogt, von Glanzschilden hell,
Das Volk kampfbereit mit Schlachtruf daher,
Auf die Stadt zu stürzen.

Fünfte.

Ha, wer rettet uns? Wo schirmt uns ein Gott,
Welche der Götterfrau'n?

Sechste.

Schwestern, vor welchem Bild der Ewigen werf' ich mich flehend hin?

Siebente.

O hört, Götter auf hohem Thron! Zeit ist es, euer Bild
Fromm zu umfahn. Warum säumen in solcher Angst?

(Sie werfen sich nach einander vor den auf der Bühne aufgestellten Götterstatuen nieder.)

Achte.

Hört ihr Geräusch von Schilden, oder hört ihr's nicht?
Mit Festkleid und Kranz
Wann, wenn nicht jetzt, flehen wir die Götter an?

Neunte.

Geräusch, Geklirr zahlloser Speere hör' ich wohl.
Was thust du? So gäbst du,
Des Land's alter Hort, dein Land, Ares, hin?

Zehnte.

Gottheit in goldnem Helme, schau, o schau die Stadt,
Die du dir voll Lieb' auserkorst!

Eilfte.

Schutzgötter dieses Landes ihr,
Auf, auf, alle,
Blickt auf der Jungfrau'n schutzflehende Schaar, o wehrt
Die Knechtschaft von ihr!

Zwölfte.

Denn die Stadt umrauscht ein Meer —
Männer, umwogt vom Helmbusche — von Ares' Hauch
Brandend emporgeschwellt!

Erste Jungfrau.

Auf, Allvater Zeus, Herr des Alls,
Wend' ab, den Fall wend' ab von diesen Mauern!

Zweite.

Denn rings wird Kadmos' Burg von Argos'
Schaaren umdroht, vom Graun der Mordwaffen rings!
Schauerlich klirrt der Zaum, fesselnd der Rosse Maul,
Klirrt grausenvollen Mord entgegen.

Dritte.

O schau, sieben Heerfürsten, im Lanzenschwung,
Im Wehrschmucke stolz leuchtend, vertheilten sich
Dem Loos nach auf die sieben Thore.

Vierte.

Tochter Kronions du, Pallas, der Schlachten froh,
Rette die Stadt aus Noth, und du, hoch zu Roß
Waltender Meeresfürst,
Der den Trident, Fische jagend, wirft, Poseidon,
Löse mein armes Herz, lös' es von schwerer Angst!

Fünfte.

Auch du, Ares, ach! schirme des Kadmos Stadt,
Und wache sichtbar über ihr, und rette!

Sechste.

Du Kypris, unseres Stammes Mutter,
Hilf, hilf! Deines Bluts Sprößlinge sind wir ja;
Siehe, zu deinem Bild nahen wir uns, und fleh'n
In demuthvollem Gottvertrauen.

Siebente.

Und Wolfsmörder du, ein Wolfsmörder sei
Dem Heer meiner Feinde: vernimm den Angstruf!
Auch du, Letogeborne Jungfrau,
Rüste dein Geschoß nun,
Artemis, Holde! Weh!

Achte.

Der Kriegsräder Hall rauscht um die Stadt heran:
Heilige Hera!
Ha, wie die Nabe kracht unter der Achse Last!
Sausend von Speergeklirr rasen die Lüfte drein.

Neunte.

O was umdroht die Stadt? Wehe, was wird aus ihr?
Wohin lenkt ihr ein Gott das Ziel?

Zehnte.

Hoch an die Zinnen prallt ein Steinregen auf:
Ha!

Eilfte.

Theurer Apollon!
Wild an den Thoren hallt eherner Schilde Klang.

Zwölfte.

Aus Zeus' Händen falle,
Schlachtenentscheidend, ein heiliges Siegesloos!
Selige Göttin Onka, du vor den Mauern, hilf,
Errette der sieben Thore Stadt!

Erster Halbchor.

Strophe.

Gottheiten, allwaltende!
Auf, Götter, auf, Götterfrau'n, dieses Lands,
Dieser Burg starker Hort!
Gebt nicht die speerumstürmte Stadt
Hin an fremdredend Volk!
Höret die Jungfrau'n, hört, wie sie gerecht empor
Fleh'n mit erhobner Hand!

Zweiter Halbchor.

Gegenstrophe.

O theure Schutzgötter, ihr
Zu treuer Hut dieser Stadt zugesellt,
Zeigt, wie ihr liebt die Stadt!
Mitleidig schaut die Tempel an,
Sendet mitleidig Schutz!
Seid mir der opferreichen Orgien eingedenk,
Welche die Stadt euch weiht!

(Der König, aus der Stadt zurückkehrend, tritt auf.)

Eteokles.

Euch, Weiber, frag' ich, unerträgliches Gezücht,
Dient das zum Besten, schafft es Wohlgedeih'n der Stadt
Und Muth dem Kriegerheere, das der Feind umschloß,
So vor den Heimatgöttern hier in Staub gestürzt,
Zu schrei'n, zu jammern, ihr dem weisen Mann ein Graun?
Niemals im Unglück, noch im holden Schein des Glücks,
Sei ich in Einem Hause mit dem Frauenvolk!
Denn sind sie oben, ist ihr Trotz nicht auszusteh'n;

Im Leide sind sie größres Leid für Haus und Stadt.
Und jetzt in wildverworr'ner Flucht euch dort und hier
Umtreibend, weckt ihr feige Furcht im Volk umher.
Dem Feinde draußen leistet ihr den besten Dienst,
Und wir vernichten drinnen uns durch eigne Schuld.
Das hat davon zum Lohne, wer mit Frauen lebt.
Doch wer sich frevelnd meinem Wort entgegenstellt,
Frau'n oder Männer oder wer es immer sei,
Gesprochen werde wider ihn der Todesspruch,
Der Steinigung des Volkes soll er nicht entgeh'n!
Dem Manne, nicht dem Weibe, liegt zu sorgen ob,
Was außen vorgeht: schade sie nur innen nicht!
Sprech' ich zu Tauben? Hört ihr oder hört ihr nicht?

Der Chor.

Erste Strophe.

O du, des Oedipus theuerer Sohn, mit Graun
Vernahm ich der heranrasselnden Wagen Gedröhn,
Als die räderumrollende Nabe scholl,
Als am stetswachen Steuer das Gebiß der Rosse klang,
Am flammengebornen Zügel.

Eteokles.

Wie? Rettet wohl der Schiffer, der vom Steuer weg
Zum Vorderdecke flüchtet, sich vom Untergang,
Wenn ringend auf der Meeresflut umtreibt der Kiel?

Der Chor.

Erste Gegenstrophe.

Hin zu den alten Bildsäulen der Himmlischen
Eilt' ich vertrauenvoll, als der empörte Sturm
Graus und verderbenschwer unter den Thoren scholl;
Aufgeschreckt wandt' ich da mich an die Götter im Gebet,
Hold über die Stadt zu wachen.

Eteokles.

Fleht, daß der Thurm uns decke vor des Feindes Speer!

Der Chor.

Das ruht in Götterhänden.

Eteokles.

Doch die Götter selbst
Entweichen, sagt man, aus der eingenommnen Stadt.

Der Chor.

Zweite Strophe.

Nimmer, so lange mir leuchtet des Lebens Licht,
Weiche der Götter Chor von hier, nimmermehr
Mög' ich die Burg erstürmt, nimmer mein Volk versengt
Schau'n von der feindlichen Flamme Glut!

Eteokles.

Die Götter rufend, schaffe mein Verderben nicht!
Denn nur Gehorsam ist des allerrettenden
Wohlstandes Vater: das bedeut' ich dir, o Frau.

Der Chor.

Zweite Gegenstrophe.

Doch weit höher ragt, höher der Götter Macht;
Oft, in der Zeit der Noth, wann dem Verzweifelnden
Ueber das Auge schwer hingen die Wolken, sie
Hebt ihn empor aus des Unglücks Nacht.

Eteokles.

Dem Manne ziemt es, frommer Opfergabe Zoll
Den Göttern darzubringen, wenn die Feinde droh'n;
Dir ziemt zu schweigen und zu harren still daheim.

Der Chor.

Dritte Strophe.

Nur mit der Götter Huld bleiben wir unbesiegt,
Wehren der Feinde Schwarm schirmende Mauern ab.
Was ergrimmt der Tadel drob?

Eteokles.

Nicht wehren will ich's, daß du fromm die Götter ehrst;
Nur, daß du nicht den Bürgern feige Furcht erweckst,
Verharre ruhig, zage nicht in banger Angst.

Der Chor.

Dritte Gegenstrophe.

Als ich des Kampfes wildtosenden Sturm vernahm,
Floh ich in scheuer Furcht zitternd die Höh'n heran,
Nach der Burg ehrwürd'gem Sitz.

Eteokles.

Wird euch von Todten Kunde, von Verwundeten,
Kommt nicht mit lautem Klageruf herangestürmt;
Denn also weidet Ares sich an Menschenblut.

Der Chor.

Der Rosse wildes Schnauben hör' ich nahe schon.

Eteokles.

Nun, wenn du's hörst, nicht allzudeutlich höre mir's.

Der Chor.

Es stöhnt von Grund auf Kadmos' Stadt, vom Feind umgarnt.

Eteokles.

Und euch genügt nicht, daß sie steht in meiner Hut?

Der Chor.

Mir bangt: das Kampfgetöse vor den Thoren wächst.

Eteokles.

So schweige still doch, sage nichts der Stadt davon!

Der Chor.

Ihr Götter alle, gebet nicht die Burg dahin!

Eteokles.

Verwünschte, wirst du deinen Mund nicht bändigen?

Der Chor.

Ihr Götter Thebä's, nicht in Knechtschaft stoßet mich!

Eteokles.

Ihr selbst bereitet Knechtschaft euch, der Stadt und mir.

Der Chor.

Allmächt'ger Zeus, wend' auf die Feinde dein Geschoß!

Eteokles.

O Zeus, die Frauen, welch Geschlecht erschufest du!

Der Chor.

Elend wie Männer, deren Stadt der Feind erstürmt!

Eteokles.

Schon wieder böse Worte vor der Götter Bild?

Der Chor.

Mir reißt der Unmacht feige Furcht die Zunge hin.

Eteokles.

Um Eines bitt' ich, schenke mir die kleine Gunst.

Der Chor.

Gleich, ohne Säumen sag' es, und gleich weiß ich es.

Eteokles.

Still schweige, Thörin, treibe nicht das Volk in Angst.

Der Chor.

Ich schweige, mit den Andern duld' ich mein Geschick.

Eteokles.

Ich nehme dies Wort lieber als die frühern an.
Und nun verlaßt die Götterbilder und erfleht
Das Bess're, daß die Götter uns Mitstreiter sei'n.
Und sprach ich *meine* Bitten aus, dann stimme du
Zur Sühne heiligen Festgesang den Göttern an,
Den Weihgesang der Opfer nach Hellenenbrauch,
Des Muths Erwecker, daß du bannst des Krieges Furcht.
Euch, meines Landes Göttern, euch stadtschirmenden,
Des Feldes Hütern und des Markt's, und dir, o Born
Dirka's, Ismenos' Fluten, euch gelob' ich laut:
Wenn Alles wohlging und die Stadt gerettet ward,
So röth' ich euren Opferherd mit Lammesblut,
Und weihe Farrenopfer euch, ihr Ewigen,
Und pflanze Siegeszeichen auf, und kränze rings
Mit kühnerstritt'nem Feindesraub das Heiligthum.
So flehe du die Götter ohne Seufzerlaut
Und nicht mit eiteln, wilden Angstausrufen an:
Nicht mehr ja deßhalb wirst du deinem Loos entflieh'n.
Ich wähle mir sechs Männer, ich der siebente,
Die wider unsre Feinde steh'n mit großer Kraft,
Und theile sie den sieben Thorausgängen zu,
Eh' ungestümer Boten raschbeschwingtes Wort
Sich naht, und ängstend zündet bei des Dranges Noth.

(ab.)

Wechselgesang des Chores.

Erste Strophe.

Ich will's; doch Furcht läßt den Geist nimmer ruh'n,
Und des Herzens Nachbarin, die Sorge,
Weckt die Glut der Schrecken.
Um Wall und Thor stürmt der Feind;
Ich zitt're, wie Tauben bang
Um ihre Brut zittern, wann neben ihr Drachen sich
Drohend im Nest gelagert.
Denn dort wider die Thurmhöh'n

Strömt wildflutend ein Heerstrom
An. Was fürcht' ich und hoff' ich?
Hier prallt wider die Meinen,
Ringsum Alles zerschmetternd,
Hagel kantiger Steine.
Wie ihr vermögt, Götter, Geschlecht von Zeus,
Beschirmt Stadt und Volk,
Schützt das Geschlecht des Kadmos!

Erste Gegenstrophe.

In welches Land könnt ihr zieh'n, schöner, als
Dieses Land? O laßt sie nicht dem Feinde,
Diese Segensauen,
Und Dirke's Born, dessen Trunk
Erfrischt, wie kein andrer sonst,
So viel der Meerherrscher aussendet, der rings das Land
Gürtet, und Tethys' Töchter!
Auf denn, schützende Götter
Der Stadt, sendet dem Feinde
Vor der Burg des Verderbens
Fluch, der Waffen und Männer
Mordend rafft, und erstreitet
Siegesehre den Meinen!
Rettet die Stadt, wahret den alten Sitz,
Der lautklagenden
Bitte das Ohr erschließend!

Zweite Strophe.

O Leid, stürzte die ehrwürdige Stadt
In den Hades hinab, Beute des Speeres,
Dienstbar, düsterer Asche Raub,
Nach göttlichem Rath schmählich vertilgt
Unter der Macht Achäa's,
Würden die Frau'n weggeschleppt in Knechtschaft,
Alle, jung und alte,
Gleich Kampfrossen am Haar,
Ihr hinflatternd Gewand rings zerfetzt!

Weit hallt umher die menschenöde Stadt,
Wenn der Entführten Geschrei sterbend sich mischt:
Vor solch graunvollem Loose beb' ich.

Zweite Gegenstrophe.

O Leid, zöge die Braut, eben erblüht,
Vor der Feier der frischpflückenden Brautnacht
Weg vom Haus den verhaßten Weg!
Was sag' ich es noch? Glücklicher ist,
Welchen der Tod entraffte!
Vieles ja muß, wenn der Feind die Stadt nahm,
Grauses muß sie dulden:
Ringsum schaltet Gewalt,
Und Mord wüthet, und Brand lodert auf.
Geschwärzt vom Rauche qualmt die ganze Stadt;
Völkervertilgend in Wuth, schnaubt er herein,
Verunreint fromme Stätten, Ares.

Dritte Strophe.

Dumpf in den Gassen Aufruhr:
Die Stadt umzäunt ein Thurmwall.
Dem Mann sinkt der Mann, sterbend von der Lanze Stoß.
Blutaufröchelndes Wimmern
Sterbender Säuglinge stöhnt,
Die man der Brust entrissen.
Wüstes Schweifen, wilder Raub verschwistern sich:
Auf den Plünd'rer stößt der Plünd'rer,
Und der Leere ruft dem Leeren,
Will zum Raubgenossen ihn;
Doch das Mind're, doch das Gleiche wünscht er nicht.
Und nun — auf welches Schicksal hoffen wir?

Dritte Gegenstrophe.

Jegliche Frucht des Feldes,
Zerstreut am Grund, verkümmert,
Und wehmüthig blickt, härmet sich die Schaffnerin.
Auch viel Gaben der Erde

Rafft durcheinandergewühlt
Nichtige Flut von dannen.
Und die neuen Mägde, die der Speer gewann,
Dulden ungewohnte Schmerzen
Auf des stolzen Siegers Lager.
So in Feindes Händen bleibt
Eine Hoffnung nur: die Todesnacht erscheint,
Des schwermuthvollen Leides Löserin.

Führerin des ersten Halbchors.

Seht dort, der Späher, irr' ich nicht, ihr Lieben, bringt
Uns eine neue Kunde vom Argeierheer;
Er schwingt der Füße raschen Schritt, dem Rade gleich.

Führerin des zweiten Halbchors.

Und auch der Herrscher, Oedipus' erhabner Sohn,
Kommt hier, des Boten neue Mähr zu hören, selbst;
Auch er beschleunigt seinen Schritt in raschem Schwung.

(Von der Seite der Heimat tritt Eteokles mit großem kriegerischem Gefolge ein, von der anderen kommt der Bote.)

Der Bote.

Wohlunterrichtet meld' ich, was beim Feind geschah,
Und welches Thor die Loose Jedem zugetheilt.
Schon wüthet Tydeus ungescheut an Prötos' Thor;
Doch läßt Ismenos' Wellen ihn der Seher nicht
Durchschreiten, weil das Opfer ihm nicht günstig sei.
Er aber, rasend und entbrannt von Kampfeslust,
Tobt gleich dem Drachen, den die Mittagsglut entflammt,
Und schilt und schmäht den Seher, Oikles' weisen Sohn,
Er schmeichle feigen Sinnes Tod und Kampf hinweg.
So ruft er, schüttelt seinen dreifachschattenden
Roßschweif, des Helmes Mähnen, und an seinem Schild
Tönt graus Entsetzen erzgetriebner Glocken Klang.
In seines Schildes Felde prangt ein stolzes Bild:
Das sternumflammte Himmelsrund, kunstreich geprägt.
Der klare Vollmond, aller Sterne schönster, strahlt

Im Mittelpunkt, das Auge schwarzer Nacht, hervor.
So kühn in stolzem Waffenschmuck sich blähend, tobt
Tydeus am Stromgestade, heiß von Kampfeslust,
Gleichwie das Streitroß seinen Zaum anschnaubt und schäumt,
Wenn's auf der Schlachtdrommete Ruf zornglühend harrt.
Wen stellst du dem entgegen? Wer verbürgt das Thor
Des Prötos dir zu decken, wenn der Riegel sprang?

Eteokles.

Ich zittre nie vor eines Kriegers Waffenschmuck,
Und keine Wunden schlagen mir die Bilderei'n,
Noch ritzen Busch und Klingel, wo die Lanze fehlt.
Und jene Nacht, die, lichter Himmelssterne voll,
Auf seinem Schilde funkelt, wie du meldetest, — —
Leicht mag prophetisch werden ihm der Unverstand.
Denn wenn die Nacht des Todes ihm auf's Auge sinkt,
Dann wird dem Wappenträger wohl dies stolze Bild
Wahrhaft und allem Rechte nach ein Bild der Nacht;
Sich selber hat er solche Schmach vorhergesagt.
Ich will dem Tydeus Astakos' geprief'nen Sohn
Entgegenstellen, vorzusteh'n des Thores Hut,
Den hochgebornen Helden, der den Thron der Scheu
Demüthig ehrt und eitle Prahlereien haßt.
Langsam zu Schlechtem, flieht er doch die feige That.
Von jenem Saatvolk, das des Ares Wuth verschont,
Entstammt, erwuchs, ein ächter Sprosse dieser Flur,
Melanippos; Ares würfelt und entscheidet selbst.
Ihn treibt des Blutes heilig Recht zum Kampf hinaus,
Sein Mutterland zu schirmen vor der Feinde Speer.

(Melanippos geht mit einem Theile des Gefolges ab.)

Erster Halbchor.

Erste Strophe.

Gewährt, Götter, Ihm, der vorkämpft für uns,
Des Siegs Ehre; denn gerecht zieht er aus

Zum Schutz dieser Stadt! Und doch bebt mein Herz,
Zu schau'n der Streiter blut'gen Tod,
Die für die Freunde sterben.

Der Bote.

O gäben ihm die Götter, wie du flehst, den Sieg! —
Nach ihm erlooste Kapaneus Elektra's Thor,
Der andre Riese, größer als der erste noch;
Sein kühner Trotz sinnt über Menschenkraft hinaus.
Er droht den Mauern Arges: wend' ein Gott es ab!
Denn ob die Götter wollen oder nicht, er will
Die Stadt zerstören, ruft er; nicht Zeus' Rachestrahl,
Herab zur Erde schmetternd, hemme seinen Gang.
Der Blitze Flammen und des Donnerkeils Geschoß,
Die schätzt er nur der heißen Mittagssonne gleich.
Ein nackter Feuerträger prangt auf seinem Schild,
In dessen Hand die helle Fackel flammt; er ruft
In goldner Inschrift: „Brennen muß durch mich die Stadt!"
Mit solchem Streiter, sage mir, wer kämpft mit ihm?
Wer wird des Prahlers kühnen Trotz furchtlos besteh'n?

Eteokles.

Aus dem Gewinn des Feindes sproßt Gewinn für uns.
Denn wider eiteln Uebermuth der Menschen tritt
Der eigne Mund ein wahrer Selbstankläger auf.
So droht in Waffen Kapaneus, bereit zu thun,
Was er, die Götter höhnend und voll eitler Lust
Die freche Zunge spornend, er, ein Sterblicher,
In wilder Wortflut wider Zeus zum Himmel schickt.
Ich weiß gewiß, ihn wird der feuerathmende
Blitzstrahl mit Recht ereilen, den er nimmer dann
Der heißen Mittagssonne Strahl vergleichen wird.
Ihm tritt entgegen, prahlt er auch voll Ungestüm,
Von Heldenmuthe glühend, Polyphontes' Macht,
Ein sich'res Bollwerk dieser Stadt durch Artemis'

Huldvollen Beistand und der andern Götter Hut.
Nenn' einen Andern, der ein andres Thor erloost.

(Polyphontes geht mit einem Theile des Gefolges ab.)

Zweiter Halbchor.

Erste Gegenstrophe.

Ha, Tod ihm, der uns so zu bedrohen wagt!
Des Glutstrahls Geschoß hemme des Frevlers Fuß,
Eh er in's Haus mir stürmt, in's Jungfrau'ngemach,
Und aus der stillen Kammer mich
Treibt mit verruchter Lanze!

Der Bote.

Nun will ich weiter sagen, wer das nächste Thor
Vom Loos empfing. Eteoklos als dem dritten sprang
Aus umgeschwungnem Eisenhelm das dritte Loos,
Auf Neïs' Thor zu werfen seine Kriegerschaar.
In weiten Kreisen tummelt er sein Roßgespann,
Das, wild am Zaume knirschend, auf die Pforte stürzt.
Die Maulgeflechte zischen laut in grausem Ton,
Vom Trotz der Nüsternhauche rings mit Schaum bedeckt.
Kunstreich mit Wappenbildern ist sein Schild geschmückt:
Auf hoher Leiter Sprossen klimmt ein Mann in Wehr
Hinan zum Feindesthurme, den er stürmen will;
In goldner Inschrift Zeichen ruft auch dieser stolz,
Vom Thurme stürz' ihn selber nicht der Schlachtengott.
Ihm sende gleichfalls Einen, der mit starkem Arm
Das Joch der Knechtschaft wehren mag von dieser Stadt.

Eteokles.

Ich möchte den nun senden, und mit gutem Glück!

(Er deutet auf Megareus, der sich auf diesen Wink mit einem Theile des Gefolges entfernt.)

Er ist gesandt schon, dessen Stolz im Arme wohnt,
Der Sohn des Kreon, Megareus, vom Saatgeschlecht,
Der, nicht geschreckt von wilder Rosse schnaubendem
Gewieher, muthig aus dem Thore ziehen wird,

Und, sterbend seinem Mutterland die Schuld bezahlt,
Wo nicht, die Männer beide sammt des Schildes Burg
Bezwingt und seines Vaters Haus mit Beute kränzt.
Nenn' einen andern Prahler, und verbirg mir Nichts!

Erster Halbchor.

Zweite Strophe.

Laut fleh' ich: Ihn kränze des Sieges Glück,
Der meinen Herd kämpfend schirmt; den Feind treffe Fluch!
Wie sie mit stolzem Wort wider die Stadt in wahn=
sinnigem Muthe sich brüsten,
Strafe sie Zeus, der Vergelter, zürnend!

Der Bote.

Ein vierter Heerfürst, der am Nachbarthor gebeut
Der Pallas Onka, stürmt heran mit Donnerlaut:
Es ist der kühne Riesenwuchs Hippomedons.
Ich sah den weiten Sonnenhof, des Schildes Rund,
Ihn schwingen, und mir graute: frei bekenn' ich es.
Ein nicht gemeiner Künstler war der Bildner, traun,
Der solch ein Kunstwerk eingeätzt auf seinen Schild:
Den Typhon, der glutathmend aus weitoffnem Mund
Den schwarzen Qualm, des Feuers flücht'gen Bruder, sprüht;
Mit vielgewundnen Schlangen ist der runde Saum
Des hochgewölbten Schildes ringsumher bedeckt.
Er hebt den Schlachtruf, und von Ares trunken stürzt
Er sich zum Kampfe, gleich Thyaden, Tod im Blick.
Wo solche Männer kämpfen, ziemt's vorsichtig sein;
Denn grauser Schrecken brüstet sich am Thore schon.

Eteokles.

Zuerst wird Onka Pallas, die, dem Thore nah,
Die Stadt behütet, zürnend auf des Mannes Trotz,
Von ihrem Volk ihn wehren, wie des Drachen Grimm;
Dann ward in Oenops' hohem Sohn, Hyperbios,
Ein Mann erkoren wider diesen Mann, der hier

Im Kampf des Schicksals sein Geschick erproben will,
Ein Held, in Kriegsmuth und Gestalt und Waffenschmuck
Untadlich. Hermes paarte sie geschickt zum Kampf.
Denn feindlich gegenüber tritt der Mann dem Mann,
Und auf den Schilden tragen sie feindselige
Gottheiten, der des Typhon feuerathmend Bild,
Und auf Hyperbios' Schilde thront der Vater Zeus
Emporgerichtet, dessen Hand den Blitz entflammt.
Doch sah im Kampfe Keiner noch den Zeus besiegt,
Und für Hyperbios möge nach des Bildes Sinn
Als Retter Zeus erstehen, der im Schilde prangt!

(Hyperbios entfernt sich mit einem Theile des Gefolges.)

Zweiter Halbchor.

Zweite Gegenstrophe.

Der Stolze dort, der den verhaßten Feind
Des Zeus im Schild trägt, das Graun, in Erdklüften tief
Hausend, ein Gräuelbild sterblichen Menschen und
Ewigen Göttern, — am Thore
Wird er, ich hoffe, das Haupt zerschellen.

Der Bote.

So mög' es enden! Höre nun vom Fünften auch,
Der dort am fünften Thore herrscht, dem nördlichen,
Zunächst Amphions Grabe, der von Zeus entsproß.
Er schwört bei seiner Lanze, die vertrauend er
Mehr als die Gottheit, höher als sein Auge liebt,
In Staub zu stürzen Kadmos' Burg, dem Zeus zum Trotz.
So ruft er laut, der bergefrohen Mutter Sohn
Mit holdem Angesichte, kaum zum Mann erblüht.
Die Wang' umschattet eben ihm der zarte Flaum,
Des ersten Jugendlenzes dichtaufkeimend Haar.
Doch kühnen Muths, nicht seines Namens Sinn gemäß
Jungfräulichsanft, nein, wilden Auges steht er da.
In stolzem Prunke schreitet er zum Thor heran:

Er schwingt der Kadmosveste Schmach auf seinem Schild,
Der erzgetriebnen, rundgewölbten Wehr der Brust,
Kunstreich mit Nägeln angefügt, das Bild der Sphinx,
Der blutgenährten, glänzendhell in Erz erhöht.
Sie hält in Krallen einen Mann aus Kadmos' Volk,
Daß ihn vor allen treffen muß der Pfeile Wurf.
Fürwahr, er zog zu Felde, nicht mit Söldnermuth,
Und nicht der weiten Heeresfahrt zur Schande. Nein,
Parthenopäos aus Arkadia trägt als Held
Der zweiten Heimat Argos ab des Dankes Schuld,
Unheil der Veste drohend; wehr' ein Gott es ab!

Eteokles.

Wenn, was sie drohen, ihnen selbst die Götter doch
Für ihre freveln Prahlerei'n zuwendeten:
Sie würden schmachvoll, grausenvoll zu Grunde geh'n!
Hier stellt sich auch dem Kämpfer aus Arkadia
Ein Mann: er prahlt nicht, seine Hand kennt Thaten nur,
Aktor, der Bruder dessen, der jetzt eben ging.
Nie wird er dulden, daß die Zunge sonder Damm
In unsre Thore flutet und den Jammer mehrt,
Noch daß er eindringt, welcher auf dem Feindesschild
Das Zeichen trägt des allverhaßten Ungethüms.
Nein, draußen wendet ihren Zorn auf ihn die Sphinx,
Wenn dichtes Speergerassel sie am Thor umschwirrt.
Mein Wort bewährt sich, wenn's der Götter Wille fügt.

(Aktor ab mit einem Theile des Gefolges.)

Erster Halbchor.

Dritte Strophe.

Das Wort schneidet mir in's Herz tief hinein,
Und vor Entsetzen sträubt wild sich das Haar empor,
Da der ruchlose Trotz der Trotzer
Mir in die Ohren schallt. Daß die Götter sie
Tilgten in Kadmos' Lande!

Der Bote.

Als sechsten Führer nenn' ich ihn, den weisesten,
Muthvollsten Mann, den Seher Amphiaraos, dir.
Er hat an Homolois' Thor sich aufgestellt.
Den hohen Tydeus lästert er und schmäht ihn laut,
Nennt Menschenmörder, seiner Stadt Zerstörer ihn,
Der Uebel ärgsten Meister im Argeiervolk,
Der Rachegöttin Schergen und des Mordes Knecht,
Der alles Leid ersonnen, das Adrastos that.
Darauf zum Unglückssohne, deinem Bruder, Herr,
Zu Polyneikes richtet er das Aug' empor,
Und rückte seines Namens unheilvollen Sinn
Ihm vor, und diese Rede scholl aus seinem Mund:
„Ja, solche That ist wohlgefällig Göttern auch,
Und hochbewundert, hochgerühmt von Enkeln einst,
Die Stadt der Ahnen und der Heimatgötter Herd
Zu tilgen, stürmend im Geleit des fremden Heers!
Wer löschte wohl der Mutter Lebensquell mit Recht?
Und deine Heimat, unterjocht von deiner Wuth,
Wie könnte sie an deiner Seite steh'n im Kampf?
Ich aber dünge diesen Grund mit meinem Blut,
Ein Seher, hingebettet unter feindlich Land.
Zum Kampfe stürz' ich, hoffe nicht ruhmlosen Tod!"
So rief der Seher, seinen Schild von blankem Erz
Voll Ruhe schwingend, dessen Rund kein Zeichen trug.
Denn nicht der Beste scheinen, nein, er will es sein;
Er ärntet Frucht aus tiefen Furchen seiner Brust,
Aus welchen ihm bewährten Rathes Fülle sprießt.
Ihm sende weise Kämpfer und entschlossene:
Denn furchtbar ist ein Gegner, der die Götter ehrt.

Eteokles.

Ha, welch ein Unglücksvogel, der dem biedern Mann
Die gottvergess'nen Frevler als Genossen gab!
Denn aller Dinge schlimmstes ist Genossenschaft

Mit Schlimmen, — unheilvolle Frucht, nicht sammelnswerth! —
Und auf des Lasters Felde sprießt als Frucht der Tod.
Und wenn der frommgesinnte Mann Ein Schiff bestieg
Mit rohem Schiffsvolk, ungestümer Frevlerbrut,
Schlingt sammt den Gottverworfnen ihn die Flut hinab.
Und wenn ein Edler unter Gottvergessenen,
Die kühn das Gastrecht schänden, als Mitbürger lebt;
Umgarnt von gleichem Netze dann, erliegt auch er
Erzürnter Götter Geißelschlag, der alle trifft.
So wird der hohe Seher auch, des Oikles Sohn,
Ein weiser, edler, tapfrer, frommgesinnter Mann,
Der große Schicksalsdeuter, weil er Frevlern sich,
Den zungenfrechen, seinem Sinn zum Trotz gesellt,
Die Kadmos' Stadt auf dieser weiten Fahrt sich nah'n, —
Er wird mit ihnen, will es Zeus, hinabgerafft.
Zwar glaub' ich, wagt er keinen Sturm auf jenes Thor,
Nicht weil er muthlos oder feigen Sinnes ist,
Nein, weil er einsieht, daß er fallen muß im Kampf,
Wenn nicht die Seherstimme trügt des Loxias,
Der Wahres meldet oder stumm den Mund verschließt.
Doch stell' ich ihm auch einen Mann, den Lasthenes,
Den Fremdlingsfeind, entgegen als des Thores Hut,
Der frisch in Jugendfülle blüht, an Geist ein Greis,
Blitzschnellen Auges, dessen Hand, stets kampfbereit,
Das nackte Schwert von schildbewehrter Hüfte reißt.
Doch Götterhuld ist's, krönt das Glück die Sterblichen.

(Lasthenes ab mit einem Theile des Gefolges.)

Zweiter Halbchor.

Dritte Gegenstrophe.

Erhört, Götter, uns, erfüllt gnadenvoll,
Was wir gerecht erfleh'n: krönet mit Glück die Stadt!
Grausen Kampf's Ungewitter wendet
Wider den Feind! O Zeus, hoch hinab vom Wall
Wirf, mit dem Blitze tilg' ihn!

Der Bote.

Den Letzten dort am letzten Thore nenn' ich nun,
Dein eigner Bruder ist es: höre, welches Loos
Er laut verwünschend niederfleht auf Kadmos' Stadt!
Er will die Burg erklimmen, und nachdem er dann,
Erklärt zum Herrscher, angestimmt den Siegsgesang,
Im Doppelkampf dich tödtend Tod von deiner Hand
Empfangen, oder lebst du, dich, der schmählich ihn
Verbannt, verbannend strafen durch die gleiche Schmach.
So droht er laut, Polyneikes, und die heimischen
Gottheiten seines Stammes ruft er flehend an,
Auf seine Bitten gnadereich herabzuschau'n.
Er trägt ein Schild von Erze, neu und schöngewölbt;
Ein doppelt Wappenzeichen glänzt in seinem Feld.
Denn einen Mann in goldgetriebnem Waffenschmuck
Führt tugendsambescheiden eine Frau daher;
Und diese nennt sich Dike, wie die Schrift bezeugt:
„Heimführen will ich diesen Mann, er soll die Stadt
Besitzen und des Vaterhauses alte Macht!“ —
So haben sich's die fremden Führer ausgedacht.
Du selbst erwäge jetzo, wen du senden willst.
Mich sollst du niemals schelten um mein Botenamt;
Doch du bedenke, wie du lenkst des Landes Schiff.

(geht ab.)

Eteokles.

Du Gräuel allen Göttern, gottverblendeter
Und allbeweinter, grimmer Stamm des Oedipus!
Weh mir, des Vaters Flüche sind am Ziele nun!
Doch keine Seufzer ziemen hier, kein Klagelaut,
Daß nicht der Gram fortzeuge, thränenreicher noch.
Und Polyneikes, Haderreich mit Recht genannt,
Bald wird sich zeigen, wohinaus sein Wappen zielt,
Ob ihn zurückführt jene Schrift, in Gold geprägt,
Die, seinen Wahnwitz kündend, auf dem Schilde prahlt.

Ja, wenn die hohe Dike, Zeus' jungfräulich Kind,
Zu That und Rath ihm hülfe, möcht' es etwa sein.
Doch weder als er dunklem Mutterschooß entfloh,
Noch als er aufwuchs, oder als er Jüngling ward,
Noch als des Kinnes dichter Flaum sich sammelte,
Hat Dike sein geachtet und ihn angeblickt;
Auch jetzo bei des Vaterlandes Ungemach
Wird ihm die Göttin nimmermehr zur Seite steh'n.
Denn wahrlich, arge Lüge wär' ihr Name dann,
„Des Rechtes Göttin", liehe sie dem Frechen Schutz!
Darauf vertrauend geh' ich hin und trete selbst
Ihm gegenüber: wer vermag's mit größ'rem Recht?
Der Fürst dem Fürsten, Bruder meinem Bruder, Feind
Tret' ich dem Feind entgegen. Bringt mir ungesäumt
Speer, Doppelschienen und des Pfeil's Abwehr, den Schild!

Die Chorführerin.

O werde, liebster, bester Sohn des Oedipus,
Ihm, der so schlimmen Namen trägt, nicht gleich an Wuth!
Daß Kadmos' Söhne wider Argos' Volk zum Kampf
Auszieh'n, genügt wohl; sühnen läßt sich solches Blut.
Doch, Herr, von Bruderhänden Tod durch Wechselmord,
So schauervolle Sünde tilgt niemals die Zeit.

Eteokles.

Ja, wenn man Unglück ohne Schmach erduldete,
Sei's immer; denn im Tode bleibt allein Gewinn;
Doch Leid, gepaart mit Schande, rühmst du nimmermehr!

Erster Halbchor.

Erste Strophe.

Und du beharrst, o Kind? Daß dich im Zorne doch
Des Kampfs wilde Lust nicht fortreiße! Nein,
Tilg' im Beginn die Mordgier!

Eteokles.

Weil doch zum Ausgang ungestüm hindrängt ein Gott,
So fahre Lajos' ganzes Haus, von Phöbos' Haß
Verfolgt, Kokytos' düstre Flut im Sturm hinab!

Zweiter Halbchor.

Erste Gegenstrophe.

Wildes Verlangen treibt dich in ergrimmtem Muth
Zur fruchtbittern That, treibt zu des Brudermords
Nimmer gesühnter Blutschuld!

Eteokles.

Der feindlich unheilvolle Fluch des Vaters schwebt
Mit hohlem Auge thränenlos um mich, und ruft,
Gewinn vor spätrem Tode sei der früh're Tod.

Erster Halbchor.

Zweite Strophe.

Eile doch nicht so sehr! Nicht feig nennt man dich,
Wenn du das Leben wahrst. Die Rachgöttin tritt,
Von Sturmnacht umgraut, nicht in das Haus, in dem
Opfer empfah'n die Götter.

Eteokles.

Die Götter dachten lange schon nicht unser mehr;
Nur Eines, unser Untergang, ist ihre Lust;
Was also sucht' ich flehend noch den Tod zu flieh'n?

Zweiter Halbchor.

Zweite Gegenstrophe.

Fliehe den Tod; denn noch steht es in deiner Macht,
Und der erzürnte Gott wandelt vielleicht den Sinn
Endlich und naht mit sanftwehendem Hauche; jetzt
Wettert er noch und wüthet.

Eteokles.

Ja, stürmisch wüthen Oedipus' Verfluchungen,
Und allzuwahr sind meines Traumes nächtliche
Gesichte, die des Vaters altes Reich vertheilt.

Die Chorführerin.

Uns Frauen folge, liebst du gleich die Frauen nicht.

Eteokles.

Verlange, was mir möglich ist, und sag' es kurz.

Die Chorführerin.

Geh nicht den Weg, Herr, nicht zum siebten Thor der Stadt!

Eteokles.

Nie stumpfst des Muthes Schneide, traun, dein Wort mir ab.

Die Chorführerin.

Doch ehrt den Sieg, auch ohne Tapferkeit, ein Gott.

Eteokles.

Ein Krieger hat an solchen Worten keine Lust.

Die Chorführerin.

So willst du denn vergießen deines Bruders Blut?

Eteokles.

Verhängt's ein Gott, entflieht er seinem Leide nicht.

(Eteokles mit dem Gefolge ab.)

Wechselgesang des Chores.

Erste Strophe.

Mir graut: die stammtilgende Göttin,
Die den Göttern nicht Verwandte,
Sie, des Leids wahre Prophetin,
Von des Vaters Fluch beschworen,

Sie erscheint, Oedipus' wahnsinnigen, zornschnaubenden Fluch führt sie hinaus;
Brudervertilgender Zwist erweckt sie.

Erste Gegenstrophe.

Die Loose dort würfelt ein Fremdling,
Aus der Skythen Lande kam er,
Des Gebiets roher Vertheiler,
Der ergrimmte Stahl, der Mörder;
Er verloost heimischen Lands jedem soviel, als ihm genügt, fiel er im Kampf,
Wann ihm das größere Reich entschwunden.

Zweite Strophe.

Wenn Brudermord Beide nun
Todt in den Staub streckte, die Brüder,
Wenn dann die Heimaterde trank
Den schwarzdunklen Strom, ihr Todesblut:
Wer böte Sühnopfer dar,
Wer wüsche sie rein von Schuld?
O dieses Hauses neue Noth,
Altem Leide zugesellt!

Zweite Gegenstrophe.

Der schweren Schuld alter Zeit
Denk' ich, da schnell büßte der Frevler;
Doch herrscht sie fort in's dritte Glied.
Es bot Lajos Phöbos' Worte Trotz,
Das dreimal einst warnend ihm
Aus Pytho's Erdmitte dort
Entgegenscholl: nur kinderlos
Sterbend, rett' er Haus und Stadt.

Dritte Strophe.

Bethört dann durch die Lust im Unverstand,
Erzeugt' er sich selbst das Verderben,
Den Sohn, der den Vater erschlägt,

Der auf ungeweihtes
Saatland, aus dem er selbst entsproß,
Kühn die blutigen Wurzeln
Gepflanzt. Die verblendeten Gatten
Einte wilder Wahnsinn.

Dritte Gegenstrophe.

Ein Meer, wälzt er des Leides Flut heran;
Da sinkt sie, da thürmt sie sich dreifach,
Schwillt, bis sie zuletzt um der Stadt
Steuerbord emporschlägt.
Im Mittel schirmt nur kurze Frist
Uns im Kampfe die Mauer.
Ich fürchte, zugleich mit den Herrschern
Fällt die Stadt im Sturme.

Vierte Strophe.

Denn, ach! jetzt reift der altverhängte Fluch,
Ja, graunvoll erfüllt er sich:
Der Sturm, der aufsteigt, zieht nicht spurlos hin.
Vom Bord hinab versinkt das Glück
Der erfindsamen Menschen,
Wenn es zu sehr sich häufte.

Vierte Gegenstrophe.

Denn wer ward so von Göttern hochgeehrt,
Von Mitbürgern und dem Volk,
Das reichgesegnet blüht' in stolzem Glück,
Als Oedipus in jener Zeit,
Da die Brut er vertilgte,
Räuberin tapf'rer Männer?

Fünfte Strophe.

Doch kaum sah er ein,
Der Arme, welch unsel'gen Bund
Er schloß, da trug er nicht den Schmerz;
Rasend verübte die Hand

Des Vatermörders zwei
Frevel: er blendete — was
Theurer ihm war, als ein Kind — sein Auge,

Fünfte Gegenstrophe.

Und lud bittern Fluch,
Zornschweren, auf der Söhne Haupt,
Ach, weil er sie gezeugt: um's Reich
Sollten sie loosen dereinst
Mit stahlbewehrtem Arm!
Grauen erfaßt mich: die schnell
Schreitende Rachgöttin, jetzt erfüllt sie's!

(Der Bote kehrt von draußen zurück.)

Der Bote.

Getrost, o Jungfrau'n, ihr der Mütter süße Lust!
Dem Sklavenjoch entronnen ist die Theberstadt;
Zusammen sank der Feinde stolzer Trotz in Nichts.
Auf stillem Meere schifft die Stadt, von grimmer Flut
Empörtem Wogenschlage drang kein Wasser ein.
Rings deckt die Mauer, und die Pforten wahrten wir
Mit Heldenkämpfern, wohlbewährt in mancher Schlacht.
Sechs Thore stehen unversehrt in bestem Stand;
Nur dort das siebte wählte sich der Siebenfürst,
Der hochgewalt'ge Phöbos, der an Oedipus'
Geschlechte Lajos' alten Fluch vollendete.

Der Chor.

Welch neues Leid brach zürnend auf die Stadt herein?

Der Bote.

Die Stadt, sie ist gerettet; doch das Brüderpaar —

Der Chor.

Wer? Was vernahm ich? Mich betäubt das Schreckenswort.

Der Bote.

Sei ruhig, höre ruhig: Oedipus' Geschlecht —

Der Chor.

Ich Arme, weh mir! Dieses Leid errieth ich schon.

Der Bote.

Ihr Blut, im Wechselmorde trank's der Erde Grund.

Der Chor.

So kam es dahin? Schaudervoll! Doch weiter, sprich!

Der Bote.

Die Männer fielen, schlugen sich mit eigner Hand.

Der Chor.

So traf von Bruderhänden sie grauuvoller Tod!

Der Bote.

Kein Zweifel bleibt mehr: Beide todt, dem Staub vermählt!

Der Chor.

So nahm derselbe finstre Geist die Beiden hin!

Der Bote.

Er selbst vertilgte dieses unglücksel'ge Haus.
Darüber mag man jubeln und wehklagen auch:
Gerettet, frei ward unsre Stadt, doch ihre Herrn,
Die beiden Führer, theilten mit dem Skythenstahl,
Dem schwergediegnen, ihres Reichs Gesammtbesitz.
Nicht weiter Land wird ihnen, als ihr Grab bedeckt,
Nachdem des Vaters grauser Fluch sie hingerafft.
(ab.)

Der Chor.

O gewaltiger Zeus und o Schirmer der Stadt,
Ihr Unsterblichen, hier für Kadmos' Burg

Als Hüter bestellt!
Wie? Soll ich mich freu'n und jubl' ich der Stadt
Leidwendendem Retter den Dank zu?
Ach, oder bewein' ich der Feldherrn Loos,
Die kindlos starben im Leide?
Die wahrhaft nun, wie der Name verhieß,
An Zwietracht reich,
Austilgt ruchlose Verblendung?

Strophe.

Finstrer Fluch, der sich vollendet
Am Geschlecht des Oedipus!
Eiskalter Schauder strömt mir um die bange Brust:
Den Grabgesang heb' ich an,
Gleich einer Thyas, nun mein Ohr
Den blutigen unglückseligen Tod
Vernommen. Ha, kein Segen, daß
Lanze hier auf Lanze traf!

Gegenstrophe.

Nicht verhallte, klar erfüllte
Sich des Vaters grauser Fluch!
Fort wirkte Lajos' starrer unbeugsamer Sinn.
Und meine Sorg' endet nie,
Der Götter Sprüche leben fort.
Ihr Vielbeweinten thatet, ach!
Das Unerhörte: thränenreich
Kam ein unaussprechlich Leid.

(Die Leichen der gefallenen Brüder werden in ernstem Trauerzuge auf die Bühne gebracht.)

Schlußgesang.

Hier naht es sichtbar; offen liegt des Boten Wort:
Zwiefache Trauer, doppelt Weh, muthvoll verübt
Im Wechselmord, zwiefaches Schicksal, blutig hier
Erfüllt! Wie nenn' ich's? Leides Leid, gehäuft auf dieses Hauses Herd!
Mädchen, wohlan! Laßt im Sturm der Klagen

Um euer Haupt des Gramgeleites Ruderschlag
Mitrauschen, der dem schwarzumflorten Trauerkahn
Stets folgt, dem jammerreichen, durch den Acheron
Zum Lande, das Apollon flieht, das sonnenlos
Alles in ewige Nacht hinabschlingt!

(Antigone und Ismene kommen, tief in Trauergewande gehüllt, aus dem Palaste.)

Die Chorführerin.

Doch es nahen sich ja zu der schmerzlichen Pflicht
Antigone dort und Ismene vereint,
Zu dem Klagegesang um die Brüder; gewiß,
Bald jammert ein voll ausklagender Schmerz
Aus lieblicher, tiefaufwallender Brust.
Uns aber geziemt, vor der Schwestern Gesang
Der Erinnyen trostloshallendes Lied
Und dem Gotte der Nacht
Wildklagende Hymnen zu singen.

(Die beiden Leichen sind vor der Bühnentreppe niedergesetzt; die Schwestern sind an sie hingetreten, und sitzen während des folgenden Chorgesanges Antigone bei der Leiche des Polyneikes, Ismene an der Seite des Eteokles.)

Der ganze Chor.

O Leid!
Ihr Schwestern, von Gram, wie Keine, gebeugt,
Die das schöne Gewand mit dem Gürtel umschlingt!
Laut seufz' ich empor, und es weint unverstellt
Aus innerster Brust mir die Wehmuth.

Erster Halbchor.

O Graun! Ihr Unsinnigen,
Der Freunde Rath unfolgsam, ungeschreckt vom Leid,
Des Vaters Haus nahmt ihr Unseligen ein im Speerkampf!

Zweiter Halbchor.

Unselig gewiß! Unseliger Tod
Ward ihnen im Sturz des Geschlechtes!

Erster Halbchor.

O Graun, o Graun! Räuber ihr
Des Fürstenhauses, gierig nur nach bitterer
Alleingewalt, jetzt entschied zwischen euch der Mordstahl!

Zweiter Halbchor.

Ja, wahrhaft hat sie des Oedipus Fluch
Vollendet, die Macht der Erinnys.

Erster Halbchor.

Die Brust links durchbohrten Beide sich —

Zweiter Halbchor.

Ja, Beide durchbohrten sich
Mit Bruderhand Bruderbrust.

Erster Halbchor.

Weh, unseliges Paar!
Weh, weh, Flüche zu blutigem Wechselmord!

Zweiter Halbchor.

Du sprichst vom Todesstoß,
Der ihr Geschlecht, der zugleich sie selber traf
In unnennbarer Wuth
Durch Zwietracht, die der Fluch
Des Vaters verhängte.

Erster Halbchor.

Die Wehklage hallt die Stadt hindurch.

Zweiter Halbchor.

Es klagt die Burg, weithin klagt
Die Freundesflur; fremder Hand
Fällt der Besitz anheim,

Erster Halbchor.

Um den Hader und Haß,
Um den über die Unseligen kam der Tod.

Zweiter Halbchor.

Im Zorn aufflammend theilten sie das Gut,
Beiden ward ein gleiches Loos.
Dem Schiedsmann zollen wir,
Die Freunde, keinen Preis,
Keinen Dank dem Ares.

Erster Halbchor.

Von Stahles Schlag liegen sie getroffen,
Von Stahles Schlag wartet auf die Beiden —
Du wirst vielleicht fragen, was? —
Der Vatergruft herbes Loos.

Zweiter Halbchor.

In ihres Stamms Klagen hallt tiefer Wehruf
Des herzschneidenden Grams, über den Jammer seufzend,
Bitteren Muths, freudeverwaist, weinend aus tiefinnerster Brust,
Daß mir das Herz, jammer' ich so,
Brechend vergeht über die Fürsten beide.

Erster Halbchor.

Wohl darf ich anklagen diese Armen;
Sie häuften viel Jammers auf die Bürger
Und auf des Feinds ganzes Heer,
Das Schaar um Schaar sank im Streit.

Zweiter Halbchor.

Wohl war sie, die euch geboren,
Der Frau'n allerunseligste, die
Kinder im Schooße trugen,
Sie, die den Sohn, den sie gebar, nahm zum Gemahl,
Söhne dem Sohn zeugte, die solch blutigen Tod fanden im Kampf,
Bruder von Bruders Händen!

Erster Halbchor.

Ja Bruderhand, liebelos zerfleischend, gab
Ihnen graunvollen Tod
Im wildlodernden Zwist:
Also zerrann die Zwietracht!

Zweiter Halbchor.

Der Haß ruht nun; in blut'ger Erde
Floß Beider Lebensblut
In Ein's, ganz sind sie Eines Blutes.
Ein strenger Kampfschlichter war der pontische,
Heißer Glut entstürmte Fremdling,
Der scharfe Stahl, streng des Erbes Theiler auch,
Der Schlachtengott, der im Zorn
Des Vaters Fluch grausenvoll bewährte.

Erster Halbchor.

Ihr Theil am Leid, welches Zeus verhängte, fiel,
Ach! den Unsel'gen zu:
Unter den Leichen hinab
Dehnt sich ihr Reich ohn' Ende.

Zweiter Halbchor.

O Graun! Zahllos mit Jammerblüten
Kränzten sie dieses Haus.
Zuletzt erhoben noch die Flüche
Des Siegesrufs hellsten Laut,
Da ganz entlaubt niedersank der Heldenstamm.
Der Ate Siegzeichen steht am Thor erhöht,
An dem das Paar blutend sank;
Nach Beider Sturz wich der grause Dämon.

(Der eine Halbchor stellt sich nun auf die Seite der Antigone um die Leiche des Polyneikes, während der andere sich zu Ismene um die Leiche des Eteokles stellt.)

Antigone.

Getroffen trafst du!

Ismene.

Mordend sankst du todt dahin!

Antigone.

Erschlugst mit Speere!

Ismene.

Sankst vom Speere!

Antigone.

Leidbringend du!

Ismene.

Leidduldend du!

Antigone.

Da liegst du, der Mörder!

Ismene.

Da liegst du gemordet!

Antigone.

Ihr Klagen, strömt!

Ismene.

Ihr Thränen, fließt!

Antigone.

Rasend tobt im Schmerz die Seele.

Ismene.

Tief im Busen seufzt das Herz.

Antigone.

Weh dir, Beweinenswerther, dir!

Ismene.

Auch dir, dem Jammervollsten, weh!

Antigone.

Du sankst von Bruders Hand!

Ismene.

Des Bruders Mörder du!

Antigone.

Zwiefaches Leid!

Ismene.

Zwiefache Klage!

Antigone.

Und solchem Jammer steh'n wir nah —

Ismene.

Wir Schwestern um die Brüder hier!

Der Chor.

O Moira, drangsalvolle Leidesspenderin!
Heiliger Schatte des Oedipus!
Fluchgeist der Nächte, wahrlich groß ist deine Macht!

Antigone.

Wehe!

Ismene.

Wehe!

Antigone.

Welches Jammers bittern Anblick —

Ismene.

Zeigt' er wiederkehrend uns!

Antigone.

Und kam, ihn mordend, nicht zur Stadt —

Ismene.

Heimkehrend haucht' er aus das Leben!

Antigone.

Er haucht' es aus, ach!

Ismene.

Und entriß es diesem hier!

Antigone.

Unselig Haus!

Ismene.

Unselig Leid!

Antigone.

O jammervolles Brüderpaar —

Ismene.

Vom Gräul des Zweikampfs triefend noch!

Antigone.

Ein Graun dem Wort!

Ismene.

Ein Graun dem Blick!

Der Chor.

O Moira, drangsalvolle Leidesspenderin!
Heiliger Schatte des Oedipus!
Fluchgeist der Nächte, wahrlich groß ist deine Macht!

Antigone.

Das sahst du hierherkommend schon —

Ismene.

Nicht minder schnell erfuhrest du's —

Antigone.

Sobald du zogest nach der Stadt—

Ismene.

Die Lanze hobest wider ihn!

Antigone.

O schwere Noth!

Ismene.

O bittres Leid!

Antigone.

Dem Haus —

Ismene.

Und dem Land!

Antigone.

Weh, und vor allen mir!

Ismene.

Und nicht minder mir!

Antigone.

O Graun! Unselig Mißgeschick!

Ismene.

O Graun! Tiefsten Jammers Opfer ihr,
Wahnsinnsopfer des Schicksals!

Antigone.

Wo bestatten wir die Todten?

Ismene.

An der ehrenvollsten Stätte!

Antigone.

Gram, zum Vater gebettet! Wehe!

(Ein Herold kommt aus der Stadt.)

Der Herold.

Ich muß verkünden, was beschließt und was beschloß
Des Kadmosvolkes hoher Rath in dieser Stadt.
Eteokles soll als seines Landes treuer Freund
Ein Grab empfangen in der Erde theurem Schooß:
Am Thor die Feinde wehrend, bot er sich dem Tod;
Der Ahnen Heiligthümer fromm beschirmend, fiel
Er ohne Tadel, wie's dem Mann zu sterben ziemt.
Dies über ihn zu sagen, ist mir auferlegt.
Doch Polyneikes', seines Bruders, Leiche soll,
Ein Raub den Hunden, ohne Grab zur Stadt hinaus
Geworfen werden, weil er Kadmos' Land zerstört,
Wenn nicht des Mannes Lanze sich ein Himmlischer
Entgegenstellte. Selbst im Tode bleibt er noch
Ein Fluch der Heimat Göttern, die der Freche schnöd
Entehrend, einbrach auf die Stadt mit fremdem Volk.
So nehm' er denn von räuberischer Vögel Brut
Ehrlos bestattet seinen Ehrenlohn dahin,
Und weder spende seinem Grab die fromme Hand,
Noch darf ein Klaglied schallend ihn verherrlichen,
Der Freunde keiner ehren ihn durch Grabgeleit!
So will's des Volkes hoher Rath in Kadmos' Stadt.

Antigone.

Und ich erkläre dieses Volks Gewaltigen:
Wenn Keiner mir den Todten mitbestatten will,
Ich selbst bestatt' ihn, und bestehe die Gefahr,
Bestatte meinen Bruder, und erröthe nicht,
Unfolgsam Trotz zu bieten dem Machtwort der Stadt.
Stark sind des Blutes Bande, dem wir beid' entstammt,
Der ärmsten Mutter Sprossen und des ärmsten Manns.
Drum dulde willig, was er ungern trug, o Herz,

Dem Todten lebend opfre dich mit Schwestersinn!
Nein, diesen Leichnam sollen nicht raubgierige
Wehrwölfe mir zerfleischen: hoffe Keiner das!
Ich will mit eignen Händen ihm, obwohl ein Weib,
Das Grab bereiten und die Grabesehren weih'n;
Im Schooß des Byssoskleides trag' ich ihn hinaus,
Bestatte selbst ihn: wehren soll es Keiner mir!
Dem Muth gesellt sich siegend auch die frische That.

Der Herold.

Ich will dir rathen, trotze nicht also der Stadt!

Antigone.

Ich will dir rathen, melde nichts Unnützes mir!

Der Herold.

Streng pflegt ein Volk zu richten, das der Noth entrann.

Antigone.

Streng nenn' es; aber ohne Grab bleibt dieser nicht!

Der Herold.

Ihn, den das Volk haßt, ehrtest du durch Grabesweih'n?

Antigone.

Noch fanden ihn die Götter stets der Ehre werth.

Der Herold.

Gewiß, bevor er dieses Land in Noth gestürzt.

Antigone.

Mit Leide nur vergalt er, was ihm Leid geschah.

Der Herold.

Doch statt des Einen büßte hier das ganze Volk.

Antigone.

Zuletzt von allen Göttern hat Eris das Wort.
Ich werde den bestatten: sprich nicht weiter mehr!

Der Herold.

So thu's mit eignem Willen: ich verbiete dir's!

(Der Herold entfernt sich.)

Der Chor.

Weh, weh!
Stolztrotzende, stammaustilgende Schaar,
Fluchgöttinnen ihr, die des Oedipus Haus
Ihr also vertilgt sammt Wurzel und Stamm!
Was ergreift, was beginnt, was ersinnt mein Herz?

(zu der Leiche des Polyneikes gewendet)

Wie ertrüg' ich es wohl, nicht zu weinen um dich,
Dich nicht an die Gruft zu geleiten?
Doch es faßt mich die Angst, und ich schrecke zurück
Vor dem Dräuen des Volks.

(zu Eteokles)

Dir, Herr, folgt wohl zahlreiches Geleit
Von Trauernden.

(zu Polyneikes)

Er geht klanglos dahin,
Der Arme, beweint von den Schwestern allein:
Wer fügte sich solchem Gebote?

(Der Chor, in zwei Halbchöre getheilt, setzt sich in Bewegung. Der erste folgt mit Antigone dem Leichnam des Polyneikes, während der zweite mit Ismene die Leiche des Eteokles begleitet.)

Erster Halbchor.

So bestrafe die Stadt, so bestrafe sie nicht,
Die dich, Polyneikes, beweinen:
Wir gehen mit dir, und bestatten dich mit,
Und folgen zum Grab! Denn alles Geschlecht
Der Kadmeier berührt dies Jammergeschick,

Und das Volk, es erkennt
Nun dies, nun das für gerecht an.

Zweiter Halbchor.

Wir gehen mit ihm, wie die Stadt es gebot,
Und das heilige Recht es bestimmte.
Nächst Zeus' Allmacht und der Ewigen Hut
Hat Er ja die Stadt der Kadmeier bewahrt,
Daß nicht sie zerstört
Von der Fremdlinge wildanstürmender Flut
In den Abgrund schwand des Verderbens.

Erklärende Anmerkungen.

V. 24. der Seher, der auch aus Euripides und Sophokles bekannte Teiresias. Er weissagt „ohne Flammenzeichen," vielleicht weil er als Blinder das Feuer nicht zu beobachten vermochte; doch streitet hiergegen, daß er bei Sophokles auch das Feuer befragt. Jedenfalls waren die Weissagungen aus dem Feuer nach dem Glauben der Alten nicht so sicher, als die aus dem Vogelfluge.

V. 45. Enyo, die Schwester des Ares, ungefähr was bei den Römern Bellona, die Kriegsgöttin. Der Gott des Schreckens, Phobos, den im Geleite des Ares schon Homer nennt.

V. 49 f. Ringe, Spangen, Haarlocken und Aehnliches weihte der Krieger dem älterlichen Hause als Gedächtnißzeichen, falls er im Kampfe den Tod finden würde. Hier wird der Wagen des Adrastos damit geschmückt, weil Amphiaraos geweissagt hatte, nur Adrastos werde mit dem Leben davon kommen.

V. 101. Des Landes alter Hort, Ares. Harmonia, die Tochter des Ares und der Aphrodite, war die Gemahlin des Kadmos, des Gründers von Thebä. Ares wurde deßhalb von den Thebern als einer der ersten und ältesten Landesgötter geehrt.

V. 102. Die Gottheit im goldnen Helme ist Pallas Athene.

V. 127. Kypris heißt die Stammesmutter des thebischen Volkes, weil ihre Tochter Harmonia dem Kadmos vermählt war. S. zu V. 101.

V. 131. Den Beinamen Apollons Lykeios (auch Lykoktonos, Wolfsmörder) leitete man auch davon ab, daß der Gott durch einen Orakelspruch in Sikyon die dort hausenden Wölfe vertilgt hatte.

V. 147. Onka, ein Beiname der thebischen Pallas, welcher Kadmos vor dem Thore, das ihren Namen führte, (dem onkäischen,) einen Tempel errichtet hatte.

V. 189. Rettet der Schiffer in Sturmesnöthen sich vom Untergange, wenn er vom Steuerborde, statt dort das Steuer zu lenken, zu dem Vorderdecke (wo die Bildnisse der Götter sich befanden) flüchtet, um die Hülfe der Götter anzurufen?

V. 199. Es war alte Volksvorstellung, daß die Götter eine eroberte Stadt verlassen.

V. 281. Götter, Geschlecht von Zeus, Pallas Athene, Apollon, Artemis u. s. f., deren Statuen auf der Bühne aufgestellt sind.

V. 325. Ein Thurmwall, ein Wall, auf welchem hölzerne Thürme aufgerichtet waren.

V. 361. Oikles' Sohn, Amphiaraos.

V. 388. Die Scheu (Aeschyne) ist hier die verpersönlichte sittliche Scheu oder Göttin der Scham und Bescheidenheit, synonym der Aedos, die in Athen einen Altar hatte. Conz.

V. 391. Mit dem Namen des Saatvolkes wurden diejenigen bezeichnet, die von den Zähnen des getödteten Drachen, welche Kadmos auf das

Feld säte, entsprossen waren. Diese seien, dichtete man, mit Helm und Speer gerüstet aus der Erde hervorgestiegen, hätten aber sogleich sich gegenseitig angefallen und getödtet. Nur Fünf von ihnen seien, von der Wuth des Ares verschont, übrig geblieben. Mehrere alte Familien Thebä's rühmten sich, von diesen abzustammen.

V. 416. Der Sinn ist: was sein Gewinn scheint, ist unser Gewinn, insofern es ihm zum Verderben gereicht; denn die Prahlereien des Uebermuthes schlagen sich selbst.

V. 453. vom Saatgeschlecht. S. zu V. 391.

V. 472. Typhon, das feuerspeiende Riesenungethüm des Titanenkrieges.

V. 477. Thyaden, Priesterinnen des Bacchos.

V. 487. Alles Gute, das der Zufall darbot, wurde dem Hermes als Urheber zugeschrieben.

V. 511. nicht seines Namens Sinn gemäß Jungfräulichsanft. Eine Anspielung auf den V. 522 ausgedrückten Namen dieses Helden, Parthenopäos, d. i. Jungfrau'ngesicht. Er war der Sohn der arkadischen Jägerin Atalante, und hatte sich wegen eines unfreiwillig begangenen Mordes nach Argos geflüchtet, wo er unter gastfreundlichem Schutze seine Jünglingsjahre verlebte. Dafür will er nun der zweiten Heimat den Dank bezahlen (V. 523), indem er ihr nicht bloße Söldnerdienste leistet (V. 520), sondern als Held (V. 522) für die Sache seiner Beschützer und Gastfreunde kämpft.

V. 516. Ueber die Sphinx s. unsere Anmerkung zu Sophokles' König Oedipus V. 31.

V. 530. Aktor, der Bruder des Hyperbios.

V. 553. Polyneikes heißt: Haderreich. Vgl. V. 633. 653. 802.

V. 715. Die Schuld alter Zeit ist die Nichtbeachtung des delphischen Orakels durch Lajos. S. 718 ff. Diese Schuld rächte sich an ihm selbst, und wirkt noch bis in's dritte Glied; denn durch sie fand Oedipus, der Sohn des Lajos, seinen Untergang, und nun steht auch dessen Söhnen das Verderben bevor.

V. 735. Im Mittel zwischen der Stadt und den wider sie heranstürmenden Fluten.

V. 749. Die Brut, die Sphinx.

V. 773. Der Siebenfürst heißt Apollon, weil ihm, dem Sonnen- und Zeitgott der späteren Fabellehre, der siebente Tag jedes Monats, überhaupt die mystische Siebenzahl heilig war.

V. 790. mit dem Skythenstahl. Vgl. 701 ff.

V. 808. Gleich einer Thyas. S. zu V. 477.

V. 825. Der Chor vergleicht die häufigen Schläge, die man im Schmerze auf Haupt und Brust richtete, mit Ruderschlägen, welche den Todten durch den Acheron in das Reich der Schatten geleiten.

V. 871. Der Schiedsmann ist das Schwert, der Skythenstahl V. 701 ff. Vgl. V. 900 f.

V. 996. Eris, die Göttin des Streites und der Zwietracht.

Lesarten und Verwandtes.

V. 115. διάδετοί τε δὴ γέννυος ἱππίας
κινύρονται φόνον χαλινοί.
V. 130. αὔτοῦσαι πελαζόμεσθα.
V. 132. στόνων ἀΐσσας.
V. 139. αἰθὴρ ἐπιμαίνεται.
V. 145. ἐκ Διόθεν γένοιτο (oder πέλοιτο)
πολεμόκραντον ἁγνὸν τέλος ἐν μάχᾳ·
σύ τε μάκαιρ' ἄνασσ', Ὄγκα πρόπτολις.
V. 158. δεῖξαθ' ὡς φιλοπόλεις.
V. 160. μελόμενοι δ' ἀρκέσατε.
V. 186. ὅτε τε σύριγγες ἔκλαγξαν ἑλίτροχοι,
ἱππικῶν τ' ἀγρύπνων πηδαλίων δία στόμια,
πυριγενετᾶν χαλινῶν.
V. 199. αὐτὲς ἀλέσῃς.
V. 254. ὕδασί τ' Ἰσμηνῦ.
V. 258. θήσειν τρόπαια, δηΐων τ' ἐσθήματα
στέψειν πρὸ ναῶν δορίληφθ' ἁγνοῖς δόμοις.
V. 272. δράκοντας ὥς τις τέκνων
ὑπερδέδοικεν λεχαίων δυςευνάτορας
πάντρομος πελειάς.
V. 281. παντὶ τρόπῳ, διογενεῖς θεοί.
V. 285. τᾶςδ' ἄρειον, ἐξαφέντες ἐχθροῖς.
V. 292. θεοί, τοῖσι μὲν ἔξω
πύργων ἀνδρολέτειραν
ἄταν, ῥίψοπλον ἄταν

ἐμβαλόντες, ἄροισθε
κῦδος τοῖςδε πολίταις.

V. 309. βοᾷ δὲ καὶ κενουμένα πόλις.

V. 315. τί τὸν φθίμενον γὰρ προλέγω
βέλτερα τῶνδε πράσσειν;

Quid enim opus est dicere, defunctum meliore fortuna frui?

V. 321. καπνῷ δὲ χραίνεται πόλισμ᾽ ἅπαν.

V. 325. πρότι δ᾽ ὀρκάνα πυργῶτις.

Zu πρότι ergänze aus dem vorangehenden Verse τὸ ἄστυ.

V. 326. ὑπὸ δύρει (oder ἀμφὶ δορὶ) καίνεται.

V. 330. ἁρπαγαὶ δὲ, διαδρομᾶν ὁμαίμονες, rapinae fiunt, discursationum sorores.

V. 335. τίν᾽ ἐκ τῶνδ᾽ εἰκάσαι λόγος πάρα; Ex his quamnam de nostra fortuna conjecturam facere in promtu est?

V. 336 παντοδαπὸς δὲ καρπὸς
χαμάδις πεσὼν ἀλγύνει
κυρήσας πικρὸν γ᾽ ὄμμα θαλαμηπόλων.

V. 343. τλάμον᾽ εὐνὰν αἰχμάλωτον. M. s. Schütz z. d. St.

V. 360. μεσημβριναῖς αὐγαῖσιν.

V. 372. ὡς κατασθμαίνων βρέμει.

V. 373. ὀργαίνει μένων.

V. 385. τήνδ᾽ ὕβριν.

V. 394. δίκη δ᾽ ὁμαίμων d. i. τὸ τῆς συγγενείας δίκαιον.

V. 414. τοιῷδε φωτὶ δ᾽, εἰπέ, τίς ξυστήσεται;

V. 420. ἃ θεὸς σ᾽τίζων. θεὸς ist einsylbig zu lesen.

V. 427. αἴθων.

V. 452. καὶ δὴ πέπεμπται ohne ὁ.

V. 459. κόμπαζ᾽ ἐπ᾽ ἄλλῳ, i. e. ἄλλον τινὰ κομπώδη λέγε, ἄλλου τινὸς κόμπον λέγε.

V. 477. φόνον βλέπων.

V. 495. γένοιτο ohne ἄν.

V. 518. φέρει δ᾽ ἐφ᾽ αὐτῇ. (Oder ὑφ᾽ ὅπλῃ?)

V. 535. ἔξωθε δ᾽ οὖσα τ. φ. μ.

V. 539. καὶ τριχὸς ὀρθίας π. ἰ.

V. 540. κλυοῦσα.

V. 551. καὶ τὸν σὸν αὖθις πρόσμορον ἐς ἀδελφεὸν
ἐξυπτιάζων ὄμμα, Πολυνείκους βίαν,
δύστηνον αὐτῷ τοὔνομ᾽ ἐνδατούμενος.

V. 559. μητρὸς δὲ πηγὴν τίς κατασβέσει δίκῃ; Der Sinn dieses und der folgenden Verse ist: Wer möchte wohl seine Mutter mit Recht tödten? Und du könntest glauben, daß dein Vaterland, an dem du zum Mörder wirst, indem du es mit Krieg überziehst, dir hold sein werde?

V. 565. ἀσπίδ' εὐκήλως ἔχων.

V. 594. φιλεῖ δὲ σιγᾶν. Subjekt zu φιλεῖ ist Loxias, und der Zusammenhang: Amphiaraos weiß, daß er im Kampfe fallen muß, wenn anders die Orakel des Phöbos eintreffen; nun treffen sie aber ein; denn der Gott liebt entweder zu schweigen oder Wahrheit zu melden.

V. 603. ἐκτρέποντες ἐς γᾶς.
V. 617. εὔκυκλον σάκος.
V. 651. πτερῶν προβλήματα.
V. 670. φίλου γάρ ἐχθρά μοι πατρὸς τάλαιν' Ἀρά.
V. 707. ἐπειδὰν αὐτοκτόνως.
V. 709. γαῖα κόνις.
V. 716. παρβασίαν ὠκύποινον.
V. 723. κρατηθεὶς δ' ἡδονῶν ἀβουλίαις.
V. 735. μεταξὺ δ' ἀλκὰν δι' ὀλίγου
τείνει πύργος ἐν Ἄρει.
V. 741. οὐ μὰψ ἔρχεται.
V. 758. τέκνοισιν δ' ἀρὰς
ἐφῆκεν ἐπικότους τροφᾶς.
V. 765. τεθρυμμέναι.
V. 777. βασιλέοιν δ' ὁμοσπόροιν.
V. 779. Οἰδίπου γένους.
V. 818. ἄπυστον.
V. 821. διπλαῖ μέριμναι, δίδυμ' ἀγανόρεα κακά,
κάκ' αὐτοφόνα, δίμοιρα, τέλεα τάδε πάθη·
τί φῶ; τί δ' ἄλλο γ' ἢ πόνοι πόνων, δ. ἐφ.
V. 827. ἄστονον ohne ναύστολον.
V. 837. Ἀΐδᾳ.
V. 845. δόμους πατρῴους ἑλόντες μέλεοι σὺν αἰχμᾷ. Die Worte πατρῴους δόμους wurden umgestellt, um den Vers dem entsprechenden Verse der Gegenstrophe (V. 850) anzupassen.

V. 858. διανταίαν λέγεις
δόμοισι καὶ σώμασιν πεπλαγμένους.

V. 878. δόμων μάλ' ἀχὰν ἐπ' αὐτοῖς προπέμπει δ. γ. aedium propter eos lamenta meus prosequitur luctus.

V. 886. ἐν δαΐ.
V. 904. ἀρὰν πατρῴαν τ. ἀ.
V. 909. ἐπανθίσαντες.
V. 920. πρόκεισαι κατακτάς. Ἰ. πρόκεισαι φονευθείς.
V. 926. ἀχέων δὲ τοίων ἐγγύθεν.
V. 931. δυσθέατα πημάτων.
V. 933. ἀπώλεσεν δή.
V. 935. δύστηνα κήδε' ὁμώνυμα — Ἰ. δίυγρα δοριπάλτων πημάτων.
V. 949. ἰώ, πῆμα πατρὶ ξύνευνον.
V. 954. ἐν πύλαις.
V. 955. ἱερῶν πατρῴων δ', ὅσιος ὢν μομφῆς ἄτερ,
τέθνηκεν ἕνεχ' ὡς νέοις θνήσκειν καλόν.
ἱερῶν πατρ. abhängig von ἕνεκα V. 956.
V. 1010. εἶσιν· τίς ἂν ἓν τὰ πίθοιτο;
V. 1015. τῇ Καδμείων κοινὸν τόδ' ἄχος,
καὶ πόλις ἄλλως.

Verzeichniß der Sylbenmaße in den lyrischen Stellen dieser Tragödie.

V. 78—110.

⏑ – ⏑ – – ⏑ –
⏑ – – ⏑ – – ⏑ ⏑ – ⏑ –
⏑ – – ⏑ – – ⏑ ⏑ – ⏑ –
⏑ – – ⏑ – – ⏑ ⏑ – ⏑ –
⏑ – – ⏑ – – ⏑ ⏑ – ⏑ –
⏑ ⏑ – – ⏑ – ⏑ ⏑ – – ⏑ ⏑ –
⏑ – – ⏑ – ⏑ – – ⏑ –
⏑ – – ⏑ – – ⏑ ⏑ – ⏑ –
⏑ – – ⏑ – – ⏑ ⏑ – ⏑ –
– ⏑ ⏑ – ⏑ –
– ⏑ ⏑ – ⏑ – ⏑ – – ⏑ –
⏑ – – ⏑ – ⏑ – – ⏑ –
– ⏑ – ⏑ – ⏑
– – – ⏑ – ⏑ – – ⏑ –
– ⏑ ⏑ – ⏑ –
– ⏑ ⏑ – ⏑ – ⏑ – ⏑ ⏑ – ⏑ ⏑ – ⏑ –
⏑ – – ⏑ ⏑ – ⏑ – – ⏑ ⏑ – ⏑ –
– ⏑ ⏑ – ⏑ – – ⏑ ⏑ – ⏑ –

96 Vollständiger jambischer Trimeter.

⏑ – – ⏑ –
– – – – – ⏑ ⏑ ⏑ – ⏑ –

99 Vollständiger jambischer Trimeter.

– – ⏑ – – ⏑

⏑ – – ⏑ – ⏑ – – ⏑ –

102 Vollständiger jambischer Trimeter.

– ⏑ – ⏑ – – ⏑ –

– – ⏑ – ⏑ – ⏑ –

– – – ⏑

– ⏑ ⏑ – – – – ⏑ ⏑ – ⏑ –

⏑ – – ⏑ –

– ⏑ – ⏑ – ⏑ –

– ⏑ ⏑ – ⏑ – – ⏑ ⏑ – ⏑ –

– ⏑ ⏑ – ⏑ –

V. 111—148.

– – – ⏑ – – ⏑ –

– – ⏑ – – – ⏑ – ⏑ – ⏑

– – ⏑ – ⏑ – ⏑ – ⏑

– ⏑ ⏑ – ⏑ – ⏑ – – ⏑ –

– ⏑ ⏑ – ⏑ – – ⏑ ⏑ – ⏑ –

– – ⏑ – ⏑ – ⏑ – ⏑

⏑ – – ⏑ – – ⏑ ⏑ – ⏑ –

⏑ – – ⏑ – – ⏑ ⏑ – ⏑ –

⏑ – – – ⏑ – ⏑ – ⏑

– ⏑ ⏑ – ⏑ – – ⏑ ⏑ – ⏑ –

– ⏑ ⏑ – ⏑ – ⏑ – – ⏑ –

– ⏑ ⏑ – ⏑ –

– ⏑ ⏑ – – ⏑ – ⏑ – ⏑ – ⏑

– ⏑ ⏑ – ⏑ – – ⏑ ⏑ – ⏑ –

⏑ – – ⏑ – – ⏑ ⏑ – ⏑ –

⏑ – ⏑ – – – ⏑ – ⏑ – ⏑

– – ⏑ – ⏑ ⏑ – ⏑ – ⏑

– – – ⏑ – – ⏑ ⏑ – ⏑ –

– ⏑ ⏑ – ⏑ – – ⏑ ⏑ – ⏑ –

⏑ – – – ⏑ – ⏑ – ⏑

⏑ – – ⏑ – ⏑ – – ⏑ –

⏑ – – ⏑ – ⏑ ⏑ – ⏑ – –

– – – ⏑ ⏑ – ⏑ – –

– ⏑ – ⏑ – –

– ⏑ ⏑ – ⏑ –
⏑ – – ⏑ – – ⏑ ⏑ – ⏑ –
– ⏑ ⏑ – ⏑
– ⏑ ⏑ – ⏑ – – ⏑ ⏑ – ⏑ –
– ⏑ ⏑ – ⏑ – – ⏑ ⏑ – ⏑ –
– ⏑ ⏑ – ⏑ – – ⏑ ⏑ – ⏑ –
⏑ – – ⏑ ⏑ – ⏑ –
– ⏑ ⏑ – ⏑ – ⏑ – – ⏑ –
–
– ⏑ ⏑ – ⏑
– ⏑ ⏑ – ⏑ – – ⏑ ⏑ – ⏑ –
⏑ – – ⏑ – ⏑
– ⏑ ⏑ – ⏑ – – ⏑ ⏑ – ⏑ –
– ⏑ ⏑ – ⏑ – ⏑ – ⏑ ⏑ – ⏑ –
⏑ – ⏑ ⏑ – ⏑ – ⏑

Strophe. V. 149—155. Gegenstrophe V. 156—162.

⏓ – ⏑ – – ⏑ ⏒
⏓ – ⏑ – – ⏑ – – ⏑ –
– ⏑ – – ⏑ –
– – ⏑ – ⏑ – ⏑ –
– ⏑ – – ⏑ –
– ⏑ ⏑ – ⏓ – – ⏑ ⏑ – ⏑ –
– ⏑ ⏑ – ⏒ –

Strophe 1. V. 184—188. Gegenstrophe 1. V. 192—196.

– ⏑ ⏑ – ⏑ – – ⏑ ⏑ – ⏑ ⏓
⏑ – ⏑ ⏑ ⏑ – – ⏑ ⏑ – ⏑ ⏑ – und: – ⏑ ⏑ – ⏑ – – ⏑ ⏑ – ⏑ –
– ⏑ – ⏑ – – ⏑ ⏑ – ⏑ –
– ⏑ – – ⏑ – ⏑ ⏑ ⏑ – ⏑ – ⏑ –
⏒ – ⏑ ⏑ – ⏑ – ⏑

Strophe 2. V. 200—203. Gegenstrophe 2. V. 207—210.

– ⏑ ⏑ – ⏑ – – ⏑ ⏑ – ⏑ – und: ⏑ – – ⏑ – – ⏑ ⏑ – ⏑ –
– ⏑ ⏑ – ⏑ – ⏑ – – ⏑ – und: – ⏑ ⏑ – ⏑ – – ⏑ ⏑ – ⏑ ⏑
– ⏑ ⏑ – ⏑ – – ⏑ ⏑ – ⏑ –
– ⏑ ⏑ – ⏑ ⏑ – ⏒ –

Strophe 3. V. 214—216. Gegenstrophe 3. V. 220—222.

– ⏑ ⏑ – ⏑ – – ⏑ ⏑ – ⏑ –

– ⏑ ⏑ – ⏑ – – – ⏑ ⏑ – – ⏑ –
– ● – ⏒ – – ⏑ –

Strophe 1. V. 268—283. Gegenstrophe 1. V. 284—299.

⏑ – ⏑ – – ⏑ – – ⏑ –
– ⏑ – ⏑ – ⏑ – ⏑ – ⏑
– ⏑ – ⏑ – ⏑
⏑ – ⏑ – – ⏑ –
⏑ – ⏑ – – ⏑ –
⏑ – ⏑ – – ⏑ – – ⏑ – – ⏑ –
– ⏑ ⏑ – ⏑ – ⏑
– – – ⏑ ⏑ – ⏓
⏓ – – ⏑ ⏑ – ⏓
– ⏓ – ⏑ ⏑ – ⏑
– – – ⏑ ⏑ – ⏑
– ⏓ – ⏑ ⏑ – ⏑
– ⏑ – ⏑ ⏑ – ⏑
– ⏑ ⏑ – – ⏑ ⏑ – ⏑ –
⏑ – – ⏑ ⏓
– ⏑ ⏑ – ⏑ – ⏑

Strophe 2. V. 300—311. Gegenstrophe 2. V. 312—323.

⏑ – – ⏑ ⏑ – – ⏑ – –
⏑ ⏑ – ⏑ ⏑ – – ⏑ ⏑ – ⏒
– ⏑ – ⏑ ⏑ – ⏑ –
– – ⏑ ⏑ – – ⏑ ⏑ –
– ⏑ ⏑ – ⏑ – ⏓
– ⏑ ⏑ – – ⏑ – ⏑ – –
– ⏑ – ⏑ – ⏑
– – – ⏑ ⏑ –
⏑ – – ⏑ ⏑ – – ⏑ –
⏓ – ⏑ – ⏑ – ⏑ – ⏑ –
– ⏑ ⏑ – ⏑ ⏑ – – ⏑ ⏑ –
⏑ – – – ⏑ – ⏑ – ⏑

Strophe 3. V. 324—335. Gegenstrophe 3. V. 336—347.

– ⏑ ⏑ – ⏑ – ⏓
⏑ – ⏑ – ⏑ – ⏓
⏑ – – ⏑ – – ⏑ ⏑ ⏑ – ⏑ –

– – – ⏑ ⏑ – ⏑
– ⏑ ⏑ – ⏑ ⏑ –
– ⏑ ⏑ – ⏑ – ⏑
– ⏑ – ⏑ – ⏑ – ⏑ – ⏑ –
– ⏑ – ⏑ – ⏑ – ⏑
– ⏑ – ⏑ – ⏑ – ⏑
– ⏑ – ⏑ – ⏑ –
– ⏑ – ⏑ – ⏑ – ⏑ – ⏑ –
⏑ – – – ⏑ – ⏑ – ⏑ –

Strophe 1. V. 396—400. Gegenstrophe 1. V. 431—435.

⏑ – – ⏑ – ⏑ – – ⏑ – und: – – – ⏑ – – ⏑ ⏑ – ⏑ –
⏑ – – ⏑ – ⏑ – – ⏑ – und: ⏑ – – ⏑ – – ⏑ ⏑ – ⏑ –
⏑ – – ⏑ – ⏑ – – ⏑ – und: – ⏑ ⏑ – ⏑ – ⏑ – – ⏑ –
⏑ – ⏑ – ⏑ – ⏑ –
– ⏑ ⏑ – ⏑ – ⏑

Strophe 2. V. 460—464. Gegenstrophe 2. V. 496—500.

⏓ – ⏑ – – ⏑ ⏑ – ⏑ –
⏓ – ⏑ – – ⏑ – ⏑ – – ⏑ –
– ⏑ ⏑ – ⏑ – – ⏑ ⏑ – ⏑ –
– ⏑ ⏑ – ⏑ ⏑ – ⏑
– ⏑ ⏑ – ⏑ ⏑ – ⏑ – ⏑

Strophe 3. V. 538—542. Gegenstrophe 3. V. 601—605.

⏑ – – ⏑ – ⏑ – – ⏑ –
– ⏑ ⏑ – ⏑ – – ⏑ ⏑ – ⏑ –
– ⏑ – – ⏑ – ⏑ – ⏑
– ⏑ ⏑ – ⏑ – – ⏑ – ⏑ –
– ⏑ ⏑ – ⏑ – ⏒

Strophe 1. V. 661—663. Gegenstrophe 1. V. 667—669.

⏒ ⏑ ⏑ – ⏑ – – ⏑ ⏑ – ⏑ –
⏑ – – ⏑ – ⏑ – – ⏑ – und: ⏑ – – ⏑ – – ⏑ ⏑ – ⏑ –
– ⏑ ⏑ – ⏑ – –

Strophe 2. V. 673—676. Gegenstrophe 2. V. 680—683.

– ⏑ ⏑ – ⏑ – ⏑ – – ⏑ – und: – ⏑ ⏑ – – – – ⏑ ⏑ – ⏑ –
– ⏑ ⏑ – ⏑ – ⏑ – – ⏑ – und: – ⏑ ⏑ – ⏑ – – ⏑ ⏑ – ⏑ –
⏑ – – ⏑ – – ⏑ ⏑ – ⏑ – und: – ⏑ ⏑ – ⏑ – – ⏑ ⏑ – ⏑ –
– ⏑ ⏑ – ⏑ – ⏑

Strophe 1. V. 695—700. Gegenstrophe 1. V. 701—706.

⏑ – ⏑ – – ⏑ ⏑ – ⏑
⏑ ⏑ – ⏑ – ⏑ – ⏑
⏑ ⏑ – – ⏑ ⏑ – ⏑
⏑ ⏑ ⏒ ⏑ – ⏑ – ⏑
⏑ ⏑ – – ⏑ ⏑ – – ⏑ ⏑ – – ⏑ ⏑ – – ⏑ ⏑ –
– ⏑ ⏑ – ⏑ ⏑ – ⏑ – ⏑

Strophe 2. V. 707—714. Gegenstrophe 2. V. 715—722.

⏓ – ⏑ – – ⏑ –
– ⏑ ⏑ – – ⏑ ⏑ – ⏑
– – ⏑ – ⏓ – ⏑ –
⏑ – – ⏑ – ⏑ – ⏑ –
– – ⏑ – – ⏑ –
– – ⏑ – – ⏑ –
⏑ – ⏑ – ⏒ – ⏑ –
– ⏑ – ⏑ – ⏑ –

Strophe 3. V. 723—730. Gegenstrophe 3. V. 731—738.

⏑ – – – ⏑ – ⏑ – ⏑ –
⏑ – ⏑ ⏑ – ⏑ ⏑ – ⏒
⏒ – ⏑ ⏑ – ⏑ ⏑ –
– ⏑ – ⏑ – ⏒
⏓ – ⏑ – ⏑ – ⏑ –
– ⏑ – ⏑ ⏑ – ⏑
⏑ – ⏑ ⏑ – ⏑ ⏑ – ⏑
– ⏑ – ⏑ – ⏓

Strophe 4. V. 739—744. Gegenstrophe 4. V. 745—750.

⏑ – – – ⏑ – ⏑ – ⏑ –
⏑ – – ⏑ – ⏑ –
⏒ – ⏑ – ⏓ – ⏑ – ⏑ –
⏒ – ⏑ – ⏑ – ⏑ –
⏑ ⏑ – ⏑ ⏑ – ⏑
– ⏑ ⏑ – ⏑ – ⏑

Strophe 5. V. 751—757. Gegenstrophe 5. V. 758—764.

⏑ – – ⏑ –
⏒ – ⏑ – ⏓ – ⏑ –
⏒ – ⏑ – ⏑ – ⏑ –

– ⏑ ⏑ – ⏑ ⏑ –

⏑ – ⏑ – ⏑ –

– ⏑ ⏑ – ⏑ ⏑ –

– ⏑ ⏑ – – ⏑ – ⏑ – ⏑

V. 794—803. Anapäste.

Strophe. V. 804—811. Gegenstrophe. V. 812—819.

– ⏑ – ⏓ – ⏑ – ⏑

– ⏑ – ⏑ – ⏑ –

806. 814 Vollständiger jambischer Trimeter.

⏑ – ⏑ – – – ⏑ –

⏓ – ⏑ – ⏑ – ⏑ –

⏑ – ⏑ – ⏓ – ⏑ –

⏑ – ⏑ – ⏓ – ⏑ –

– ⏑ – – – – ⏑ –

Schlußgesang. V. 820—829.

Drei vollständige jambische Trimeter.

⏑ – ⏑ – ⏑ – ⏑ – ⏑ – ⏑ – ⏑ – ⏑ –

– ⏑ ⏑ – – ⏑ – ⏑ – ⏑

Vier vollständige jambische Trimeter.

– ⏑ ⏑ – ⏑ ⏑ – ⏑ – –

V. 830—838. Anapäste.

V. 839—842. Anapäste.

V. 843—845. V. 848—850.

⏑ – ⏑ – – ⏑ ⏒

844. 849 Vollständiger jambischer Trimeter.

⏑ – ⏑ – – – ⏑ – – ⏑ – ⏑ – –

V. 846. 847. V. 851. 852 Anapäste.

V. 853—873.

⏑ – – ⏑ – ⏑ – ⏑ –

– – ⏑ – – ⏑ –

⏑ – ⏑ – – ⏑ –

– – – ⏑ ⏑ –

– – – ⏑ ⏑ – ⏑ ⏑ – ⏑ –

⏑ – ⏑ – ⏑ –

– – ⏑ – – ⏑ – ⏑ – ⏑ –

⏑ – – – ⏑ –

⏑ – – – ⏑ –

⏑ – ⏑ ⏑ – ⏑

⏑ – – ⏑ – ⏑ – ⏑ –

⏑ – ⏑ – – – –

⏑ – ⏑ – – ⏑ –

– ⏑ ⏑ – ⏑ –

⏑ – – ⏑ ⏑ –

⏑ – – ⏑ ⏑ – – ⏑ ⏑ – ⏑ –

⏑ – – – ⏑ – ⏑ – ⏑ –

– ⏑ – ⏑ – ⏑ –

⏑ – – – ⏑ –

⏑ – ⏑ – ⏑ –

– ⏑ – ⏑ – ⏑

𝔙. 874—892.

⏑ – ⏑ – – ⏑ – ⏑ – ⏑

⏑ – ⏑ – – ⏑ – ⏑ – ⏑

⏑ – ⏑ – – ⏑ –

⏑ – ⏑ – – ⏑ –

⏑ – ⏑ – – ⏑ – – ⏑ – –

⏑ – – ⏑ ⏑ – – ⏑ ⏑ – ⏑ – ⏑

– ⏑ ⏑ – – ⏑ ⏑ – – ⏑ ⏑ – – ⏑ ⏑ –

– ⏑ ⏑ – – ⏑ ⏑ –

– ⏑ ⏑ – – ⏑ ⏑ – ⏑ – ⏑

– – ⏑ – – ⏑ – ⏑ – ⏑

⏑ – ⏑ – – ⏑ – ⏑ – ⏑

⏑ – ⏑ – – ⏑ –

– – ⏑ – – ⏑ –

– – – – – ⏑ – ⏑

⏑ – – ⏑ – – ⏑ ⏑ –

– ⏑ ⏑ – ⏑ – ⏑

– ⏑ ⏑ – – ⏑ ⏑ – – ⏑ ⏑ –

– ⏑ ⏑ – – ⏑ ⏑ – – ⏑ ⏑ – – ⏑ ⏑ –

– ⏑ ⏑ – ⏑ – ⏑

𝔙. 893—916.

– – ⏑ – – ⏑ – ⏑ – ⏑ –

– ⏑ – – ⏑ –

– – – ⏑ ⏑ –
– ⏑ ⏑ – ⏑ – –
⏑ – – – ⏑ – ⏑ – ⏑
– – ⏑ – ⏑ –
⏑ – – – ⏑ – ⏑ – ⏑
⏑ – ⏑ – – ⏑ – ⏑ – ⏑ ⏑
– ⏑ – ⏑ – ⏑ – ⏑
⏑ – ⏑ – – ⏑ – ⏑ – ⏑ –
⏑ – ⏑ – – ⏑ –
⏑ – ⏑ – – ⏑ – ⏑ – ⏑
⏑ – ⏑ – – ⏑ – ⏑ – ⏑ –
– ⏑ – – ⏑ –
– ⏑ ⏑ – ⏑ ⏑ –
– ⏑ ⏑ – ⏑ – ⏑
⏑ – – – ⏑ – ⏑ – ⏑
– ⏑ ⏑ – ⏑ –
⏑ – ⏑ – ⏑ – ⏑ – ⏑
⏑ – ⏑ – – ⏑ –
⏑ – ⏑ – – ⏑ – ⏑ – ⏑ –
⏑ – ⏑ – – ⏑ – ⏑ – ⏑ –
⏑ – ⏑ – – ⏑ –
⏑ – ⏑ – – ⏑ – ⏑ – ⏑

V. 917—926.

917 Vollständiger jambischer Trimeter.

⏑ – ⏑ – ⏑ – ⏑ – ⏑
– – ⏑ – – – ⏑ –
– – ⏑ ⏑ – ⏑ – – ⏑ ⏑ – ⏑
⏑ – ⏑ – ⏑ – ⏑ –
– ⏑ – ⏑ – ⏑ – ⏑ – ⏑ – ⏑ – ⏑ –
– – ⏑ – ⏑ – ⏑ – – – ⏑ – ⏑ – ⏑ –
⏑ – ⏑ – ⏑ –
⏑ – ⏑ – ⏑ –
– – ⏑ – – – ⏑ – ⏑
⏑ – ⏑ – ⏑ – ⏑ – ⏑ – ⏑ – ⏑ – ⏑ –

V. 927—929. V. 937—939.

Vollständiger jambischer Trimeter.

– ∪ ∪ – ∪ ∪ – ∪ –

Vollständiger jambischer Trimeter.

V. 930—936.

– ∪ – ∪

– ∪ – ∪ – ∪ – – – ∪ – ∪ – ∪ –

∪ – ∪ – ∪ – ∪ – – – ∪ – ∪ – ∪ – ∪

Vollständiger jambischer Trimeter.

– – ∪ – – – ∪ –

∪ – ∪ – ∪ – ∪ – ∪ – ∪ – – – ∪ –

∪ – ∪ – ∪ – ∪ –

V. 940—949.

– – ∪ – – – ∪ – – – ∪ – ∪ – ∪ –

∪ – ∪ – ∪ – ∪ – ∪ – ∪ – ∪ – ∪ –

∪ – ∪ – ∪ – ∪ –

∪ – – ∪ –

– ∪ ∪ – ∪ – ∪ – – ∪ –

∪ – – – ∪ – ∪ –

∪ – – ∪ – ∪ – ∪ –

– – – ∪ ∪ – –

– ∪ – ∪ – ∪ – ∪ – ∪ – ∪ – ∪ – ∪

– ∪ – ∪ ∪ – ∪ – ∪

V. 999—1024. Anapäste.

III.

Die Perser.

Die Niederlage.

Xerres, König der Perser, ist mit ungeheurer Heereskraft in Hellas eingebrochen. Ein Chor von Greisen, welche den hohen Rath des Königs bilden, tritt auf, und spricht seine Besorgniß um das Heer aus, das in den Kampf gezogen ist, aber auch die Zuversicht, daß ihm und dem großen Könige der Perser Niemand widerstehen könne. Da erscheint die Mutter des Xerres, Atossa, die Wittwe des Dareios, und weckt durch Mittheilung eines bedeutenden Traumes neue Befürchtungen. Indem die Greise der Königin ihren Rath ertheilen, kommt ein Bote vom Heere, der, oft unterbrochen von den Klagen des Chors, die Niederlage des Xerres meldet. Atossa, anfangs betäubt, daß ihre bangen Ahnungen sich so bald und so schrecklich erfüllt haben, bricht endlich ihr Schweigen, und durch die Kunde, daß Xerres lebe, einigermaßen beruhigt, erfährt sie von dem Boten das Nähere über das Unglück, das ihr Volk heimgesucht. Sie beschließt ein Todtenopfer, um den Schatten ihres Gemahls aus dem Grabe zu rufen, damit er Rath ertheile. Der Geist des Abgeschiedenen steigt aus der Unterwelt empor, wälzt die Schuld des unerhörten Sturzes auf die Thorheit und den Uebermuth des Xerxes, der selbst den Göttern zu trotzen gewagt habe, und ermahnt die Perser, nie wieder ein Heer nach Hellas zu führen. Atossa, im tiefsten Schmerze versenkt um den unglücklichen Sohn, der, wie Dareios gemeldet, bald in zerrissenem Gewande heimkehren werde, eilt in den Palast, um für den Ankommenden ein Kleid zuzurüsten, indeß der Chor das Glück des Perserreiches unter Dareios besingt. Zuletzt erscheint Xerxes selbst, jammernd und wehklagend, einem Bettler gleich, der nur einen leeren Köcher gerettet hat. Mit den Klagen des Königs, in welche der Chor einstimmt, endet das Stück.

Personen.

Chor persischer Fürsten.

Atossa, die Mutter des Xerxes.

Ein Bote.

Der Schatten des Dareios.

Xerxes.

Scene. Freier Platz vor dem Palaste der persischen Könige mit der Aussicht auf die Hauptstadt Susa. Auf der Mitte der Bühne der Altar Apollons; in der Nähe das Grabmal des Königs Dareios. Auf der Straße der Heimat schreitet der Chor herein, Greise in persischer Fürstentracht, die den Staatsrath des Xerxes bilden.

Der Chor.

Von dem persischen Volk, das in Hellas' Gefild
Auszog, steh'n hier die Getreuen des Reichs,
Für die Wohnungen, die reich prangen in Gold,
Als Hüter bestellt, die Xerxes selbst,
Mein König und Herr, des Dareios Sohn,
Nach Alter und Stand
Auswählte, des Landes zu wachen.
Doch unheilahnend erbebt schon jetzt
Mir unruhvoll in den Tiefen der Brust
Mein zagendes Herz, ob der Fürst und das Heer,
Hellstrahlend von Gold, heimkehren im Glück.
Denn der Jünglinge Kraft aus Asia's Gau'n
Zog all' in den Kampf,
Und weder zu Fuß kommt, weder zu Roß,
Botschaft in die persische Heimat.
Fern zogen sie aus von Ekbatana dort,
Aus Susa hier und dem alten Bezirk
Der kissinischen Burg,
Heerschaaren zu Roß, Heerhaufen zu Schiff,
Und Streiter zu Fuß,
Sturmgleich sich ergießend im Heerstrom.
Artaphernes gebeut und Amistres hier,

Megabazes auch und Astaspes dort
In den Reihen des Volks,
Selbst Könige sie, dem Erhabensten nur
Dienstbar, Feldherrn des gewaltigen Heers,
Auf schäumendem Roß, mit dem Bogen bewehrt,
Graunweckend im Kampf und furchtbar zu schau'n
In des Muths ausharrendem Trotze.
Artembares dann, hoch kämpfend zu Roß,
Masistres zugleich und Imäos der Held,
Mit dem Bogen bewehrt, Pharandakes auch,
Und der Tummler der Rosse, Sosthanes.
Viel sandte sodann des gewaltigen Nil
Fruchtwallendes Thal, erst Susiskan,
Dann Pegastagon, Aegyptens Sohn,
Und der heiligen Memphis mächtigen Herrn,
Arsames, Ariomardos auch,
Der Theben beherrscht, das ogygische Land,
Und der Ruderer Kern, der die Sümpfe bewohnt,
Streitbar, ein unendlich Gewimmel.
Ein üppiger Schwarm aus Lydia folgt
Mit den Völkern, die rings auf dem Festland hier
Anbauen das Feld, die Mitrogathes führt
Und Arkteus, Könige, waltend mit Macht;
Auch Sardes, die Goldstadt, sendet zum Kampf
Viel reisiges Volk auf Wagen daher,
Vierspännige Reih'n, sechsspännige Reih'n,
Ein grausenerregender Anblick!
Und die Schleudererschaar aus mysischen Gau'n
Und das Volk am heiligen Tmolos droht,
Will Hellas umfah'n mit der Knechtschaft Joch,
Von Mardon geführt, von Tharybis auch,
Ambossen des Speers. Auch Babylon schickt
Aus dem goldenen Sitz in rauschendem Zug
Buntwimmelndes Volk, hier Kämpfer zu Schiff,
Dort Meister, der Kunst des Geschosses gewiß.
Aus Asia folgt, was im weiten Gebiet

Sich mit Schwertern bewehrt,
Dem gewaltigen Rufe des Königs.
Solch blühendes Volk aus Persis' Reich
Zog fern in den Kampf:
Ganz Asia seufzt als die Mutter um sie
In der Sehnsucht heißem, zermalmendem Schmerz,
Und es ängstigen sich um die schleichende Zeit
Tagzählende Frauen und Mütter.

Erste Strophe.

In die jenseitigen nachbarlichen Gau'n brachen die burg-
stürmenden Heerschaaren des Großkönigs hindurch schon
In dem wohlfugenden Boot über den Sund der
Athamantischen Helle:
Um den Nacken der See
Schlang sich das Joch, schlang sich der dichtbalkige Heerpfad.

Erste Gegenstrophe.

Der im volkreichen Gefild' Asia's stolzthronende Fürst,
Weit in das Land treibt er die wildstürmende Heerde:
Er gebeut Streitern zu Fuß, Kämpfern des Meeres,
Von gewaltigen Feldherrn,
Von verwegnen geschirmt,
Goldenen Thau's himmlischer Sohn, ähnlich den Göttern.

Zweite Strophe.

Wie der morddürstende Felsdrache mit blaufunkelndem Glutblick,
So mit viel Armen und viel Schiffen beschwingt jener den Mordpfeil
Von dem Streitwagen Assyriens
In die speerberühmten Festen.

Zweite Gegenstrophe.

Es vermag Keiner zu steh'n wider den stolzflutenden Heerstrom,
Und ein Bollwerk vor die unzwingbare Meerwoge zu thürmen.
Denn unnahbar in der Schlacht steht,
Ungebeugt das Volk der Perser.

Nachgesang.

Doch der trugspinnenden Gottheit, wo entrinnt ihr ein Geborener,
Und entspringt ihr mit behendfliehendem Fuße leichten Schwunges?
Denn so huldreich sie zuerst auch ihm geliebkost,
Sie verlockt in die Schlingen des Fanggarns,
Und es mag Keiner daraus, den es umstrickt, wieder entflieh'n.

Dritte Strophe.

Das Geschick waltete schon in der Urzeit,
Von den Göttern verhängt, zwang es die Perser,
An der burgstürmenden Feldschlacht,
An dem roßtummelnden Kriegstanz
Sich zu weiden, an stolzer Festen Fall.

Dritte Gegenstrophe.

Und das Volk lernte die weiten Gefilde,
Von des wilden Orkans Schauern erschäumend,
Und der See wogenden Hain schau'n,
Dem Geflecht schwankender Taue
Und der völkergeleitenden Brücke trau'n.

Vierte Strophe.

Drum zerreißt mir bange Furcht
Meine nachtumhüllte Brust,
(O Gram!)
Furcht, das Volk vernehme bald,
Daß, beraubt des Perserheers, männerleer
Stehe Susa's große Stadt.

Vierte Gegenstrophe.

Und die Mauer Kissia's,
Fürcht' ich, hallt die Klage nach;
(O Gram!)
Jammernd zieht der Weheruf
Durch der Frauen dichte Reih'n; wild entzwei
Reißt der Schmerz das Byssoskleid.

Fünfte Strophe.

Alles Volk, kampfbereit,
Stürmte hin zu Fuß und Roß;
Einem Schwarm Bienen gleich, zog es aus,
Seinem Heergebieter nach,
Und schritt kühn über jenes Joch hin,
Das die Gestade vereint
Beider Ländervesten.

Fünfte Gegenstrophe.

Doch daheim netzt der Frau'n
Lager sehnsuchtheißer Schmerz;
Persis' Frau'n, gramgebeugt, jede weint
Bang dem Heißgeliebten nach,
Dem muthvoll ungestümen Streiter,
Den sie gesandt in den Kampf,
Härmt sich ab vereinsamt.

Der Chorführer.

Nun, Perser, wohlan! Hier setzen wir uns
An den alten Palast,
Und pflegen mit Ernst tiefsinnigen Rath;
Denn drängend gebeut es die Noth uns.
Wie mag es um ihn,
Um Xerxes steh'n, des Dareios Sohn,
Durch Perseus unserem Stamme verwandt?
Ob über den Feind das geschnellte Geschoß,
Ob die Lanze den Sieg
Mit der eisernen Stirn sich erkämpfte?

(Aus der Pforte des königlichen Palastes wird Atossa im höchsten Schmucke der Königin auf goldenem Throne herausgetragen; großes Gefolge.)

Der Chorführer.

Doch seht, wie den Augen der Götter entstrahlt,
Ein Licht, hebt dort sich die Mutter des Herrn,
Sie, Königin uns! Ich sink' in den Staub.

Uns allen geziemt, sie demuthvoll
Mit ehrendem Ruf zu begrüßen.

(Die Greise werfen sich nieder und berühren den Boden mit der Stirne, während die Königin den Wagen verläßt.)

Der Chor.

Tiefgeschürzter Perserfrauen hocherhabne Königin,
Du, des Xerxes greise Mutter, Heil dir, Heil, Dareios' Weib!
Gattin einem Gott der Perser, eines Gottes Mutter auch,
Wenn des Glückes alte Gottheit unser Heer jetzt nicht verließ!

Atossa.

Eben darum eilt' ich hieher aus des Hauses goldnem Thor,
Aus dem Schlafgemache, das ich mit Dareios einst getheilt.
Meine Brust durchbohrt die Sorge; laut vor euch verkündet hier
Sei das Wort, o Freunde, furchtlos bin ich keineswegs um mich,
Daß (o Leid!) der große Reichthum raschen Fußes mir das Glück
Stürzt in Staub, das einst Dareios aufgebaut mit Götterhuld.
Darum steht der Doppelspruch mir als bewährt im Herzen fest:
Weder ehrt Jemand des Reichthums Fülle, die kein Mann vertritt,
Noch umstrahlt den Mittellosen seines Ruhms verdienter Glanz.
Tadellos glänzt unser Reichthum; um das Auge fürcht' ich nur:
Denn des Hauses Auge, mein' ich, ist die Gegenwart des Herrn.
Steht mir denn, nachdem des Himmels hoher Schluß es so gefügt,
Steht mit eurem Rath, o Perser, treue Greisesschaar, mir bei!
Denn für Alles, was mir anliegt, ruht in euch der beste Rath.

Der Chor.

Wisse, Königin des Landes, daß du nicht zum zweitenmal
Uns zu Wort und That entbietest, wo die Kraft uns nicht gebricht.
Was du sagst, wir sind es wahrhaft: dein getreuergebner Rath.

Atossa.

Zahllose Traumgesichte suchen jede Nacht
Mein Lager, seit mit aufgebotner Heereskraft
Mein Sohn Verheerung drohend zog in Hellas' Au'n.
Doch keines trat so deutlich noch vor's Auge mir,
Wie das der jüngstentschwundnen Nacht. Vernimm es denn!
Zwei Frau'ngestalten schienen mir vor's Angesicht
Zu treten, beide reichgeschmückt, in persischen
Gewanden diese, jene trug ein Dorerkleid.
Hoch ragten sie vor Frauen dieser Zeit hervor
An Wuchs und tadellosem Reiz. Desselben Stamms
Geschwistern, fiel der einen durch des Looses Wurf
Hellas, der andern Persis' Land als Erbe zu.
Die Beiden, eifernd, also schien's im Traume mir,
Entzweien sich und hadern. Und mein Sohn vernimmt's,
Hemmt sie, besänftigt ihren Groll, und schirrte sie
Vor seinen Wagen, legte dann des Joches Last
Auf ihren Hals. Die eine, stolz auf diesen Schmuck,
Bot gern den leichtbeherrschten Mund dem Zaume dar;
Die andre hob sich ungestüm, zertrümmerte
Das Roßgeschirr mit den Händen, warf die Zügel ab,
Und rafft es fort gewaltsam, und zerbricht das Joch.
Da stürzte Xerxes, und Dareios trat hinan,
Sein Vater, ihn bejammernd. Kaum erblickte den
Mein Sohn, zerriß er sein Gewand am Leib umher.
Dies Traumgebilde sah ich dir in jüngster Nacht.
Dann als ich aufstand und die Hand mit lautrer Flut
Des Quells befeuchtet, trat ich sammt der Priesterschaar
Mit Opferkuchen für die fluchabwehrenden

Gottheiten zum Altare, wie's der Brauch gebeut.
Und einen Adler seh' ich auf des Phöbos Herd
Sich flüchten: — lautlos, Freunde, stand ich da vor Angst: —
Dann sah ich einen Falken, der in raschem Flug
Auf ihn heranstürmt und mit scharfen Klau'n sein Haupt
Zerrauft. Der Adler duckte sich nur scheu, und gab
Den Rücken preis. Ein Grausen war mir das zu seh'n,
Wie euch zu hören. Denn ihr wisset wohl: gewinnt
Mein Sohn den Sieg, preist ihn bewundernd alle Welt;
Wo nicht, so — gibt er keine Rechenschaft dem Volk,
Und wohlbehalten ist er hier wie früher Herr.

Der Chor.

Weder allzusehr beängsten, Mutter, soll dich unser Wort,
Noch dich allzusicher machen. An die Götter wende dich,
Flehe, daß sie's gnädig wehren, wenn du Grauenvolles sahst,
Und das Gute nur gewährend, segnen dich und deinen Sohn
Und das Reich und alle Treuen. Spende dann Trankopfer auch
Für das Erdreich und die Todten; flehe, daß mit holdem Sinn
Dein Gemahl Dareios, der dir, sagst du, Nachts im Traum erschien,
Gutes aus der Erde Tiefen sende dir und deinem Sohn,
Doch das Leid in Dunkel hülle, tiefgebannt im Erdenschooß!
So mit ahnungsvollem Geiste rath' ich treuergeben dir;
Doch vertrau'n wir, daß ein Gott dies Alles wohl zum Ziele lenkt.

Atossa.

Freundlich sprachest du, der erste Deuter dieses Traumgesichts,
Meinem Sohn und meinem Hause hier ein wohlbewährtes Wort.
Mag sich denn, was frommt, erfüllen! Alles, wie's dein Rath gebeut,

Bringen wir sofort den Göttern und den theuren Schatten dar,
Wenn das Haus uns wieder aufnahm. Doch erfahren möcht' ich noch,
Wo in aller Welt, o Freunde, sagt man, liegt die Stadt Athen?

Der Chor.

Ferne, wo des Sonnenherrschers letzter Strahl in Nacht erlischt.

Atossa.

Dennoch trug mein Sohn Verlangen, diese Stadt zu bändigen?

Der Chor.

Fiele sie, ganz Hellas wäre dann dem König unterthan.

Atossa.

Hegt sie denn in ihren Mauern solch gewalt'ge Kriegerzahl?

Der Chor.

Und ein Heer, das vieles Leid schon angethan dem Medervolk.

Atossa.

Welches andre Gut beglückt sie? Wohnt des Reichthums Fülle dort?

Der Chor.

Silber quillt, ein Schatz des Landes, aus der Erde reichem Schooß.

Atossa.

Glänzt des straffgespannten Bogens scharf Geschoß in ihrer Hand?

Der Chor.

Nein, sie führen hohe Lanzen und gewölbter Schilde Wehr.

Atossa.

Wer gebeut als Völkerhirte, wessen Wort beherrscht das Heer?

Der Chor.

Keinem Mann zu Dienst verpflichtet heißen sie noch unterthan.

Atossa.

Wie besteh'n sie dann den Fremdling, der ihr Land als Feind bedroht?

Der Chor.

Also, daß sie einst Dareios' großes, schönes Heer vertilgt.

Atossa.

Traurig Wort für eine Mutter, die des fernen Sohns gedenkt!

Der Chor.

Ahn' ich recht, erfährst du sogleich Alles wahrhaft und genau.
Denn der Mann dort wird als Perser am behenden Lauf erkannt,
Und er bringt uns sichre Kunde, gut zu hören oder schlimm.
(Ein Bote kommt.)

Der Bote.

Weh euch, des ganzen Asia's Burgfesten ihr,
Weh, Perserland, des stolzen Reichthums weiter Port!
Wie ist in Einem Schlage doch das große Glück
Vernichtet; Persis' Blüte welkt dahingestürzt!
Fluchvolles Amt, des Fluches erster Bote sein!
Und doch — die Noth will, daß ich euch das ganze Leid
Enthülle, Perser: ganz vertilgt ist euer Heer!

Erster Halbchor.

Erste Strophe.

Traurig, o traurig, unerhört grimmig Leid!
O weint, Perser, weint über die schwere Kunde!

Der Bote.

Wie fand doch Alles, Alles dort den Untergang!
Den Tag der Heimkehr schau' ich selber unverhofft.

Zweiter Halbchor.

Erste Gegenstrophe.

Wahrlich zu lange währte dies Leben mir,
Um solch niegeahnt Leiden, ein Greis, zu hören!

Der Bote.

Und als ein Augenzeuge, nicht aus Andrer Mund
Verkünd' ich euch, o Perser, was uns Schweres traf.

Erster Halbchor.

Zweite Strophe.

Wehe! Vergeblich, daß
So viel Geschosse buntgedrängt
Stolz aus Asia's Reich sich stürzten
Auf dich, göttliche Hellas!

Der Bote.

Bedeckt mit Leichen kläglich Hingemordeter
Sind Salamis' Felsufer und die Gau'n umher.

Zweiter Halbchor.

Zweite Gegenstrophe.

Wehe! Gestürzt in's Meer,
Ein Spiel der Wogen, blutgefärbt,
Treiben, sagst du, der Freunde Leichen
Todt auf Trümmern der Schiffe?

Der Bote.

Nicht schützte Pfeil und Bogen; nein, das ganze Heer
Erlag, bewältigt in der Schiffe wildem Kampf.

Erster Halbchor.

Dritte Strophe.

Hebt über euch Unselige
Des Weh's angstvollen Ruf!
Denn, ach! Leid häuften uns auf Leid
Durch des Heers Untergang die Götter!

Der Bote.

O Salamis, o Name, tiefverhaßt dem Ohr!
Weh dir, mit welchem Jammer denk' ich dein, Athen!

Zweiter Halbchor.

Dritte Gegenstrophe.

Wohl ist Athen der Feinde Fluch!
Und allzeit denk' ich sein,
Das so viel Perserfrauen, voll
Blinder Wuth, Söhne, Gatten raubte.

Atossa.

Schon lange schweig' ich Arme, durch das schwere Leid
Betäubt: so ungeheuer ist das Mißgeschick,
Und drängt zurück die Rede, hemmt der Frage Lauf.
Doch muß der Mensch die Schmerzen, die der Götter Rath
Verhängt, ertragen. Ganz enthülle denn das Leid,
Und ob das Herz auch seufze, dennoch sprich gefaßt:
Wer blieb am Leben? Welchen Fürsten müssen wir
Betrauern? Wer mit hohem Feldherrnstabe fiel,
Und ließ die führerlose Schaar verwaist zurück?

Der Bote.

Er selbst, der König Xerxes, lebt und schaut das Licht.

Atossa.

Dies Wort verkündet meinem Haus ein großes Heil,
Verkündet sonnenhellen Tag nach düstrer Nacht.

Der Bote.

Doch auf Silenia's rauhen Strand geschleudert, fiel
Der zehentausend Reiter Fürst, Artembares.
Von Speereswurf getroffen, flog behenden Sprungs,
Der tausend führte, Dadakes, aus hohem Schiff,
Und Tenagon, der Baktrer kühnster Heldensohn,
Wohnt jetzt in Ajas' meerumrauschtem Inselland.
Liläos und Argestes, auch Held Arsames,
Zerschellten sterbend an des taubennährenden
Eilandes hartem Felsenriff die tapfre Stirn.
Dann, der an Neilos' Quellen wohnt', Aegyptens Sohn,
Arkteus, Adeues und der schildgewappnete
Pharnuchos, stürzten alle drei aus Einem Schiff.
Matallos dann aus Chrysa, der im Feld voran
Drei Myriaden schwarzer Reiterei gebot,
Er färbte sterbend mit des Blutes Purpurroth
Den blonden Bart, den dichtgelockten, schattigen.
Der Mager Arabos, Artames der Baktrier,
Ging unter, angesiedelt dort im rauhen Grund.
Amestris und Amphistres, der die Lanze schwang
Als Held, und Ariomardos, dem der Sarder Volk
Nachweint, dem Edeln, Seisames der Myser auch,
Und Tharybis, der fünfmalfünfzig Schiffen dort
Gebot, aus Lyrna's Volke, schön vor Allen einst,
Liegt nun von unheilvollem Tod hinweggerafft.
Auch der an Muthe Keinem wich, Syennesis,
Kilikia's Beherrscher, der allein dem Feind
Die größte Noth bereitet, starb glorreichen Tod.
Dies waren Feldherrn alle, die ich dir genannt:
Doch aus dem vielen Leide that ich wenig kund.

Atossa.

Weh, weh! Der Leiden höchstes hast du mir enthüllt,
Der Perser Schmach, den Jammer, lauter Klage werth!
Doch zum Beginne wiederum zurückgewandt,
Sprich, welche Zahl von Schiffen sandte Hellas aus,

Daß sie die Kühnheit hatten, mit dem Perserheer
Sich stolz zu messen in der Schiffe wildem Kampf?

Der Bote.

Nach ihrer Menge sollte wohl die Persermacht
Den Sieg gewinnen. Denn in Hellas' Volk betrug
Die ganze Zahl der Schiffe zehnmal dreißig nur,
Von zehn erles'nen überdem noch eine Schaar.
Dem Xerxes aber folgte, wie ich selbst geseh'n,
Ein Heer von tausend Schiffen, und schnellsegelnde
Zweihundert sieben. Also war der Schiffe Zahl.
Nun, waren **wir** wohl etwa hier die Schwächeren?

Atossa.

So war's ein Gott, der unsre Heere niederwarf,
Der nicht in gleichen Schalen uns zuwog das Glück.

Der Bote.

Der Göttin Pallas Feste schirmt der Götter Huld.

Atossa.

So steht Athenä's Feste denn noch unbesiegt?

Der Bote.

Wohl; ihrer Männer Tugend ist ein sichrer Wall.

Atossa.

Doch wie begann der Schiffsgeschwader Fehde? Sprich.
Wer fing die Schlacht an? War es Hellas' Volk vielleicht,
War's Xerxes, kühn vertrauend auf der Schiffe Zahl?

Der Bote.

Des ganzen Leids Urheber war ein feindlicher
Fluchgott, ein Dämon, Herrin, der im Zorn erschien.
Ein Mann aus Hellas' Volke kam vom Heer Athens
Daher zu Xerxes, deinem Sohn, und meldete,

Sobald die Nacht in schwarzem Dunkel angenaht,
Nicht säumten Hellas' Söhne dann, nein, würden flugs
An Bord sich stürzen, Andre je auf anderm Weg
Das Leben sich zu retten in geheimer Flucht.
Als Xerxes das vernommen, gleich (er ahnte nicht
Den Trug des fremden Mannes noch der Götter Neid,)
Verkündet er der Schiffe Führern allzumal:
Wann Helios der Erde seiner Flamme Strahl
Entrückt, und Dunkel eingehüllt des Aethers Hain,
Dann soll' ein Schiffsgeschwader in drei Ordnungen
Ausgäng' und Pfade hüten, die das Meer durchzieh'n,
Und andre rings um Ajas' Inselland sich reih'n;
Entrönnen Hellas' Söhne dann dem Untergang,
Ausweg gewinnend etwa durch geheime Flucht,
So büße jeder Führer ihm mit seinem Haupt.
So sprach er stolz in allzukühner Zuversicht;
Ihm ahnte nicht, was Götter über ihn verhängt.
Die Männer, wohlgeordnet flugs, bereiteten
Das Mahl, gehorsam seinem Ruf, und jeglicher
Der Fergen band sein Ruder um den Riemenpflock.
Doch als der Sonne jüngster Strahl erloschen war,
Und Nacht heraufzog, eilte, was die Ruder schwang,
Und was die Waffen führte, nach dem Schiffe hin,
Und einem Schiffsgeschwader rief das andre zu.
Sie fahren, sowie Jeder angewiesen war;
Die ganze Nacht durch halten auf rastloser Fahrt
Der Schiffe Führer alles Volk im Dienste wach.
Die Nacht entschwand, und wahrlich Hellas' Kriegerheer
Versuchte nirgend ingeheim davonzuflieh'n.
Doch als der Tag auf glänzendweißem Roßgespann
Die ganze Landschaft sonnenhell erleuchtete;
Da scholl von Hellas' Volke Lärm wie freudigen
Gesanges heller Jubel, und mit lautem Ruf
Vom Felseneiland jauchzte nach der Widerhall.
Furcht überkam der Perser Herzen allzumal,
Die so getäuscht sich sahen; denn nicht als zur Flucht

Erhoben Hellas' Söhne stolzen Schlachtgesang,
Nein, kühn zum Kampf zu stürzen heißentbrannten Muths,
Und Alles dort entflammte Kriegsdrommetenschall.
Sofort die Woge schlugen sie mit rauschender
Seeruder gleichgemess'nem Schwung dem Takte nach;
Da tauchten Alle plötzlich auf vor unserm Blick.
Voran in wohlgeschloss'nen Reih'n erschien zuerst
Der rechte Flügel, hinter ihm in stolzem Zug
Die ganze Flotte; ringsumher erscholl zugleich
Vielfacher Ruf: „Auf, Hellas' Söhne, stürmt zur Schlacht,
Befreit die Vatererde, Kinder, Gattinnen,
Befreit der Heimatgötter alten Sitz, befreit
Der Ahnen Gräber! Jetzt um Alles gilt der Kampf!"
Nun auch von uns, von Perserzungen wogte laut
Geschrei entgegen; nimmer war zu säumen Zeit.
Schiff bohrt' in Schiff den erzbewehrten Schnabel ein;
Es war ein Schiff aus Hellas, das den Sturm begann,
Und einem Tyrer allen Schmuck vom Steuer brach.
Nun stürmte jeder Führer auf ein andres Schiff.
Anfänglich hielt des Perserheeres Woge Stand;
Doch als in engem Raume dicht der Kiele Schwarm
Sich drängte, Keiner Keinem mehr zu Hülfe war,
Sie selbst mit eigner Schnäbel erzbewehrtem Zahn
Sich schlugen, da zerbrachen alle Ruderreih'n,
Und Hellas' Schiffe stürmten wohlbedächtig an,
Ringsher um uns sich werfend; unsrer Schiffe Rumpf
Schlug um, die See war nirgend mehr sichtbar dem Blick,
Von Wrack und Scheitern wimmelnd und Erschlagenen,
Und Leichen deckten Klippen und Gestad' umher.
Verworren fliehend stürmten nun die Schiffe fort,
Soviel noch übrig waren aus dem Perserheer.
Doch jene schlugen, spießten sie, Thunfischen gleich
Und anderm Netzesfange, mit zerbrochenem
Gebälk' und Rudertrümmern; Angstgeschrei zugleich
Durchscholl mit bangem Wehgeheul weithin das Meer,
Bis uns das Auge schwarzer Nacht dem Feind entzog.

Des Leides Fülle, wenn ich auch zehn Tage noch
Dir forterzählte, nimmermehr erschöpft' ich sie;
Denn glaube, niemals wurde noch an Einem Tag
Solch ungeheure Menschenzahl des Todes Raub.

Atossa.

Weh uns! Ein Meer von Leiden brach mit Macht herein
Auf Persis' Land und alle Völker Asia's.

Der Bote.

Doch wisse, noch nicht wurde dir die Hälfte kund.
Ein andres jammervolles Leid kam über sie,
Das jenes zwiefach überwog mit seiner Last.

Atossa.

Und welches Unheil wäre denn noch feindlicher?
Sprich, welches andre Mißgeschick traf Persis' Heer,
Das tiefer noch des Leides Schale niederzog?

Der Bote.

Die Perser alle, die geblüht in Jugendkraft,
An Muth die kühnsten, an Geschlecht die edelsten,
Dem König selbst am treusten allzeit zugethan,
Sie gingen schmachvoll unter in ruhmlosem Tod.

Atossa.

O Freunde, weh mir Armen! Unglückselig Loos!
Und welch ein Todesschicksal, sprich, entraffte sie?

Der Bote.

Es liegt ein kleines Inselland vor Salamis,
Von rauher Anfurt, wo der reigenfrohe Pan
Unfern dem steilen Meeresstrand zu wandeln liebt.
Dahin entbot sie Xerxes, daß, sobald der Feind

Zur Insel sich aus lecken Schiffen rettete,
Sie leichten Fangs erschlügen Hellas' Heeresmacht,
Den Freunden aber hülfen aus der Meeresfurt:
Was kommen sollte, sah er schlecht! Denn als ein Gott
Im Kampf der Schiffe Hellas' Volk den Sieg verlieh,
Da stürzten sie desselben Tages noch, mit Erz
Umgürtet, aus den Schiffen, und umschlossen rings
Das Inselland, die Perser wußten keinen Rath,
Wohin sich wenden? Aus den Händen prasselten
Felsstücke ringsher nieder, und vom Sehnendrat
Des Bogens schwirrten Pfeile rings und mordeten.
Zuletzt heran sich stürzend all' in Einem Strom,
Zerhaut, verstümmelt Hellas' Volk die Elenden,
Bis aller Leben grausam hingemordet war.
Des Leides Tiefe sehend, schrie der König auf;
Denn oben saß er, weitgeseh'n von allem Volk,
Auf steilen Hügels Höhe, nah' am Meeresstrand.
Und sein Gewand zerreißend, stöhnt' er laut empor,
Gebot der Landmacht ungesäumt Aufbruch und floh
Voraus in ordnungsloser Flucht. Das ist das Leid,
Das du zum ersten Leide noch beklagen mußt.

Atossa.

Verhaßter Dämon, wie betrogst du Persis' Volk!
Wie bitter wurde meinem Sohn die Rache doch
An Pallas' hohem Volke! Nicht genügte, was
Von Persis' Heeren Marathon hinweggerafft!
Ihr Blut zu rächen hoffte jetzt mein Sohn und zog
So schweren Jammers Uebermaß auf sich herab!
Doch sprich, die Schiffe, die dem Untergang entfloh'n,
Wo blieben diese? Weißt du mir genau Bescheid?

Der Bote.

Der Schiffe Führer, welche sich gerettet, floh'n,
Dem Winde folgend, ungestüm in wilder Flucht.
Des Heeres Rest ging unter im Böoterland;

Ein Theil erlag am silberhellen Labequell
Vor Durst verschmachtend; wir, von athemlosem Lauf
Erschöpft, gelangten fliehend in der Phoker Land,
In Doris' Auen und zu Melis' Busen, wo
Spercheios' Flut die Gauen mildbefruchtend tränkt.
Sofort von hier aus nahmen uns Thessalia's
Gefild', Achäa's Fluren auf, da Speisen uns
Bereits gebrachen; dort erlag der größ're Theil
Dem Durst, dem Hunger; denn vereint war Beides hier.
Magnesia's Gefilde dann erreichten wir
Und Makedonia's, auch die Furth des Axios,
Auch Bolbe's sumpfig Röhricht, auch Pangäos' Berg
Im Land Edonis. Doch in dieser Nacht erregt
Ein Gott zur Unzeit Wintersturm, in Eis erstarrt
Ringsher des Strymon heilig Bett, und wer zuvor
Die Götter Nichts geachtet, rief mit Einem Mal
In tiefer Andacht betend Erd' und Himmel an.
Nachdem das Heer die Götter brünstig angefleht,
So schritt's hinüber durch den eisumstarrten Strom.
Und Jeder war gerettet, der zum Strande kam,
Bevor des Gottes Strahlen sich verbreiteten.
Denn Helios, in flammenheller Scheibe Glanz,
Schmolz bald des Eises Decke durch mit heißer Glut.
Jetzt auf einander stürzten sie; traun, glücklich war,
Wem schnell in kurzem Kampfe riß des Lebens Hauch.
Die, welche noch nachblieben und sich retteten,
Durchwandern Thrake mühevoll mit vieler Noth,
Und nah'n, dem Tod entflohen, keine große Zahl,
Dem Herd des Heimatlandes, daß die Perserstadt
Sehnsüchtig um des Landes schönste Blüte klagt.
Das ist die Wahrheit; doch verschwieg ich Vieles noch
Des Leides, das den Persern auferlegt ein Gott.

Der Chor.

O grauser Gott, mit allzuschwerem Tritte sprang
Dein Fuß auf Persis' Nacken, traf mein ganzes Volk!

Atossa.

Ich Arme, weh mir! Hingemordet schwand das Heer!
O klares Traumbild, aufgeblitzt in düstrer Nacht,
Wie deutlich hast du Böses mir geoffenbart!
Ihr aber hattet seinen Sinn ganz falsch erkannt.
Indessen, weil es euer Wort also bestimmt,
Ruf' ich vor Allem im Gebet die Götter an;
Dann hol' ich Opferbrode mir aus meinem Haus,
Den Abgeschiednen und der Erd' als Weihgeschenk.
Zwar weiß ich, ändert keine Kunst Vergangenes;
Doch für die Zukunft frommen uns die Gaben wohl.
Ihr aber müßt im Leide, das uns niederbeugt,
Getreu mit treuem Rathe mir zur Seite steh'n;
Und wenn der König etwa kommt, bevor ich selbst
Erscheine, tröstet, leitet ihn in's Haus hinein,
Damit er nicht zum Leide neues Leid gesellt!

(Atossa mit dem Boten und Gefolge ab.)

Der Chor.

Allwaltender Zeus, nun hast du das Heer,
Das trotzig, unzählbar zog in den Kampf,
Uns Persern vertilgt,
Hast Susa's, hast Ekbatana's Burg
In nächtliche Trauer begraben!
O wie manche der Frau'n, mit zärtlicher Hand
Sich den Schleier vom Haupt abreißend, benetzt,
Von dem Jammer gebeugt,
Mit strömender Zähre den Busen!
Manch persisches Weib, in sehnendem Gram
Süßklagend um Ihn, dem sie kaum sich vermählt,
Und des duftenden Lagers Wonnegenuß,
Dem Entzücken der Jugend, schmerzlich entrückt,
Seufzt auf in unendlicher Trauer.
Auch mein Lied strömt in Klage sich aus
Um das Jammergeschick der Gefall'nen.

Erster Halbchor.

Erste Strophe.

Denn jetzt klagt die ganze Asia,
Das weite menschenöde Land:
„Weh, Xerxes führte sie dahin,
Weh, Xerxes gab sie dem Tode hin!
Ja, Xerxes schuf all dieses Leid, der Thor,
Mit der Schiffe stolzem Zug!
Ach, warum beherrschte so
Sonder Harm Dareios einst
Sein Volk, Herrscher des Bogens,
Susa's theurer Gebieter?“

Zweiter Halbchor.

Erste Gegenstrophe.

Landheer zog und Seevolk aus zum Kampf;
Die leinbeschwingten, dunkelen
Meerschiffe trugen's, ach, dahin,
Meerschiffe trugen's zum Tode hin,
Meerschiffe, mit des Todes Zahn bewehrt!
Kaum entrann der König selbst
(Wie die Sage mir erzählt)
Aus der Joner Händen, floh
Durch Blachfelder von Thrake
Auf Sturmpfaden des Winters.

Erster Halbchor.

Zweite Strophe.

Jene, zu bald in den Tod
(Ach!)
Hingerafft vom Geschicke
(O Leid!)
Um Kychreia's Gestade,
Sind hin! Klage, mein Herz, und traure!
In den Aether schalle

Des Schmerzes Schrei,
(O Gram!)
Hebt mit Geheul, Gewinsel
Den Angstruf unsel'gen Jammers!

Zweiter Halbchor.

Zweite Gegenstrophe.

Treibend in wirbelnder Flut,
(Ach!)
Hascht des heiligen Meeres
(O Leid!)
Stumme Brut und zerfleischt sie.
Einsam trauert dem Herrn das Haus nach;
Der verwaiste Vater,
Der arme Greis,
(O Gram!)
Jammert in wildem Schmerze,
Ihm ward nun das ganze Leid kund.

Erster Halbchor.

Dritte Strophe.

Asia's Völker, sie beugen
Nimmer hinfort sich dem Perser;
Nicht den Geboten des Zwanges
Huldigend, zollen sie Schoßgeld,
Nicht zur Erde sich werfend,
Fröhnen sie mehr; denn des Königs
Scepter zerbrach im Staube.

Zweiter Halbchor.

Dritte Gegenstrophe.

Nimmer hinfort wird der Menschen
Zunge bewacht; denn gelöst nun
Reden die Völker sich frei aus,
Da die Gewalt sich gelöst hat.

Auf bluttriefender Erde,
Ajas' umflutetem Eiland,
Modert das Glück der Perser.

(Atossa kommt zu Fuße, ohne den königlichen Schmuck, gefolgt von wenigen Dienerinnen, welche Grabesspenden tragen.)

Atossa.

O Freunde, wer im Leide vielerfahren ist,
Der weiß es, wie den Menschen, wann der Wogensturm
Des Leids hereinbrach, Alles Furcht zu wecken pflegt,
Und daß sie hoffen, wenn der Hauch des Glückes weht,
Derselbe Fahrwind wehe bis zum Ziele fort.
Auch mir erscheint jetzt Alles voll von Schrecknissen;
Mein Auge sieht der Götter Strafgerichte droh'n;
Laut gellt's in meinen Ohren nicht wie Siegeshall.
So hat des Leids Entsetzen mich mit Angst betäubt.
Drum kam ich dieses Weges ohne Wagenschmuck,
Des alten Prunks entledigt, vom Palast zurück,
Dem Vater meines Sohnes frommen Opfertrank
Zu spenden, der die Todten mild besänftiget:
Von unberührter Stärke weiß die Labemilch,
Den Thau der Blütenfreundin, hellen Honigseim,
Jungfräulichlautern Bornes frischgeschöpftes Naß,
Dann, wie dem wilden Mutterstock er einst entsprang,
Der alten Rebe goldnen unvermischten Trank,
Des gelben Oelbaums düftereiche Frucht zugleich,
Der stets im Blätterschmucke grünt und Leben sproßt,
Und reicher Erde Kinder hier, den Blumenkranz.
Wohlan, o Freunde, stimmet ihr ein frommes Lied
Zu meinem Todtenopfer an, und ruft empor
Dareios' Schatten; ich indessen spende dort
Der Unterwelt Gottheiten diesen Ehrentrank.

(Während des folgenden Gesanges begibt sich Atossa zu dem Grabmal des Dareios; die Dienerinnen folgen.)

Der Chor.

O Königin, Erste von Persis' Frau'n,
Auf, sende den Gruß in der Erde Gemach:

Wir flehen indeß im Gesange sie an,
Uns gnädig zu sein,
Die Geleiter der Todten im Hades!
Ihr heiligen Götter des Abgrunds, Ge
Und Hermes und du, der die Schatten beherrscht,
O sendet empor an die Sonne den Geist!
Denn weiß er im Leid noch weiteren Rath,
Er verkündet allein uns das Ende.

(Atossa spendet am Grabmal, während die folgenden Strophen gesungen werden.)

Erster Halbchor.

Erste Strophe.

Hörst du mich, Herr, seliger Geist, hörst du mich, gottähnlicher Fürst,
Wie ich in der Heimat
Lauten sende zu dir hinab
Den helljammernden Klageruf?
Bittern Schmerzes Schrei
Heb' ich ohn' Ende:
Du dort unten, vernimmst du's?

Zweiter Halbchor.

Erste Gegenstrophe.

Höre mich, Ge! Höret, ihr Gottheiten der Nacht, waltend im Grab!
Lasset den erhabnen
Geist empor aus den Gräbern zieh'n,
Susa's Sprößling, den Persergott!
Sendet ihn an's Licht!
Keinen ihm Gleichen
Barg ein persisches Grab noch.

Erster Halbchor.

Zweite Strophe.

Theuerstes Haupt! Theuerstes Grabmal!
Denn ein theures Herz verbirgst du.

Aïdoneus, o geleit' ihn empor, mächtiger Nachtgott,
Ihn, den alleinigen Schrecken der Feinde!

Zweiter Halbchor.

Zweite Gegenstrophe.

Nicht in den Tod gab er die Männer,
In des Kriegs zermalmend Unheil,
Und ein Gottweiser genannt von dem Volk, war er in Wahrheit
Göttlich, er lenkte die Heere zum Glück einst.

Erster Halbchor.

Dritte Strophe.

O Bel, alter Gott, o Bel, komm, o komm!
Steige herauf zum Kranz des Grabes,
Mit der safranenen Goldsohle dich hebend,
In des Haupt's stolzem Schmuck strahlend, der Königsbinde!
Vater Dareios, o komm, gütiger Fürst!

Zweiter Halbchor.

Dritte Gegenstrophe.

Vernimm neues Leid, des Volk's herbes Loos!
König des Königs, auf, erscheine!
Ein Gewölk, stygischer Nacht Grauen, umschwebt uns:
In den Staub sank, im Grab modert des Landes Blüte.
Vater Dareios, o komm, gütiger Fürst!

Der ganze Chor.

Schlußgesang.

Weh, weh! Du schiedst,
Ewigbeweint von den Deinen, hinab!
Wer, wenn, o Herr, dein Herrscherstab noch
Waltete, klagte dann
Um solchen Weh's zwiefachen Schlag,
Der Persis' Land schlug?

Hin sind die gewaltigen Schiffe,
Treiben entmastet, entmastet!

(Aus der stygischen Pforte schwebt der Geist des Dareios herauf, und schreitet auf die Höhe seines Grabes; die Greise sinken auf die Kniee.)

Dareios.

Der Treuen Treuste, Freunde meiner Jugend einst,
Ihr greisen Perser, welches Leid bedrängt die Stadt?
Wild hallt von Schlägen, auseinander reißt der Grund.
Mit Schrecken seh' ich mein Gemahl am Grabe hier;
Doch ihre Spenden nahm ich wohlgefällig auf.
Ihr aber drängt euch weinend her um meine Gruft,
Und ruft mich jammernd unter geisterbannenden
Wehklagelauten; doch der Weg zum Sonnenlicht
Ist immer schwierig, und der Todesgötter Fürst
Empfängt begierig seinen Raub, und läßt ihn nicht.
Doch auch im Hades Herrscher noch, erschein' ich schnell,
Damit der Säumniß wegen mich kein Tadel trifft.
Welch neues Unheil lastet auf der Perser Volk?

Erster Halbchor.

Strophe.

Mich erfüllt Scheu vor dem Anblick,
Mich erfüllt Scheu, und in Ehrfurcht
Vor dem alten Gebieter verstumm' ich.

Dareios.

Weil ich, folgsam deinem Wehruf, aus der Tiefe stieg an's Licht,
Melde denn in kurzer Rede, nicht in langgedehntem Wort,
Ohne Scheu vor meinem Antlitz, Alles, was dein Herz beschwert.

Zweiter Halbchor.

Gegenstrophe.

Mir verbeut Furcht den Gehorsam,
Mir verbeut Furcht, dir in's Antlitz
Solch Leid zu verkünden, dem Freunde.

Dareios.

Weil die Scheu der alten Ehrfurcht euren Sinn gefesselt hält:
Auf, Genossin meines Lagers, greise, hochgeborne Frau,
Hemme du denn deine Thränen, deinen Schmerz, und ohne Hehl
Rede mir! Leicht überfällt wohl menschlich Leid die Sterblichen;
Viele Noth auf Meeresfluten, viele Noth zu Lande stürmt
Auf die Menschen, wenn in weite Ferne sich ihr Leben dehnt.

Atossa.

Du vor allen Erdensöhnen durch ein Segensloos beglückt,
Daß du neidenswerth, solang dein Auge sah zum Sonnenlicht,
Selig, deinem Volk zum Heile, lebtest einem Gotte gleich!
Selig nun auch, daß du starbest, eh du sahst den tiefen Fall!
Denn, Dareios, allen Jammer nenne dir ein kurzes Wort:
Nieder liegt, in Staub getreten, Persis' Macht! Du weißt es nun.

Dareios.

Wie? Hat Pest mein Volk geschlagen? Oder tobt Aufruhr im Land?

Atossa.

Nimmermehr! Die Stadt Athen war's, die vertilgt dein ganzes Heer.

Dareios.

Sage, wer von meinen Söhnen führte dorthinaus das Volk?

Atossa.

Xerxes: ungestümen Muthes leert' er alles feste Land.

Dareios.

Hat mit Landmacht oder Seevolk er den Zug gewagt, der Thor?

Atossa.

Beides: zwiefach Stirn und Antlitz zeigte sein zwiefältig Heer.

Dareios.

Wie hat solch zahlloses Landheer nur den Uebergang vollbracht?

Atossa.

Künstlich band er Helle's Fluten, schlug sich durch das Meer die Bahn.

Dareios.

Und gelang ihm das, verschloß er Bosporos' gewaltig Meer?

Atossa.

Wohl gelang's ihm, und ein Dämon, scheint es, half die That vollzieh'n.

Dareios.

Weh!
Mächtig stürmt' auf ihn ein Dämon, und berückte seinen Geist.

Atossa.

Ja, der Ausgang lehrt, (o Grauen!) welches Ziel der Frevel fand.

Dareios.

Welches Unglück denn betraf sie, daß ihr also seufzt und klagt?

Atossa.

Seine Seemacht riß das Landheer mit hinab in ihren Sturz.

Dareios.

Also ward die ganze Menge ganz hinweggerafft vom Speer?

Atossa.

Oede, todt sieht alle Gassen Susa's Burg und jammert laut —

Dareios.

Götter, ach! Solch edles Kriegsheer sank dahin, des Landes Wall!

Atossa.

Auch der Baktrer armes Volk fiel, keine wehrlos greise Schaar.

Dareios.

Ha, der Thor! Welch tapfrer Jugend Blüte ward durch ihn geknickt!

Atossa.

Xerxes selbst, allein, verlassen, heißt es, nur mit Wenigen —

Dareios.

Wie und wo hat er geendet? Gibt es Rettung noch für ihn?

Atossa.

Froh gelangt' er auf die Brücke, welche Land mit Land vereint.

Dareios.

Und betrat er wohlbehalten unser Festland? Ist es wahr?

Atossa.

Also melden sichre Kunden, und kein Zwiespalt waltet hier.

Dareios.

Wehe! Schnell hat sich des Schicksals Wort erfüllt, und meinem Sohn
Ward von Zeus verhängt das Ende dieses Spruchs; ich hoffte wohl,
Erst in später Zeit erfüllen werde dies der Götter Rath.

Aber wenn du's selbst beschleunigst, beut dir auch ein Gott die Hand.
Jetzo scheint den Meinen allen aufgethan des Jammers Born.
Doch mein Sohn, das nicht erkennend, trotzt' in keckem Jugendmuth,
Der des heil'gen Hellespontos stolze Flut in Fesselzwang
Sklavengleich zu ketten wähnte, Bosporos, des Gottes Strom,
Der den Pfad umschuf des Meeres, und mit erzgehämmerter
Bande Joch dem großen Heerzug kühn erschloß die große Bahn,
Der, ein Mensch, die Götter alle, ja Poseidon selbst, im Wahn
Blöden Muths zu meistern hoffte! Hatte nicht Wahnsinn den Geist
Meines Sohns umstrickt? Ich fürchte, mein so schwer errungner Schatz
Wird des kühnen Räubers Beute, den zuerst danach verlangt.

Atossa.

So zu thun, verlockte böser Freunde Rath den raschen Muth
Deines Sohns; sie sagten höhnend: deinen Kindern habest du
Reichen Schatz im Krieg errungen; aber er in feigem Sinn
Spiele Krieg daheim, und mehre seines Vaters Erbe nicht.
Solchen Vorwurf hörte Xerxes oft aus böser Freunde Mund;
Da beschloß er diesen Heerzug, stürzte sich auf Hellas' Volk.

Dareios.

So wurde denn das ungeheure Werk von ihm
Vollführt, das ewiggrause, wie kein anderes
Zerstörend Susa's Veste noch verödete,
Seit Zeus, der Herrscher, dieses Amt verordnet hat,
Daß über Asis' ganzes heerdenreiches Land
Ein Mann gebietend walte mit des Rechtes Stab.
Ein Meder war des Volkes erster Heeresfürst:

Sein Sohn nach ihm vollführte dieses große Werk;
Denn heller Sinn war seines Geistes Steuermann.
Als dritter folgte Kyros ihm, des Glückes Sohn,
Der seinen Völkern allzumal den Frieden gab.
Der Lyder Land gewann er und der Phryger Volk,
Und unterjochte mit Gewalt ganz Jonia.
Denn weil er klug war, zürnten ihm die Götter nicht.
Als vierter herrschte Kyros' Sohn in Persis' Volk.
Der fünfte Fürst war Merdis, eine Schmach dem Land
Und seinem alten Throne, den mit arger List
Der edle Artaphernes im Palast erschlug
Mit treuen Männern, denen das die Pflicht gebot.
Als sechster herrschte Maraphis, dann Artaphern.
Auch ich gewann das Erbe, das ich mir gewünscht,
Und viele Kämpfe focht ich aus mit vielem Volk;
Doch lud ich solches Wehe nicht auf dieses Land.
Mein Xerxes, jung an Jahren, denkt noch jugendlich,
Bewahrte nicht im Herzen, was ich ihm gebot.
Denn, Freunde meiner Jugend, euch ist wohlbekannt,
Daß alle wir, die dieses Reiches Macht gelenkt,
Dem Volke solchen Jammer nicht bereiteten.

Der Chor.

Wie nun, Dareios, hoher Fürst? Zu welchem Ziel
Lenkt deine Rede? Wie vermag aus solcher Noth
Der Perser Glück am schönsten wieder aufzublüh'n?

Dareios.

Wenn nicht in Hellas' Auen ihr zum Kampfe zieht,
Und wären Persis' Heere noch gewaltiger.
Denn selbst die Heimaterde kämpft im Bund mit ihm.

Der Chor.

Wie meinst du das? Mit welchen Waffen kämpft sie
denn?

Dareios.

Sie schlägt mit Hunger, die sich allzutrotzig bläh'n.

Der Chor.

So senden wir ein auserlesen rüstig Heer.

Dareios.

Doch jenes Heer auch, welches noch in Hellas weilt,
Wird nie der Heimkehr frohen Tag erscheinen seh'n.

Der Chor.

Wie sagst du? Kehrt der Perser ganze Heeresmacht
Nicht aus Europa wieder heim durch Helle's Sund?

Dareios.

Ein kleiner Theil von Vielen, wenn man glauben darf
Dem Götterausspruch, den die That bisher bewährt;
Denn nicht das Eine wird erfüllt, das Andre nicht.
Und ist es so, ließ Xerxes, eiteln Hoffnungen
Vertrauend, dort ein auserles'nes Heer zurück.
Es lagert auf der Ebne, die Asopos' Flut
Benetzt, des Segens holder Born dem Theberland;
Wo (grause Schmach!) der Leiden höchstes ihrer harrt,
Des Uebermuths, des gottvergess'nen Sinnes Lohn,
Die Hellas stürmend vor der Götterbilder Raub,
Dem Brand der Heiligthümer nicht errötheten.
Die Opferherde schwanden, Göttersitze sind
Tief aus den Gründen umgewühlt in wilden Schutt.
Für solche That denn müssen sie mit gleichem Maß
Jetzt und in Zukunft büßen; noch versiegte nicht
Der Quell des Unheils, immer noch taucht neues auf.
Denn solch ein Sühnungsopfer, blutigströmend, wird
Von Dorerlanzen auf Plataä's Feld gebracht;
Und Todtenhügel werden bis in's dritte Glied
Lautlos der Enkel Augen einst verkündigen,
Daß Uebermuth dem Erdensohne nicht geziemt.

Denn aus der Hoffahrt Blüte sprießt als Aehrenfrucht
Die Sünde, die mit thränenschwerer Ernte lohnt.
Erblickt ihr so des Uebermuthes Strafgericht,
So denkt an Hellas und Athen, und trachtet nicht
Nach fremden Schätzen und verstreut das eigne Glück,
Verschmähend, was euch heute zugetheilt ein Gott.
Wohl straft Kronion allzukühnaufstrebenden
Hochmuth und übt ein unerbittlich streng Gericht.
So leitet ihr denn meinen Sohn, der weisen Sinns
Bedarf, mit weisem Rathe, daß er fürder nicht
Die Götter kränke durch vermess'nen Uebermuth.
Du, Xerxes' greise Mutter, geh' in's Haus zurück,
Wähl' einen Schmuck aus, Liebe, der dem Herrscher ziemt,
Und eil' entgegen deinem Sohn; denn Stücke nur
Des goldnen Kleides flattern um die Lenden ihm,
Das er zerriß in seines Unglücks herbem Schmerz.
Du mußt mit sanften Worten ihn begütigen;
Denn dich allein, ich weiß es, hört er willig an.
Ich scheide nun in dunkle Grabesnacht hinab.
Doch ihr, o Greise, lebet wohl; im Leide selbst
Gönnt eurer Seele frohen Muth an jedem Tag!
Beut doch der Reichthum keine Frucht dem Todten mehr.
(verschwindet.)

Der Chor.

Viel Leides, das gekommen, das noch kommen wird,
Mein Volk zu beugen, hört' ich, ach, in tiefem Schmerz!

Atossa.

O Schicksal, endlos schwere Noth kam über mich!
Doch tief vor Allem schneidet mir das Leid in's Herz,
Des Sohnes Schmach zu hören, dem das Herrscherkleid,
Zerrissen, kaum die königlichen Glieder hüllt.
Wohlan, ich eile, hole mir im Hause Schmuck,
Und will's versuchen, meinem Sohn entgegengeh'n.
In Mißgeschick verlass' ich meine Liebsten nicht.
(ab.)

Wechselgesang des Chores.

Erste Strophe.

Götter, ein strahlendes Loos, ein geselliges,
Glückliches Leben im Staate beseligte
Dieses Volk, als der Greis,
Allengenügend und mild, den Unsterblichen gleich,
Nimmerbesiegt, im Land gebot, — Dareios!

Erste Gegenstrophe.

Groß in der Schlacht und verherrlicht im Ruhme des
Heeres, verwalteten wir in des heiligen
Rechtes Hut Stadt und Land.
Aus dem Gewühle der Schlachten in harmlosem Glück
Führte des Sieges Arm die Kämpfer heimwärts.

Zweite Strophe.

Wie viel Städte gewann er, und wandelte nicht durch die Furthen des Halys,
Noch verließ er Susa's Herd!
Auch die längs dem strymonischen Meer, von den Wogen umspült, sich erheben,
Thrake's Thälern nahe,

Zweite Gegenstrophe.

Und die, ferne der See, sich im Schooße des Land's mit der Mauer umgürtet,
Folgten dieses Herrschers Wort,
Dann an dem Sunde der Helle die prangenden Städt' und die Bucht der Propontis
Sammt des Pontos Mündung,

Dritte Strophe.

Auch Eilande, von Fluten umrauscht an dem Vorstrand,
Nachbarinnen Asia's,
Lesbos, dann, von Oliven umgrünt, die Gefilde von
Samos, und Chios und Paros und Mykonos, Naxos und Andros,
Dicht an Tenos' Mark gelehnt.

Dritte Gegenstrophe.

Ihm auch dienten die Inseln, verstreut an der Küste,
Lemnos' Au'n und Ikaros',
Rhodos und Knidos zugleich und die kyprischen Städte, die
Heilige Paphos und Solis und Salamis, Tochter der Mutter,
Die das Leid uns jetzt gebar.

Schlußgesang.

Auch in der Joner Gefilden die reichen gesegneten Städte, gedrängt von
Hellas' Volke bewohnt, zwang er mit weisem Sinn.
Und unermüdliche Kraft der Gewappneten, Helfer aus allen
Völkern standen ihm nahe.
Doch jetzt dulden wir das; so ward es gewandt von den Göttern: sie schlugen
Graunvoll uns mit des Krieges Noth, des Meeres Unheil.

(Von der Seite der Fremde her vernimmt man Wehgeschrei; bald darauf erscheint Xerxes, von einigen Kriegern gefolgt, mit Bogen und Köcher um die Schultern.)

Xerxes.

Weh!
Ich Verlorener, daß dies feindliche Loos
Ungeahnt mich ereilt mit zerschmetterndem Schlag!
Wie grausam wälzt sich des Schicksals Macht
Auf der Perser Geschlecht! Was beginn' ich? O Leid!
Mir schwindet erschöpft aus den Knieen die Kraft;
Denn ich sehe sie dort, die Getreuen der Stadt
In dem silbernen Haar: und die Jugend dahin!
Daß doch auch mich mit den Männern, o Zeus,
Die gefallen im Kampf, in die ewige Nacht
Einhüllte das Todesverhängniß!

Der Chor.

Weh, weh dir, o Fürst, um das tapfere Heer,
Um der Persergewalt hochstrahlenden Ruhm,

Um die Blume des Volks,
Die nun hinmähte das Schicksal!
Laut jammert das Land um die Jugend des Lands,
Die Ares erschlug, der Hades' Haus
Mit Persern erfüllt. Denn im Hades wohnt
Das unzählbare Heer und die Blüte des Volks,
Mit dem Bogen bewehrt; denn es sanken in Staub
Von dem Heldengeschlecht Myriaden dahin.
Weh, weh um die herrliche Säule des Reichs!
Und Asia beugt, mein König und Herr,
Schmachvoll, schmachvoll sein Knie in den Staub.

Erste Strophe.

Xerxes.

Und Ich Unseliger hier, weh!
Ich Armer, wie ward ich dem Volke zum Fluch
Und dem heimischen Land!

Der Chor.

Mein Willkommgruß zu der Heimkehr schallt,
Ein gramvoller Laut, ein schmerzvoller Ruf,
Wie des Mariandyners Klagegesang,
Von Thränen umströmt, dir entgegen.

Erste Gegenstrophe.

Xerxes.

Hebt an wehklagenden Jammers
Dumpfshallenden Laut: denn es stürmte der Zorn
Des Geschickes auf mich!

Der Chor.

Ich erhebe des Grams wehklagenden Laut,
Im Lied feiernd, ach! des Volks Leid zur See,
Das die Jünglinge schlug der bekümmerten Stadt:
Laut jammre mein thränendes Klaglied!

Zweite Strophe.

Xerxes.

Der Hellene vertilgt' euch,
Der hellenische Ares,
Anstürmend in Schiffen;
Er mähte die nächtliche Flur,
Das Gestade des Todes.

Der Chor.

Weh! rufe laut und gib uns Alles kund:
Wo blieb deiner Getreuen Schaar,
Wo die Fürsten neben dir,
Dotamas, Pharandakes
Und Psammis, Susas, Pelagon, auch
Agdabatas, Susiskanes, der Held,
Der von Ekbatana kam?

Zweite Gegenstrophe.

Xerxes.

Todt ließ ich sie dort, sah
Aus dem tyrischen Schiffe
Sie stürzen am Strande
Von Salamis, sah sie zerschellt
An der zackigen Klippe.

Der Chor.

Weh! rufe laut: wo kam Pharnuchos hin,
Ariomardos, der tapfre Held,
Wo der Fürst Seualkes, wo
Weilt Liläos, edlen Stamms,
Wo Tharybis, Memphis, Masistras, wo
Artembares, wo Hystächmas? O sprich,
Gib es dem Fragenden kund!

Dritte Strophe.

Xerxes.

O weh, o Graun!
Nach dem grauen Athen, dem verhaßten,
Den Blick gewendet, niedergeschmettert zumal,
Die Armen, ach!
Liegen sie zuckend am Ufer alle.

Der Chor.

Und ließest du, ließest du dort auch
Dein treuestes Auge, den Feldherrn, der
Myriaden gebot, Myriaden,
Batanochos' Sohn, Alpistos,
Den gewaltigen Helden,
Der Sesamas und Mygabates
Als Ahnherrn zählt? Auch Parthos
Und den großen Oebares? O schweres Geschick,
Leid über Leid dem stolzen Perservolk!

Dritte Gegenstrophe.

Xerxes.

Du weckst in mir
Sehnsucht nach den tapferen Freunden,
Dein Wort erweckt mir Leid, unermeßliches Leid.
Es stöhnt, es stöhnt
Ueber dem Jammer das Herz im Busen.

Der Chor.

Und auch nach Andern verlangt uns,
Nach Xanthios, dem aus mardischem Volk
Myriaden gefolgt, nach dem Helden
Anchares, Diäxis, Arsakes,
Die den Reitern geboten,
Kigdadatas auch und Lythimnas
Und Tolmos, im Kampf unersättlich.

Sie ruhen im Grab! Kein Wagengespann,
Bedeckt mit Zelten, führte sie zur Gruft.

Vierte Strophe.

Xerxes.

Sie sind dahin, ach, des Heeres erster Schmuck!
Sie sind dahin, namenlos!
O Graun, o Graun! O Leid, o Leid!

Der Chor.

O Graun, o Graun! Götter, ach,
Ihr schuft ein Leid, ungeahnt,
Gräßlich, wie kein's Ate noch gesehen!

Vierte Gegenstrophe.

Xerxes.

Geschlagen wir! Nie zuvor erlebtes Leid!
Geschlagen! Klar liegt's am Tag!
Ein Leid, ein Leid, so neu, so neu!

Der Chor.

Wir trafen, uns nicht zum Heil,
Auf Hellas' seefahrend Volk.
Kämpfend erlag Persis' Stamm dem Schicksal.

Fünfte Strophe.

Xerxes.

So ist es: solch mächtig Heer
Sah ich, ach, geschlagen.

Der Chor.

Noch mehr: in Staub stürzte die Macht der Perser.

Xerxes.

Und siehst du hier, was mir blieb von meiner Wehr?

Der Chor.

Ich seh's, ich seh's!

Xerxes.

Diesen pfeilbewahrenden —

Der Chor.

Was als gerettet nennst du da?

Xerxes.

Meiner Pfeile Behälter.

Der Chor.

Wenig nur von so Vielem!

Xerxes.

Wo sind unsere Streiter?

Der Chor.

Den Kampf scheut Hellas' kühnes Volk nicht.

Fünfte Gegenstrophe.

Xerxes.

Ein Heldenvolk! Ich erfuhr
Niegeahntes Unglück.

Der Chor.

Der Schiffe Flucht meinst du, der stolzen Wälle?

Xerxes.

In wildem Schmerz riß ich mein Gewand entzwei.

Der Chor.

O Weh, o Weh!

Xerxes.

Mehr, ja mehr als Wehe nur!

Der Chor.

Zwiefach und dreifach ist das Leid.

Xerxes.

Jammer, Wonne den Feinden!

Der Chor.

Alle Kraft ist gebrochen!

Xerxes.

Niemand, der mich geleite!

Der Chor.

Die Meerflut, ach, verschlang die Treuen.

Sechste Strophe.

Xerxes.

Beweine, — beweine mein Geschick und komm in's Haus!

Der Chor.

O Weh, o Weh! O Leid, o Leid!

Xerxes.

Erwiedre mir mein Wehgeschrei!

Der Chor.

Dem Schmerz des Schmerzes Schmerzensgruß.

Xerxes.

Schrei' auf, erheb' ein Klagelied!

Der Chor.

O Gram, o Gram!
Schwer lastet dieses Leid auf uns!
Ach, ach, ich empfind' es schmerzlich.

Sechste Gegenstrophe.

Xerxes.

O schlage die Brust, und jammre, jammre laut um mich!

Der Chor.

Der Seufzer hallt, die Thräne fließt.

Xerxes.

Antworte meinem Weheruf.

Der Chor.

Ich bin bereit, ich folge, Herr.

Xerxes.

Erhebe denn ein lautes Ach!

Der Chor.

O Gram, o Gram!
In meine Seufzer mische sich
Wilddröhnend der Schlag der Hände!

Siebente Strophe.

Xerxes.

Die Brust zerfleische, rufe Weh im Myserton!

Der Chor.

O Graun, o Graun!

Xerxes.

Zerraufe dir des greisen Kinnes Silberhaar.

Der Chor.

Wild, wild zerrauf' ich's: o des Leides!

Xerxes.

Dein Wehlaut schalle!

Der Chor.

Wehe! Wehe!

Siebente Gegenstrophe.

Xerxes.

Zerreißt mit starken Händen euch das Brustgewand!

Der Chor.

O Graun, o Graun!

Xerxes.

Zerrauft das Hauptthaar, und bejammert laut das Heer!

Der Chor.

Wild, wild zerrauf' ich's: o des Leides!

Xerxes.

Ihr Zähren, strömt!

Der Chor.

Ich schwimm' in Thränen.

Schlußgesang.

Xerxes.

Wehklagend wandle zum Palast!

Der Chor.

O Leid, o Leid!

Xerxes.

O Leid! hallt es die Stadt durch —

Der Chor.

O Leid! hallt es, ach!

Xerxes.

Jammernd schreitet in stillem Zug!

Der Chor.

O Leid! Persis' Land, dein Pfad ist schwer!

Xerxes.

Weh, ihr Gefall'nen, weh! im Galeonenkampf!

Der Chor.

Mit schmerzvollem Ruf, o Herr, folg' ich dir.

Erklärende Anmerkungen.

V. 16. Der Dichter bezeichnet die drei Hauptstädte des Perserreiches, Ekbatana, Susa und die kissinische Stadt, letztere wohl die Königsstadt in den Gebirgen der Kissier, eines besonderen von Herodot erwähnten persischen Völkerstammes.

V. 22. Artaphernes gebeut und Amistres hier. Bei den hier und weiterhin angeführten Namen persischer Heerführer muß man ein für allemal merken, daß die wenigsten bei den Geschichtschreibern gefunden werden, und wahrscheinlich von unserem Dichter selbst nach der Analogie bekannter persischer Namen erfunden worden sind. Auch hat man wohl nicht Ursache, sich über diese und ähnliche Freiheiten zu wundern, die sich Aeschylos in diesem Trauerspiele mit der Geschichte herausgenommen hat. Eine größere Genauigkeit in den Namen der Feldherren z. B. würde einen weit größeren Verkehr der Hellenen mit den Persern vorausgesetzt haben, als wirklich stattfand, und der Dichter konnte sich hierbei, so wie bei allem dem, was die persischen Einrichtungen betraf, füglich des Rechtes bedienen, welches ein fremder und entfernter Gegenstand den Dichtern zu allen Zeiten gelassen hat. Ja, selbst diejenigen Ereignisse, die sich vor den Augen der Griechen zugetragen hatten, konnten jene Freiheit nicht sehr beschränken, da sich die Geschichte ihrer noch auf keine Weise bemächtigt hatte. Denn Gerüchte und Sagen gelten bei dem Volke nicht nach ihrer historischen Richtigkeit, sondern nach ihrem Zusammenhange mit seinen Neigungen oder der Art ihrer Ausschmückung. Jakobs.

V. 25. Dem Erhabensten, dem Könige der Perser.

V. 39. Das ogygische d. i. uralte Land. Das Wort wird von einem alten attischen Könige Ogyges abgeleitet.

V. 70. Der Sund der Helle, der Hellespontos, der von Helle, der Tochter des Athamas, den Namen trägt.

V. 78. Der Perserkönig heißt hier des goldenen Thau's himmlischer Sohn, weil man den Namen der Perser, so wie das Geschlecht des Xerxes, von Perseus, dem Sohne der Danae, der aus dem goldenen Regen des Zeus entsprossen war, ableitete. Herodot sagt 7, 61. „Vormals hießen die Perser bei den Hellenen Kephener, bei ihren Nachbarn aber und unter sich selbst Artäer. Als nun Perseus, der Sohn der Danae und des Zeus, zu

Kepheus, dem Sohne des Belos, kam, und dessen Tochter Andromeda zur Gemahlin erhielt, ward ihm ein Sohn geboren, dem sie den Namen Perses gaben. Diesen ließ er dort zurück; denn Kepheus hatte noch keine männlichen Erben. Von diesem nun haben die Perser den Namen empfangen."

V. 80. Bogen und Pfeil ist persische, Wurfspeer griechische Waffe. Vgl. V. 82.

V. 132. Durch Perseus unserem Stamme verwandt. S. zu V. 78.

V. 133 ff. S. zu V. 80.

V. 143 f. Dem Xerxes wird der Name eines Gottes nur bedingungsweise beigelegt, wenn ihn das Glück nicht verlassen haben sollte.

V. 154. Als Gebieter und Herr heißt Xerxes das Auge des Hauses.

V. 224. Silber quillt u. s. f. Gemeint sind die Silberminen von Laurium.

V. 284. Silenia, eine Küstenstrecke der Insel Salamis, welche V. 289 das Eiland des Ajas und V. 291 die taubennährende genannt wird, weil sie der Aphrodite heilig war, und auf ihr Tauben gehegt wurden, die heiligen Vögel der Göttin.

V. 429. Es liegt ein kleines Inselland vor Salamis. Es ist Psyttaleia gemeint, die Felseninsel fünf Stadien von Salamis, einsam und still, nur von nistenden Seevögeln bewohnt, ein rechter Aufenthalt für Pan. Aristeides war es, der dort mit einer Schaar athenischer Hopliten die Perser überfiel. Nicht ohne Bedeutung wird gerade an dieser Stelle Pan erwähnt; schon während des ersten Perserkrieges hatte er sich den Athenern als treuen Bundesgenossen bewährt, weßhalb ihm auf der Akropolis eine Statue geweiht war mit der Inschrift:

Mich bockfüßigen Pan, den arkadischen, der für Athenä
Gegen die Meder gekämpft, stellte Miltiades auf.

Wahrscheinlich war diesem Pan, dem meerumrauschten, wie ihn Sophokles nennt, das kleine Eiland geweiht. Droysen.

V. 536. Der Sinn ist: wie kam es doch, daß das Volk unter der Herrschaft des Dareios nie von solchen Unfällen heimgesucht wurde, und warum ist es unter Xerxes anders geworden?

V. 547. der Joner, d. i. der Hellenen.

V. 552. Kychreios hieß ein Gau auf Salamis (Κυχρεῖος πάγος περὶ Σαλαμῖνα) und Salamis selbst Kychreia.

V. 657. Es war Sitte, wenn man die Geister der Unterwelt anrief, mit der Hand auf den Boden zu schlagen.

V. 665. Doch auch im Hades Herrscher noch. Edeln Königen folgt ihre Würde auch in die Unterwelt nach, und schon in der Odyssee wird dem Achilleus unter den übrigen Schatten ein Vorrang beigelegt. Nach Sophokles herrscht Amphiaraos unter der Erde über alle Seelen, und die Vorstellung von dem königlichen Richteramte eines Minos, Aeakos und Rhadamanthys war ursprünglich wohl aus derselben Idee entsprungen. Jakobs.

V. 850. Ikaros' Auen, die Insel Ikaria, eine der Sporaden, die von Ikaros den Namen trägt.

V. 852. Salamis, eine Stadt auf Kypros, die Teukros erbaut, und nach der heimatlichen Salamis, aus welcher er von seinem Vater vertrieben worden war, also genannt hatte.

V. 888. Wie des Mariandyners Klagegesang. Das kleinasiatische Volk der Mariandyner pflegte in dem fanatischen Cultus, der jenen Gegenden eigenthümlich war, einen düsteren Klagegesang zur Flöte zu singen. Droysen.

V. 941. Die Marder sind ein persisches Volk nach der medischen Gränze hin. Plinius setzt sie in den östlichen Theil der margianischen Provinz (regionis margianae) bis hin an die Landschaft der Baktrer. H. N. 6, 18.

V. 999. im Myserton. Die Myser, bemerkt ein alter Ausleger, sind ein besonders klageliebendes Volk (οἱ Μυσοὶ μάλιστά εἰσι θρηνητικοί).

Lesarten und Verwandtes.

V. 9. κακόμαντις ἄγαν ὀρσολοπεῖται
θυμὸς, ἔσωθεν δὲ βαΰζει.
πᾶσα γὰρ ἰσχὺς Ἀσιατογενὴς
ᾤχωκε νέων.

V. 89. φιλόφρων γὰρ ποτισαίνουσα τὸ πρῶτον.

V. 105. Περσικοῦ στρατεύματος τοῦδε abhängig von κένανδρον.

V. 132. τὸ πατρωνύμιον γένος ἀμέτερον, genus a Perseo ductum, unde nos nomen habemus, ac propterea nobis cognatum.

V. 151. ταῦτά μοι διπλῆ μέριμνα φραστός ἐστιν ἐν φρεσίν.

V. 171. ἀμώμῳ.

V. 262. ἴυζ' ἄποτμον δαΐοις
δυσαιανῆ βοάν,
ὡς πάντᾳ παγκάκως θιοὶ
ἔθεσαν, αἰαῖ, στρατοῦ φθαρέντος.

V. 294. καὶ φερεσσάκης τρίτος.

V. 330. ἔτ' ἄρ' Ἀθηνῶν.

V. 509. ὑμῖν, worauf im folgenden Verse πιστοῖσι zu beziehen ist.

V. 527. γόοις ἀκορέστοις.

V. 541. λινόπτεροι.

V. 632. δάϊον οἷον ἄνακτα Δαρεῖον.

V. 636. στρατὸν εὖ ποθ' ὁδήγει oder ὀδώκει.

V. 641. Δαρεῖ' ἄνα.

V. 645. κατὰ γᾶς ὄλωλεν.

V. 649. τίς τάδε δυναστείᾳ, δυνάστα,
παρὰ τᾷ σᾷ δίδυμα
διάνοι' ἂν ἁμάρτια
γᾷ τᾷδε πάσᾳ;
ἐξέφθινται τρίσκαλμοι
νᾶες ἄναες ἄναες.
V. 657. στένει δὲ κοπτόν.
V. 732. Wörtlich:
Da beschloß er diesen Heerzug und die Fahrt in Hellas' Au'n.
V. 735. τόδ' ἄστυ Σούσων ἐξερήμωσεν πέσος.
V. 803. σωφρονεῖν κεχρημένον.
V. 835. εὔφρονας εὖ πράσσοντας ἄγον οἴκους.
V. 875. Ἄρει κταμέναν.
V. 876. ἁδοβάται γάρ, sc. εἰσίν.
V. 882. αἰνῶς αἰνῶς.
V. 889. πέμψω πολύδακρυν ἰακχάν.
V. 896. κλάγξω δ' ἀρίδακρυν ἰακχάν.
V. 902. πάντ' ἐκπεύθου, laß dich um Alles fragen, thu' uns Alles kund.
V. 930. Hier wird eine Lücke in der Urschrift angenommen. Vgl. den entsprechenden Vers der Gegenstrophe.
V. 935. ἴυγγά μοι δῆτ' ἀγαθῶν ἑτάρων ὑπεγείρεις,
ἄλαστ' ἄλαστα στυγνὰ πρόκακα λέγων.
βοᾷ βοᾷ δὴ μελέων ἔντοσθεν ἦτορ.
V. 940. καὶ μὴν ἄλλους γε ποθοῦμεν.
V. 947. ἔταφεν, ἔταφεν, d. i. ἐτάφησαν.
V. 948. ὄπιθεν ἑπομέναις, abhängig von σκηναῖς.
V. 954. διαπρέπον οἵων δ. Ἀ. gräßlicher als Alles, was Ate sah.
V. 997. μάραγνα δ' ἀμμεμίξεται,
οἴμοι, στονόεσσα πλαγά.

Verzeichniß der Sylbenmaße in den lyrischen Stellen dieser Tragödie.

V. 1—66. Anapäste.

Strophe 1. V. 67—72. Gegenstrophe 1. V. 73—78.

⏑ ⏑ – – ⏑ ⏑ – – ⏑ ⏑ – – ⏑ ⏑ –
– ⏑ ⏑ – – ⏑ ⏑ – – ⏑ ⏑ – ⏒
⏑ ⏑ – – ⏑ ⏑ – – ⏑ ⏑ – ⏑
⏑ ⏑ – ⏑ ⏑ – ⏒
⏑ ⏑ – ⏑ ⏑ –
– ⏑ ⏑ – – ⏑ ⏑ – – ⏑ ⏑ – ⏓

Strophe 2. V. 79—82. Gegenstrophe 2. V. 83—86.

⏑ ⏑ – – ⏑ ⏑ – – ⏑ ⏑ – – ⏑ ⏑ – –
⏑ ⏑ – – ⏑ ⏑ – – ⏑ ⏑ – – ⏑ ⏑ – ⏓
⏑ ⏑ – – ⏑ ⏑ – ⏑ ⏑ und: ⏑ ⏑ – – ⏑ ⏑ – –
⏑ ⏑ – ⏑ – ⏑ – ⏑

Nachgesang. V. 87—91.

⏑ ⏑ – – ⏑ ⏑ – – ⏑ ⏑ – – ⏑ ⏑ – ⏑ ⏑
⏑ ⏑ – – ⏑ ⏑ – – ⏑ ⏑ – ⏑ – ⏑ – ⏑
⏑ ⏑ – – ⏑ ⏑ – – ⏑ ⏑ – –
⏑ ⏑ – ⏑ ⏑ – ⏑ ⏑ – –
⏑ ⏑ – – ⏑ ⏑ – – ⏑ ⏑ – – ⏑ ⏑ –

Strophe 3. V. 92—96. Gegenstrophe 3. V. 97—101.

⏑ ⏑ – – ⏑ ⏑ – ⏑ ⏑ – ⏒
⏑ ⏑ – ⏑ ⏑ – – ⏑ ⏑ – ⏑

⏑ ⏑ – – ⏑ ⏑ – –
⏑ ⏑ – – ⏑ ⏑ – ⏓
⏑ ⏑ – ⏑ ⏑ – ⏑ – ⏑ –

Strophe 4. V. 102—106. Gegenstrophe 4. V. 107—111.

– ⏑ – ⏑ – ⏑ –
– ⏑ – ⏑ – ⏑ –
⏑ –
– ⏑ – ⏑ – ⏑ –
– ⏑ – ⏑ – ⏑ – – ⏑ –
– ⏑ – ⏓ – ⏑ –

Strophe 5. V. 112—118. Gegenstrophe 5. V. 119—125.

– ⏑ – – ⏑ –
– ⏑ – ⏒ – ⏑ –
– ⏑ – – ⏑ – – ⏑ –
– ⏑ – ⏑ – ⏑ –
⏑ – – – ⏑ – ⏑ – ⏓
– ⏑ ⏑ – ⏑ ⏑ –
– ⏑ – ⏑ – ⏒

V. 126—135. Anapäste.
V. 136—140. Anapäste.
V. 141—161. Unvollständige trochäische Tetrameter.
V. 201—234. Unvollständige trochäische Tetrameter.

Strophe 1. V. 242. 243. Gegenstrophe 1. V. 246. 247.

– ⏑ ⏑ – ⏑ – ⏑ – – ⏑ –
⏑ – – ⏑ – – ⏑ ⏑ – ⏑ – ⏑

Strophe 2. V. 250—253. Gegenstrophe 2. V. 256—259.

– ⏑ ⏑ – ⏑ –
⏑ – ⏑ – ⏑ – ⏑ –
– ⏑ – ⏑ ⏑ – ⏑ – ⏑
– – – ⏑ ⏑ – ⏑

Strophe 3. V. 262—265. Gegenstrophe 3. V. 268—271.

– – ⏑ – – – ⏑ ⏒
⏑ – – – ⏑ –

⏑ – – – ⏑ – ⏑ –

– ⏑ – – ⏑ – ⏑ – ⏑

V. 514—529. Anapäste.

Strophe 1. V. 530—539. Gegenstrophe 1. V. 540—549.

– – – ⏑ – ⏒ – ⏑ –

⏑ – ⏑ – ⏑ – ⏑ ⏓

– – ⏑ – ⏑ – ⏑ –

– – ⏑ – ⏑ ⏑ – ⏑ –

– – ⏑ – ⏓ – ⏑ – ⏑ –

– ⏑ – ⏑ – ⏑ –

– ⏑ – ⏑ – ⏑ –

– ⏑ – ⏑ – ⏑ –

⏒ – – ⏑ ⏑ – ⏑

– – – ⏑ ⏑ – ⏑

Strophe 2. V. 550—557. Gegenstrophe 2. V. 558—565.

– ⏑ ⏑ – ⏑ ⏑ –

–

– ⏑ – ⏑ ⏑ – ⏑

⏑ –

– ⏓ – ⏑ ⏑ – ⏑

– – – ⏑ ⏑ – ⏑ – ⏒

⏑ ⏑ – ⏑ – ⏑

⏑ – ⏑ –

⏑ –

– ⏑ ⏑ – ⏑ – ⏑

⏑ – – ⏓ – ⏑ – ⏒

Strophe 3. V. 566—572. Gegenstrophe 3. V. 573—579.

– ⏑ ⏑ – ⏑ ⏑ – ⏑

– ⏑ ⏑ – ⏑ ⏑ – ⏒

– ⏑ ⏑ – ⏑ ⏑ – ⏒

– ⏑ ⏑ – ⏑ ⏑ – –

– ⏒ – ⏑ ⏑ – ⏑

– ⏑ ⏑ – ⏑ ⏑ – ⏒

– ⏑ ⏑ – ⏑ – ⏑

V. 605—614. Anapäste.

Strophe 1. V. 615—621. Gegenstrophe 1. V. 622—628.

– ⏑ ⏑ – – ⏑ ⏑ – – ⏑ ⏑ – – – ⏑ ⏑ –
– ⏑ ⏑ ⏑ – ⏓
– ⏑ – ⏑ ⏑ – ⏑ –
⏒ – – ⏑ ⏑ – ⏑ –
– ⏑ – ⏑ –
– ⏑ ⏑ – ⏑
– ⏓ – ⏑ ⏑ – –

Strophe 2. V. 629—632. Gegenstrophe 2. V. 633—636.

– ⏑ ⏑ – – – ⏑ ⏑ – ⏓
⏑ ⏑ – ⏑ – ⏑ – ⏒
⏑ ⏑ – – ⏑ ⏑ – ⏑ ⏑ – – ⏑ ⏑ – –
– ⏑ ⏑ – ⏑ ⏑ – ⏑ ⏑ – ⏒

Strophe 3. V. 637—641. Gegenstrophe 3. V. 642—646.

⏑ – – ⏑ – ⏑ – – ⏑ –
– ⏑ ⏑ – ⏑ – ⏑ – ⏑
⏑ ⏑ – – ⏑ ⏑ – – ⏑ ⏑ – ⏒
⏑ ⏑ – – ⏑ – – ⏑ ⏑ – ⏑ – ⏑
– ⏑ ⏑ – ⏑ ⏑ – – ⏑ ⏑ –

Schlußgesang. V. 647—654.

– – ⏑ –
– ⏑ ⏑ – ⏑ ⏑ – ⏑ ⏑ –
– – ⏑ – – – ⏑ – –
– ⏑ ⏑ – ⏑ –
⏑ – ⏑ – – – ⏑ –
– – ⏑ – –
– – ⏑ ⏑ – ⏑ ⏑ – ⏑
– ⏑ ⏑ – ⏑ ⏑ – ⏑

Strophe. V. 668—670. Gegenstrophe. V. 674—676.

⏑ ⏑ – – ⏑ ⏑ – –
⏑ ⏑ – – ⏑ ⏑ – –
⏑ ⏑ – ⏑ ⏑ – ⏑ ⏑ – ⏑

V. 671—673. V. 677—732. Unvollst. trochäische Tetrameter.

Strophe 1. V. 826—830. Gegenstrophe 1. V. 831—835.

Zwei vollständige daktylische Tetrameter.

– ◡ – – ◡ –

829. 834 Ein überzähliger daktyl. Tetrameter.

– ◡ ◡ – ◡ – ◡ – ◡ – ◡̄

Strophe 2. V. 836—839. Gegenstrophe 2. V. 840—843. Ein unvollständiger daktyl. Heptameter.

– ◡ – ◡ – ◡ –

838. 842 Ein unvollständiger daktyl. Heptameter.

– ◡ – ◡ – ◡

Strophe 3. V. 844—848. Gegenstrophe 3. V. 849—853. Ein unvollständiger daktyl. Pentameter.

– ◡ – ◡ – ◡ –

846. 851 Ein vollständiger daktyl. Pentameter.
847. 852 Ein unvollständiger daktyl. Hexameter.

– ◡ – ◡̄ – ◡ –

Schlußgesang. V. 854—859.
Ein unvollständiger daktyl. Heptameter.

– – – ◡ ◡ – – ◡ ◡ – ◡ –

856 Ein unvollständiger daktyl. Hexameter.

– ◡ – ◡ ◡ – ◡

858 Ein unvollständiger daktyl. Heptameter.

– – – ◡ ◡ – ◡ – ◡ – ◡ – –

V. 860—882. Anapäste.

Strophe 1. V. 883—889. Gegenstrophe 1. V. 890—896. Anapäste, ausgenommen V. 887 und 894, welches dochmische Dimeter sind.

Strophe 2. V. 897—908. Gegenstrophe 2. V. 909—920.

V. 897—901 und V. 909—913 sind anapästische Verse. Das Schema der auf diese folgenden Verse ist:

– – ◡ – ◡ – ◡ – ◡ –
– – – ◡ ◡ – ◡ –
– ◡ – ◡ – ◡ –
– ◡ – ◡ – ◡ –

906 f. 918 f. Vollständige anapästische Dimeter.

– ◡ ◡ – ◡ ◡ –

Strophe 3. V. 921—934. Gegenstrophe 3. V. 935—948.

⏑ – ⏑ –
⏑ ⏑ – ⏑ ⏑ – ⏑ ⏑ – ⏑
⏑ – ⏑ – ⏑ – ⏑ ⏑ – ⏑ ⏑ –
⏑ – ⏑ –
– ⏑ ⏑ – ⏑ ⏑ – ⏑ – ⏑

V. 926—933 und V. 940—947 sind anapästische Verse, V. 934 u. 948 sind abgekürzte (brachykatalektische) jambische Trimeter.

Strophe 4. V. 949—954. Gegenstrophe 4. V. 955—960.

⏑ – ⏑ – – ⏑ – ⏑ – ⏑ –
⏑ – ⏑ – – ⏑ –
⏑ – ⏑ – ⏑ – ⏑ –
⏑ – ⏑ – – ⏑ –
⏑ – ⏑ – – ⏑ –
– ⏑ ⏑ – – ⏑ – ⏑ – ⏑

Strophe 5. V. 961—971. Gegenstrophe 5. V. 972—982.

⏓ – ⏑ – – ⏑ –
– ⏑ – ⏑ – ⏒
⏑ – ⏑ – – ⏑ ⏑ – ⏑ – ⏑
⏑ – ⏑ – – ⏑ – ⏑ – ⏑ –
⏑ – ⏑ –
– ⏑ – ⏒ – ⏑ ⏒
– – ⏑ – ⏒ – ⏑ –
– ⏑ – ⏑ ⏑ – ⏑
– ⏑ – ⏑ ⏑ – ⏑
– – – ⏑ ⏑ – ⏑
⏑ – – – ⏑ – ⏑ – ⏓

Strophe 6. V. 983—990. Gegenstrophe 6. V. 991—998.

⏑ – ⏑ ⏑ – ⏑ – ⏑ – ⏑ – ⏑ –
⏑ – ⏑ – ⏑ – ⏑ –
⏒ – ⏑ – ⏑ – ⏑ –
⏑ – ⏑ – ⏑ – ⏑ –
⏓ – ⏑ – ⏑ – ⏑ –
⏑ – ⏑ –
⏓ – ⏑ – ⏑ – ⏑ –
– – ⏑ ⏑ – ⏑ – ⏑

Strophe 7. V. 999—1003. Gegenstrophe 7. V. 1004—1008.
Ein vollständiger jambischer Trimeter.

⏑ – ⏑ –

1001. 1006 Ein vollständiger jambischer Trimeter.

– – ⏑ – ⏑ – ⏑ – ⏑

⏑ – ⏒ – ⏑ – ⏑ – ⏑

Schlußgesang. V. 1009—1015.
Ein vollständiger jambischer Trimeter.

⏑ – – ⏑ ⏑ – –

⏑ – – ⏑ –

– ⏑ – ⏑ ⏑ – ⏑ –

⏑ – – ⏑ – ⏑ – ⏑ –

– ⏑ ⏑ – ⏑ – – ⏑ ⏑ – ⏑ –

⏑ – – ⏑ – ⏑ – – ⏑ –

IV.

Die Schutzflehenden.

Die Flucht.

Aegyptos, der Sohn des ägyptischen Königs Belos und der Anchinoë, hatte seinen Bruder Danaos nach kurzem Kampfe besiegt, und dessen fünfzig Töchter für seine fünfzig Söhne zur Ehe verlangt. Diesem Bunde zu entgehen, flohen die Danaiden mit ihrem Vater nach Argos, dem Mutterlande der Io, ihrer Ahnfrau.

Die Flüchtigen, welche den Chor des vorliegenden Drama's bilden, sind eben an der Küste gelandet. Sie richten ein Gebet an die Götter des Landes, vor allen an Zeus, den Ahnherrn ihres Geschlechtes, um Schutz gegen die verfolgenden Vettern. Da sieht Danaos, der indessen die Gegend durchspäht hat, bewaffnete Argeier nahen. Er ermahnt die Töchter zur Vorsicht, und räth ihnen, sich an den nahen Altar zu flüchten. Indem sie dort die Götter anrufen, erscheint Pelasgos, der König von Argos. Er erforscht die Ursache ihrer Ankunft, fürchtet aber, wenn er sich ihrer annehme, in einen Krieg verwickelt zu werden, und verspricht endlich nach langem Schwanken, die Sache dem Volke vorzutragen. Dem Danaos bedeutet er, in die Stadt zu eilen, und dort die Altäre der Götter mit grünen Zweigen zu schmücken, den Jungfrauen aber, sich in einen nahen Hain zu begeben.

Da diese, die Ankunft ihrer Verfolger fürchtend, sich scheuen, den Altar zu verlassen; so gestattet er ihnen zu bleiben, und folgt dem Danaos zur Stadt. Nachdem der Chor aufs neue die Hülfe des Zeus angerufen, kehrt Danaos mit der Kunde zurück, daß die Argeier einstimmig die Aufnahme der Flüchtigen beschlossen hätten. Die Danaiden stimmen einen feierlichen Gesang an, worin sie dem Volke von Argos Heil und Segen wünschen. Da meldet Danaos, die spähenden Blicke nach dem Meere hinaussendend, das Eintreffen der ägyptischen Flotte, und eilt in die Stadt, um Hülfe herbeizuholen. Der Chor fleht von Neuem um Abwendung der Gefahr, und will eher den Tod leiden, als in die Hände seiner Verfolger fallen. Ein Herold, abgesandt von den Söhnen des Aegyptos, erscheint, und gebietet den Jungfrauen, ihm zu folgen. Aber jetzt naht der König von Argos, verkündigt ihnen seinen und des Volkes Schutz, und ladet sie ein, ihm nach Argos zu folgen, wo Wohnungen für sie bereit ständen. Dieses bestätigt der zurückkehrende Danaos, und fordert die Töchter auf, die Argeier zu ehren und ihre Tugend zu bewahren. Mit Feiergesängen zum Preise der rettenden Stadt und der Landesgötter scheiden sie nun aus dem heiligen Bezirke, der sie bisher schützend aufgenommen, und wandeln in die von den Argeiern gastlich dargebotenen Wohnungen.

Personen.

Danaos, Bruder des Königs Aegyptos.

Chor der Danaiden, der Töchter des Danaos

Der König von Argos.

Ein Herold.

Scene. Freie Gegend am Meeresufer, auf einer Seite die See, auf der andern die Stadt Argos. Die Thymele in der Orchestra zeigt die Bilder Apollons, des Hermes, des Poseidon mit dem Dreizack. Von der Seite des Strandes her kommt der Chor der flüchtigen Danaiden mit ihren Dienerinnen, die Oelzweige der Schutzflehenden in den Händen tragend; ihnen folgt ihr Vater, der greise Danaos.

Der Chor.

Zeus, Flüchtlingshort, sieh gnädig herab
Auf unsere Schaar, die über das Meer
Von der Neilosflut feinsandigem Thor
Auszog! Wir entflohen der Heimat,
Dem geheiligten Land, das an Syria gränzt:
Doch nicht um Mord hat ein Bürgergericht
Mit verbannendem Stein uns verurtheilt;
Uns trieb Abscheu vor dem sündigen Bund
Mit den Vettern, dem Bund mit Aegyptos' Geschlecht,
In die Ferne hinaus. Und Danaos selbst,
Mein Vater, in Rath uns lenkend und That,
Wog, sann und erkor
Dies rühmlichste Leid in dem Leide:
Ungesäumt zu entflieh'n durch die wogende See,
Und zu landen an Argos' Strande, woher
Sich unser Geschlecht von der rasenden Kuh,
Von Kronions lind anwehendem Hauch,
Dem befruchtenden, rühmt zu entstammen.
Und in welches Gebiet auch könnten wir zieh'n,
Das uns mehr Liebe gewährt' als dies,
Mit dem bittenden Kranz,

Mit den wollumwundenen Zweigen?
O Stadt, o Land, o silberne Flut,
Ihr Götter der Höh'n und Götter der Nacht,
Ihr rächenden unter der Erde,
Und Erhalter Kronion, der das Geschlecht
Der Gerechten bewahrt, o empfanget der Frau'n
Schutzflehende Schaar mit dem Hauche des Lands
Voll heiliger Scheu! Doch, naht trotzvoll
Sich von Männern ein Schwarm aus Aegyptos' Geschlecht,
Treibt, eh er den Fuß auf den sandigen Grund
Hier setzt, mit geflügelten Barken
In das Meer ihn hinaus, daß dort der Orkan,
Von Gewittern umstürmt, daß Donner und Blitz
Und der Winde Gewalt in tosender See,
Vom Regen gepeitscht, ihn vernichte,
Eh die Frechen, Gewalt an den Töchtern des Ohms
Ausübend, das Bett, das Themis versagt,
Mit ringender Hand sich erobern.

Erster Halbchor.

Erste Strophe.

Jetzt im Gebete zu dir
Ruf' ich, o Sprößling des Zeus,
Du mein Hort jenseits des Meeres,
Welchen die grasweidende Sterke gebar von Kronions
Rührendem Hauch, den im Namen bewährte die Zeit des vollendenden Schicksals,
Da sich Epaphos ihrem Schooß entwand!

Zweiter Halbchor.

Erste Gegenstrophe.

Epaphos ruf' ich und will
Jetzt in der grasigen Flur
Feiern, was die greise Ahnin
Hier in den Au'n schweifend erlitt, und von unseren Stammherrn

Sichere Kunden verleih'n, Unverhofftes dem Ohr der Argeier enthüllen.
Wahr erscheint mit der Zeit dereinst mein Wort.

Erster Halbchor.

Zweite Strophe.

Stände mir nah', hörte der Angst ängstlichen Laut
Ein Vogelschauer aus dem Lande hier:
Tereus' jammerndes Weib, um den Verlust klagend des Sohns,
Dünkt' es ihm wohl, höre sein Ohr,
Die falkenscheue Nachtigall,

Zweiter Halbchor.

Zweite Gegenstrophe.

Die von des Quells Borden, des Walds Schatten verscheucht,
Der alten Heimat denkt in neuem Schmerz,
Und dann klagt um des Sohns Jammergeschick, welchen sie selbst
Traf mit des Mords blutiger Hand,
Unmütterlichen Zornes voll.

Erster Halbchor.

Dritte Strophe.

Also, wie sie, mit der Klage vertraut in den Weisen der Joner,
Reiß' ich die Wange mir wund, lieblich erblüht am Neilos,
Und mein des Grams unkundig Herz.
Der Trauer Blumen pflück' ich mir,
Vor den Verwandten in Angst,
Ob mir die Flucht aus dem umnebelten Land
Ihrer einer noch gedenkt.

Zweiter Halbchor.

Dritte Gegenstrophe.

Götter des Stammes, vernehmt, ihr erfahrenen Hüter des Rechtes!
Nicht doch wider Gebühr führt es an uns zu Ende,

Nein, hasset den Frevel treuen Sinns;
So wahrt ihr wohl des Gesetzes Macht!
Flüchtigen auch, von des Kampfs
Mühen erschöpft, beut der Altar vor Gewalt
Schutz, der Götter fromme Scheu.

Erster Halbchor.

Vierte Strophe.

Lass' es ein Gott uns gedeihen in Wahrheit!
In Gedanken des Zeus dringt kein sterbliches Auge.
Dennoch strahlen sie rings,
Auch gehüllt in Nacht
Schwarzen Geschicks, vor der Menschen Blicken.

Zweiter Halbchor.

Vierte Gegenstrophe.

Siegend und aufrecht wandelt die That hin,
In dem Haupte des Zeus Einmal gereift zur Vollendung;
Denn dichtschattig und wirr
Ziehen seines Sinns
Pfade, dem irdischen Aug' unmerkbar.

Erster Halbchor.

Fünfte Strophe.

In Staub stürzt aus dem Wahn
Thurmhoher Hoffnung Zeus das verruchte Haupt;
Der mühlosen Götterallmacht,
Keiner vermag ihr zu entflieh'n.
Droben ja wacht ein Auge stets,
Das von den heiligen Höh'n herab
Alles im Nu vernichtet.

Zweiter Halbchor.

Fünfte Gegenstrophe.

O Zeus, sieh her, wie frech,
Voll Uebermuthes, jugendlich trotzt der Stamm,

Der aufsproßt, nach dieser Hand hier
Lüstern, in unbändigem Muth,
Und von dem Stachel wilder Wuth
Ewig gepeitscht, zuletzt die Schuld,
Bitter getäuscht, bereu'n wird.

Erster Halbchor.

Sechste Strophe.

Solch schmerzlich Weh beklag' ich, ach, aus banger Brust,
Das bitter gellend die Thräne weckt,
In Grabgesanges Trauerton;
Lebend sing' ich mein Grablied.
Zu dir fleh' ich, Hügelland Apia's!
(Du kennst ja die Fremdlingszunge, mein Land:)
Hastig zerreiß' ich oft
Die linnenen Gewande, fleh,
Und den Sidonerschleier.

Zweiter Halbchor.

Sechste Gegenstrophe.

Den Göttern weih' ich vollen Dank, wenn unser Wurf
Gelungen, wenn ich dem Tod entrann.
O schwerentwirrbar dunkle Müh'n!
Wohin treibst du noch, Welle?
Zu dir fleh' ich, Hügelland Apia's!
(Du kennst ja die Fremdlingszunge, mein Land:)
Hastig zerreiß' ich oft
Die linnenen Gewande, fleh,
Und den Sidonerschleier.

Erster Halbchor.

Siebente Strophe.

Das Ruder und des Kieles Haus,
Die linnene, wogenfeste Wehr,
Trug ohne Sturm mit sanftem Hauch mich her:
Ich beklag' es nicht. O schaffe
Meinem Leid hinfort der Allherrscher

Zeus ein gnädig Ende,
Daß der hochheiligen Ahnin Töchter,
Ach, ach, unvermählt,
Unbezwungen entflieh'n dem verhaßten Bund!

Zweiter Halbchor.

Siebente Gegenstrophe.

Zu mir, der Frohen, schaue froh
Zeus' heilige Tochter, wende stets
Ihr hehres Antlitz unverrückt auf mich!
Wehre du, Jungfrau, mit aller
Macht die Verfolger ab von uns Jungfrau'n,
Retterin, erscheine,
Daß der hochheiligen Ahnin Töchter,
Ach, ach, unvermählt,
Unbezwungen entflieh'n dem verhaßten Bund!

Erster Halbchor.

Achte Strophe.

Willst du nicht, so flieh' ich
Dunkle sonnverbrannte Schaar
Zum Schattengott,
Der die Todten allzumal
Gastlich hegt im Erdenschooß,
Fliehe hin mit grünem Zweig,
Durch den Strang mich tödtend,
Weil Olymps Götter nicht mein Fleh'n erhört.
Zeus! Jo's Gericht, von Hera verhängt,
Wohl geißelt's auch uns; ich erkenne den Fluch
Der gewaltigsten Macht im Olympos.
Von grimmem Hauch
Wehte der Sturm hernieder.

Zweiter Halbchor.

Achte Gegenstrophe.

Wahrlich, böse Rede
Schändet deinen Namen, Zeus,

Entehrst du den
Sohn der Sterke, den du selbst
Einst erschufst aus deiner Kraft,
Kehrst du jetzt dein Angesicht
Ab von unserm Flehen:
Droben denn höre gnädig unsern Ruf!
Zeus! Jo's Gericht, von Hera verhängt,
Wohl geißelt's auch uns; ich erkenne den Fluch
Der gewaltigsten Macht im Olympos.
Von grimmem Hauch
Wehte der Sturm hernieder.

(Während des Gesanges hat Danaos die Gegend durchspäht, und kommt jetzt näher.)

Danaos.

Verständig, Kinder! Mit verständig treuem Geist
Hat euch zu Schiff der greise Vater hergeführt.
Auch jetzt am Festland mahn' ich euch mit weisem Sinn:
Schreibt tief in eure Herzen und bewahrt mein Wort.
Ich sehe Staub, des Heeres stummen Boten, dort;
Die Rädernaben schweigen nicht im Achsenschwung,
Und eine schildbewehrte, lanzenschwingende
Heerschaar mit runden Wagen und mit Rossen naht.
Wohl kommen hier die Fürsten dieses Landes selbst,
Durch Boten unterrichtet, um nach uns zu späh'n.
Doch ob sie harmlos nahen, oder aufgereizt
In wildem Unmuth stürmend uns entgegenzieh'n:
Für alle Fälle, Mädchen, ist es dienlicher,
Ihr lagert euch an dieser Kampfgottheiten Herd.
Altäre schirmen besser als Burgwall und Schild.
Geht ungesäumt denn, nehmt die wollumwundenen
Oelzweige, Zeus', des hochverehrten, Feierschmuck,
Und haltet sie mit frommen Händen fromm empor;
Verschämt, in sanfter Klage sprecht das Nöthige
Erwiedernd an die Fremden, wie's dem Gaste ziemt,
Und meldet offen eure blutschuldreine Flucht.

In eurer Stimme künde sich nichts Freches an;
Aus stillem Antlitz mit bescheidner Stirne muß
Das Auge ruhig leuchten sonder Eitelkeit.
Seid weder vorlaut im Gespräch noch allzubreit;
Denn solches Wesen tadelt man an Frauen gern.
Bedürftig, fremd und flüchtig, gebt stets willig nach;
Des Trotzes kecke Sprache ziemt dem Schwachen nicht.

Die Chorführerin.

Verständig, Vater, sprichst du mit Verständigen.
Im Herzen will ich deine weisen Mahnungen
Getreu bewahren. Vater Zeus, du schau' herab!

Danaos.

Mit gnadereichem Auge mög' er niederschau'n!

Die Chorführerin.

Dir nahe nehm' ich meinen Sitz am Götterherd.

Danaos.

So raste nicht mehr, ohne Säumen führ' es aus.

(Die Danaiden nähern sich dem Altare, und lassen sich nicht weit von Danaos nieder.)

Die Chorführerin.

O Zeus, Erbarmung, ehe wir in Noth vergeh'n!

Danaos.

Wenn Er geneigt ist, enden wir's mit gutem Glück.
Ruft auch Kronions lichtbeschwingten Vogel nun!

Die Chorführerin.

Der Sonne segnend Auge ruf' ich betend an.

Danaos.

Des Himmels Flüchtling Phöbos auch, den reinen Gott.

Die Chorführerin.

Wohlkundig gleichen Looses, fühlt der Gott mit uns.

Danaos.

Er fühle mit und leihe gnädig seinen Schutz!

Die Chorführerin.

Und wen von diesen Göttern ruf' ich weiter an?

Danaos.

Des Gottes Zeichen, einen Dreizack, seh' ich dort.

Die Chorführerin.

Er führte freundlich, freundlich berg' er uns am Strand!

Danaos.

Ein andrer Gott hier, Hermes, nach Hellenenart!

Die Chorführerin.

Des Heiles Herold werd' er uns Geretteten!

Danaos.

Begrüßt in Ehrfurcht aller Hochgewaltigen
Gesammtaltar hier; lagert euch auf heil'gem Grund,
Ein Taubenschwarm, vor gleichbeschwingten Falken bang,
Vor Feinden, die den blutsverwandten Stamm entweih'n.
Wie wäre rein der Vogel, der vom Vogel fraß?
Wie wäre rein der Freier, der vom Sträubenden
Ein sträubend Weib begehrte? Selbst im Hades nicht
Entrinnt dem Urtheil schnöder Schuld, wer also that.
Auch dort ja spricht, so sagt man, über Missethat
Ein andrer Zeus der Todten seinen letzten Spruch.
Blickt auf, erwiedert mit Bedacht nach meinem Rath,
Damit ihr siegend diese Noth bewältiget!

(Die Jungfrauen haben sich indessen um die Thymele geordnet. Von der Seite, die nach der Stadt führt, tritt Pelasgos, der König von Argos, im Schmuck eines priesterlichen Herrschers auf, gefolgt von Lanzenträgern und Kriegsknechten.)

Der König.

Als welches Landes Sprossen soll ich grüßen ihn,
Den Fremdlingsschwarm hier, welcher in barbarischen
Gewanden stolz sich brüstet? Nicht argolisch ja,
Noch sonst aus Hellas' Auen ist der Frauen Tracht.
Und daß ihr, nicht in eines Gastfreunds Hut und nicht
Mit Führern und Herolden, diesem Land zu nah'n
Euch ohne Furcht erkühntet, dünkt mir wunderbar.
Wohl tragt ihr, nach der Schutzgenossen altem Brauch,
Oelzweig' in Händen bei der Kampfgottheiten Herd:
Dies Eine muthmaßt Hellas' Volk mit Sicherheit.
Auf vieles Andre rieth' ich noch mit gutem Grund,
Wär' eure Zunge nicht bereit mir's kundzuthun.

Die Chorführerin.

Von meiner Kleidung sagtest du nichts Irriges.
Wie aber *dich* anreden? Nenn' ich Bürger dich,
Den Hüterstab des Tempels oder Haupt der Stadt?

Der König.

Erwiedre denn und rede wohlgemuth zu mir.
Ich bin Palächthons, jenes Erdgebornen, Sohn,
Pelasgos heiß' ich, Oberherr des Landes hier.
Ein Volk, nach mir dem König selbst Pelasgervolk
Ruhmvoll geheißen, ärntet dieses Landes Frucht,
Und alle Gau'n, die Strymons heil'ger Strom durchwallt,
Beherrsch' ich, da wo niedertaucht der Sonne Strahl.
In meines Landes Marken liegt Perrhäbia,
Die Flur an Pindos' Hange bis Päonia
Zusammt Dodona's Bergen; Ziel und Gränze setzt
Des Meeres Wallung: überall gebiet' ich hier.
Doch dieser Landschaft Boden selbst heißt Apia
Zu seines Retters Ehre seit uralter Zeit.
Denn aus Naupaktos' Lande kam der Seherarzt,
Ein Sohn Apollons, Apis, der die Fluren hier
Von Ungethüm gesäubert, menschenmordendem,

Das, schwergetränkt von alter Blutschuld Gräuel, einst
Der Erde Schooß aufsproßte, grimmgeschwollne Brut,
Lindwurmgewimmel, allverheerend Mordgezücht.
Daß Apis wider solchen Fluch ausrottende
Sühnmittel Argos' Lande schuf mit weiser Kunst,
Dafür empfängt er unsern Preis im Dankgebet.
Nachdem du sichre Kunde nun von mir gehört,
Sprich weiter, und enthülle mir auch dein Geschlecht.
Doch langgedehnte Reden sind hier nicht beliebt.

Die Chorführerin.

Wir sind Argeierinnen, hör' es kurz und klar,
Der Sterke Sprossen, welche hoch ihr Sohn beglückt.
Daß lautre Wahrheit alles dies, erweis' ich dir.

Der König.

Unglaublich klingt es meinem Ohr, ihr fremden Frau'n,
Daß euer Stamm hier Argos' Blut entsprossen sei.
Denn eher gleicht ihr Frauen, die in Libya,
Nicht solchen, die in diesem Lande heimisch sind.
Die Flut des Neilos nährte wohl ein solch Geschlecht,
Und Kypros' Züge wurden wohl durch Manneskraft
In treuem Bild dem Mädchenantlitz aufgeprägt.
Auch gleicht ihr Inderfrauen, die auf trabender
Kamele Rücken, hört' ich einst, unstät das Land
Durchziehen längs den Marken Aethiopia's.
Doch, führtet ihr den Bogen, möcht' ich lieber euch
Mannlosen Amazonen, menschenschlachtenden,
Vergleichen. Unterrichte mich genauer denn,
Wiefern aus Argos euer Blut und Same stammt.

Die Chorführerin.

Die Sage geht, der Hera Tempelschließerin
War Jo vormals im Argeierlande hier,
Und sie vor Allen, also wird vielfach erzählt — —

Der König.

Wie? Heißt es nicht auch, daß Kronion sie umarmt?

Die Chorführerin.

Und nicht geheim blieb Heren dieser Liebesbund.

Der König.

Doch sage, welches Ende nahm der Götter Zwist?

Die Chorführerin.

Zur Sterke schuf sie zürnend Argos' Göttin um.

Der König.

So nahte Zeus der schöngehörnten Sterke wohl?

Die Chorführerin.

Als Stier gestaltet einte sich der Gott mit ihr.

Der König.

Was that Kronions hochgewaltig Weib darauf?

Die Chorführerin.

Sie gab der Kuh den allesschau'nden Hüter bei.

Der König.

Wer war der allesschau'nde Hirt, von dem du sprichst?

Die Chorführerin.

Hermes erschlug ihn, Argos war's, der Erde Sohn.

Der König.

Schuf sie der armen Sterke nicht ein andres Leid?

Die Chorführerin.

Der Bremse Stich, den wilden, rastlostreibenden.

Der König.

Der sie vom Heimatlande trieb in weite Flucht?

Die Chorführerin.

Auch dieses sagst du völlig überein mit mir.

Der König.

Und nach Kanobos kam sie, kam nach Memphis auch?

Die Chorführerin.

Da, sie berührend, weckte Zeus ihr einen Sohn.

Der König.

Wer rühmt sich nun den gottgebornen Sohn der Kuh?

Die Chorführerin.

Er heißt mit Recht von ihrer Rettung Epaphos.

Der König.

Und wessen Vater wurde der? Verkünde mir's.

Die Chorführerin.

Der Libya, des großen Landes Königin.

Der König.

Und wer entsproß dann, sage mir, aus ihrem Schooß?

Die Chorführerin.

Des Vaters Vater Belos mit zwei Sprößlingen.

Der König.

Enthülle mir des Vaters weisen Namen nun.

Die Chorführerin.

Fürst Danaos, deß Bruder fünfzig Söhne hat.

Der König.

Auch dessen Namen nenne mir in klarem Wort.

Die Chorführerin.

Aegyptos. Nun denn kundig unsers alten Stamms,
Hilf uns, erheb' uns, die von Argos' Blute sind!

Der König.

Ihr scheint von alten Zeiten her an diesem Land
Antheil zu haben. Doch warum verließet ihr
Das Haus der Väter? Welcher Sturm kam über euch?

Die Chorführerin.

Vielfach, Pelasgerkönig, ist der Erde Noth,
Niemals mit gleichem Fluge schwebt das Leid heran.
Wer dachte, daß auf dieser unverhofften Flucht
Wir, alte Stammverwandte, vor dem Ehebund
In scheuer Angst, an Argos' Küste landeten?

Der König.

Weßwegen flehst du diese Kampfgottheiten an,
Den wollumwundnen frischen Zweig in deiner Hand?

Die Chorführerin.

Um nicht Aegyptos' Söhnen unterthan zu sein.

Der König.

Du hassest sie? Du fürchtest einen Frevel wohl?

Die Chorführerin.

Wer kaufte Blutsverwandte sich als Herrn in's Haus?

Der König.

Mehrt doch in solchem Bunde sich der Menschen Macht.

Die Chorführerin.

Und vor Bedrängten schließen wir uns leichter ab.

Der König.

Wie denn beweis' ich gegen euch liebreichen Sinn?

Die Chorführerin.

Gib, wenn Aegyptos' Söhne nah'n, uns nicht heraus.

Der König.

In neuen Krieg mich stürzen, — traun, ein schweres Wort!

Die Chorführerin.

Doch Dike kämpft für ihre Bundsgenossen selbst.

Der König.

Ja, wenn von Anfang euer Thun ihr wohlgefiel.

Die Chorführerin.

O scheue, Herr, den reichbekränzten Herd der Stadt!

Der König.

Mit Schaudern seh' ich diesen Sitz umschattet hier.

Die Chorführerin.

Doch Zeus', des Flüchtlingshortes, Zorn, er lastet schwer.

Erste Strophe.

Erster Halbchor.

Palächthons theurer Sohn, höre mich
Mit huldreichem Sinn, hoher Pelasgerfürst!
Schaue mich flüchtige, schutzflehende, zitternde,
Gleich dem gescheuchten Lamm, das an der Felsenwand
Schwindelnden Höhen irrt! Hoffend auf Hülfe, blöckt es,
Und kündet sein Leid dem Hirten.

Der König.

Von frischgepflückten Zweigen überschattet, winkt
Huldblickend, seh' ich, dort der Kampfgotttheiten Chor.

O daß der Fremden Nähe doch uns keinen Harm
Bereite, daß nicht plötzlich, unvorherbedacht,
Sich Kampf entspinne! Keines Kampfs bedarf die Stadt.

Erste Gegenstrophe.

Zweiter Halbchor.

Laß uns der Stadt kein Leid bringen, Kind
Des Looslenkers Zeus, Themis, der Flücht'gen Hort!
Und von den jüngeren Frau'n hör' es, erfahrner Greis:
Wenn du den Flüchtling ehrst, mangelt dir's nimmerdar,
Wird dir ein selig Loos! Freudig empfangen Götter
Das Opfer von reinen Händen.

Der König.

Doch lagert ihr an *meines* Hauses Herde nicht.
Trifft denn gemeinsam diese Stadt der Fluch, so muß
Das Volk gemeinsam sorgen, daß der Fluch entweicht.
Ich könnte Nichts erfüllen, und verhieß ich's auch,
Bevor ich Alles kundgethan vor allem Volk.

Zweite Strophe.

Erster Halbchor.

Du bist die Stadt, *du* das gesammte Volk;
Keinem Gerichte stehst
Du, lenkst machtvoll Altar und Landesherd;
Alleinherr durch des Auges Herrscherwink,
Alleinherr, führst du, groß durch Thron und Stab,
Alles zum Ziel: fliehe vor der Blutschuld!

Der König.

Schuld falle nur auf meiner Widersacher Haupt!
Doch euch vermag ich ohne Fahr nicht beizusteh'n,
Und wieder hart wär's, wies' ich euer Fleh'n zurück.
Ich schwanke, Furcht befällt mich, ob ich's wagen soll,
Ob nicht es wagend, wählen soll das Ungefähr.

Zweite Gegenstrophe.

Zweiter Halbchor.

O blick' auf Ihn, der aus den Höhen blickt,
Ihn, der Bedrängten Schirm
Und Hort, die flehend ihrem Nächsten nah'n,
Und Recht nicht finden noch Gerechtigkeit.
Wohl straft Zeus' Grimm, des Flüchtlingshortes, einst,
Wen das Geschrei nicht erbarmt des Armen.

Der König.

Doch wenn Aegyptos' Söhne dich bewältigen,
Und als die nächsten Vettern auf die heimischen
Gesetze sich berufen: wer wehrt ihnen dann?
Ihr müßt erweisen nach des Vaterlandes Recht,
Daß ihrer keiner über euch Gewalt besitzt.

Dritte Strophe.

Erster Halbchor.

Nie denn, o nie hinfort seien wir unterthan
Roher Gewalt des Manns! Heller Gestirne Bahn
Wies mir in weiter Flucht aus dem verhaßten Bund
Rettung. O richte denn, treu der Gerechtigkeit,
Deren Gewalt von Zeus ist!

Der König.

Ein schweres Richtamt: nicht zum Richter wähle mich!
Ich sagte längst, nicht ohne meines Volkes Rath
Verfüg' ich Etwas, hätt' ich auch die Macht dazu.
Nie soll das Volk mir sagen, wenn's nicht glücklich geht:
„Den Fremdling schützend, gabest du die Deinen preis!"

Dritte Gegenstrophe.

Zweiter Halbchor.

Auf uns Beide schaut, Beiden verwandt, mit gleich
Schwebender Wage Zeus: gerecht theilt der Gott
Bösen den Fluch der Schuld, Segen dem Frommen zu.

Warum sträubst du dich, da doch die Schalen gleich
Schweben, gerecht zu richten?

Der König.

Wohl muß in tiefer Sorge Flut, der Retterin,
Mein Auge, gleich dem Taucher, bis zum Grund hinab
Scharfspähend sich versenken, nicht umwölkt von Dunst,
Daß dieses Alles ohne Harm für meine Stadt,
Sodann für uns auch enden mag in gutem Glück.
Kein Hader soll sie kränken, die sich uns vertraut,
Noch will ich, die den Götterherden zugefloh'n,
Preisgeben, daß wir keinen allvernichtenden
Rachgeist im Hause wecken uns zu Schmach und Qual,
Der selbst in Hades' Reiche nicht den Todten läßt.
Ist hier die Sorge nicht gerecht, die Retterin?

Wechselgesang des Chores.

Erste Strophe.

Sorge du, sei, o Herr,
Allgerecht frommgesinnt, unser Schutz!
Nicht dahin gib die Schaar,
Die Gewalt ruchlos aus-
trieb in dies ferne Land!

Erste Gegenstrophe.

Dulde nie, daß man uns
Raubt vom gottreichen Sitz, der du, Herr,
Alle Macht übst im Land!
Sieh des Feind's Uebermuth,
Seinen Grimm halte fern!

Zweite Strophe.

Dulde nie, daß man uns Flehende
Hier von der Götter Bild, o Schmach! wider Recht,
Dem Rosse gleich, am bunt
Schimmernden Band der Stirn, am Kleid schleppt hinweg!

Zweite Gegenstrophe.

Glaube fest, deinem Stamm, deinem Haus,
Was du auch wählen magst, steht ein Gericht bevor
In gleich schwerem Kampf.
Denke denn: mächtig und gerecht waltet Zeus!

Der König.

Schon lange dacht' ich's; wogend trieb mich's diesem zu:
Mit Menschen oder Göttermacht den großen Kampf
Zu wagen, treibt mich strenge Noth, und wohlgefügt
Mit Nägeln, hoch auf Walzen, steht der Kahn bereit.
Kein Ende seh' ich ohne Leid aus solcher Noth.
Wohl kann dem Hause, dessen Schatz der Feind geleert,
Ein andrer, neuer Segen durch Kronions Huld
Erblühen, reicher als des Krieges Wuth verschlang;
Und ward zur Unzeit ausgesandt der Zunge Pfeil,
Der bitterschmerzend ungestüm aufregt das Herz,
Mag Rede Rede wiederum besänftigen.
Doch daß der Blutsverwandten Blut nicht fließe, muß,
Von frommen Händen dargebracht, manch Opferthier
Der Götter manchem fallen als Abwehr des Leids.
Nein, solcher Fehde weich' ich wohlbedächtig aus.
Des Leides will ich lieber unerfahren sein,
Als kundig. Mög' es wider Hoffen glücklich geh'n!

Der Chor.

Vernimm der demuthvollen langen Rede Schluß!

Der König.

Ich höre, sprich denn offen; Nichts wird mir entgeh'n.

Der Chor.

Ich trage Gurt und Bänder, um das Kleid geschnürt.

Der König.

Wohl paßt sich solcher Zugehör zur Frauentracht.

Der Chor.

Ein schönes Werkzeug, siehe, bieten diese mir —

Der König.

Sprich aus in klarem Worte, wie verstehst du das?

Der Chor.

Wofern du sichre Hülfe nicht uns angelobst —

Der König.

Zu welchem Ende dienen dann die Bänder euch?

Der Chor.

Mit neuem Schmucke schmücken wir die Bilder hier.

Der König.

Ein Wort in dunklen Räthseln: sprich dich deutlich aus.

Der Chor.

An diesen Göttern häng' ich unverweilt mich auf.

Der König.

Gleich scharfen Pfeilen bohrte mir dein Wort in's Herz.

Der Chor.

Verstandst du's? Augenscheinlich hab' ich's dargelegt.

Der König.

Ja, ringsumher stürmt unbezwingbar grause Noth;
Ein Heer von Uebeln rauscht heran, dem Strome gleich;
In Ate's grundlos wogend Meer auf schwerer Fahrt
Gelangt' ich, nirgend öffnet sich der Noth ein Port.
Denn leih' ich eurem Wunsche nicht ein willig Ohr,
So drohst du Gräuel, deren Höh'n kein Pfeil erreicht.
Und greif' ich eure Vettern aus Aegyptos' Stamm,

In offnen Kampf ausziehend, vor den Mauern an:
Wie? Müßte solch ein Opfer mir nicht bitter sein,
Wenn Frau'n zuliebe Männerblut die Felder tränkt?
Doch muß ich Zeus', des Flüchtlingshortes, Rache scheu'n,
Dem sich der Menschen höchste Furcht im Staube beugt.

(zu Danaos)

Auf nun, der Jungfrau'n Vater, hochbetagter Greis,
Nimm flugs die grünen Zweige hier in deinen Arm,
Und trage sie nach andern Opferherden hin
Der Landesgötter, daß die Zeichen eurer Flucht
Die Bürger alle schauen, und kein schmähend Wort
Mich höhne; gerne tadelt ja das Volk die Herrn.
Wohl möchte Mitleid, wenn es eure Noth gewahrt,
Dem Trotze zürnen jener kühn Vermessenen,
Euch aber Argos' edles Volk gewogner sein;
Wohlwollen hegen Alle für die Schwächeren.

Danaos.

Mit hohem Danke preisen wir das hohe Glück,
Daß uns in dir solch ehrenwerther Hort erstand.
Gib aus dem Volke Führer, die des Weges uns
Geleiten, daß wir eurer Heimatgötter Herd
Im Tempelvorhof, ihre goldenstrahlenden
Wohnsitze finden und die Stadt mit Sicherheit
Durchschreiten können; unsre Tracht und Art ist fremd.
Denn Inachos und Neilos nährt kein gleiches Volk.
Verhüte, daß mein Hoffen keine Furcht gebiert;
Schon Mancher gab unkundig einem Freund den Tod.

Der König.

(zu Einigen aus dem Gefolge)

Zieht hin, o Männer; weise sprach der fremde Mann.
Zeigt ihm die Stadtaltäre, zeigt den Göttersitz,
Und trefft ihr Jemand, schwatzet nicht; euch folgt ein Mann,
Der, über Meer gekommen, Götterschutz erfleht.

(Danaos mit Begleitern ab nach der Seite von Argos.)

Der Chor.

Ihm gabst du Weisung, ungefährdet zieht er hin:
Doch was beginn' ich? Wo gewinn' ich Schutz von dir?

Der König.

Die Zweige, Zeichen deiner Noth, laß hier zurück.

Der Chor.

Ich lasse sie, gehorsam deinem Wink und Wort.

Der König.

Nun wende dich dem langgestreckten Haine zu.

Der Chor.

Wie böte dieser offne Hain mir Sicherheit?

Der König.

Raubvögeln wahrlich geben wir dich nicht dahin.

Der Chor.

Doch Feinden, schlimmer als des Drachen grimme Brut!

Der König.

Erwiedre milder; sprach doch ich ein mildes Wort.

Der Chor.

Kein Wunder, wenn ich bitter ward aus Herzensangst.

Der König.

Stets ist die Furcht unmäßig, wenn der Führer fehlt.

Der Chor.

Erheitre du denn meinen Sinn durch Wort und That.

Der König.

Nicht lange läßt der Vater euch allein zurück.
Und ich berufe dieses Landes Rath sofort,

Und stimme meines Volkes Herz, euch hold zu sein.
Auch eurem Vater lehr' ich, was er reden soll.
So bleibet hier denn, fleht die Landesgötter an,
Und bittet, euch zu geben, was ihr wünschen mögt.
Ich eile nun von hinnen, euch hülfreich zu sein:
Mir folge Peitho, folge mir, vollendend Glück!
(Der König mit seinem Gefolge ab.)

Wechselgesang des Chores.

Erste Strophe.

Der Götter Gott, Seligster du der Seligen,
Aller Gewalt Gewaltigster, ewiger Zeus, erhör' uns!
Wend' ab von deinen Kindern
Der Männer Frechheit in gerechtem Zorne!
Stürz' in die brandenden Wogen das Fluchschiff
Dieser verruchten Schwarzen!

Erste Gegenstrophe.

Auf unser Fleh'n hörend, erneue du den Ruhm
Unserem alten Stamm, dem Geschlechte der theuren Ahnfrau,
Der Gnade Ruhm erneue!
Ja, denke mein huldvoll, Geliebter Jo's!
Ihrem Geschlechte ja sind wir entblüht, sind
Heimisch in Argos' Lande.

Zweite Strophe.

Ich fand hier alte Spuren wieder,
Au'n, wo die Mutter auf Blumen geweidet,
Die fette Grasflur, von wannen Jo
Einst von der Bremse verfolgt
Flüchtete, rasend im Geist;
Viele Geschlechter der Menschen hindurch
Schweifte sie; zwier kam sie zum jenseitigen Strand,
Nach des Geschicks Willen der See wogende Flut durchschneidend.

Zweite Gegenstrophe.

Sie rennt weithin durch Asis' Auen,
Phrygia's lämmerbedeckte Gefilde;

Durch Teuthras' Stadt eilt sie, durch der Myser
Thale, die lydischen Gau'n
Und der Kiliker Gebirg
Und der Pamphyler in stürmendem Schwung;
Ströme, die nie rasten im Lauf, sah sie, das gold=
prangende Land, kam in das fruchtwallende Reich der Kypris.

Dritte Strophe.

Sie floh (rasch trieb sie fort der Flügelpfeil
Ihres Treibers) zum hehren,
Zum allnährenden Fruchthain,
Der schneegetränkten Ebne, die des Typhos Hauch
Mit Macht durchweht,
Zu Neilos' Flut, wo die Seuchen fliehen;
Rasend von grauser Mühen Schmach,
Kam sie, vom Schmerz, den die Stacheln gebohrt
Der zorntrunkenen Hera.

Dritte Gegenstrophe.

Das Volk, damals im Lande heimisch dort,
Bleiches Grausen erfaßt' es,
Da solch seltsamer Anblick
Sich bot, die grauenvolle Menschenmißgestalt,
Zur Hälfte Kuh,
Zur Hälfte Weib; Alles stand verwundert.
Wer, sich erbarmend, labte da
Jo, die unglückselige, wild
Umgetriebne von Wahnsinn?

Vierte Strophe.

Der Gott, endloser Zeiten Herrscher,
Zeus erlöste die Jungfrau.
Ihr Leid, die schmerzlos sel'ge Macht,
Des Zeus göttlichen Anhauch,
Fühlend, schmilzt, und die Thräne weh=
müthiger Scham entstürzt ihr.
Ein Pfand von Zeus, trugloser Sage nach, entwand
Ihr sich der Sohn vom Schooße,

Vierte Gegenstrophe.

Im Ruhm endlose Zeit beseligt;
Ringsum riefen die Lande:
Der lebensreiche Sprößling hier,
Zeus' Sohn ist er in Wahrheit!
Denn wer hätte der Hera zorn-
schnaubende Wuth bewältigt?
Dies that Kronion; diese nennst du denn mit Recht
Epaphos' ächte Sprossen.

Fünfte Strophe.

Zu wem kann mein Gebet gerechter
Um Beistand fleh'n, zu welchem Gotte?
O Vater alles Lebens, Herr durch eigne Macht,
Des Stammes alter großer Ahn,
Allwalter Zeus, alles Heiles Quelle!

Fünfte Gegenstrophe.

In Niemands Obhut scheu sich flüchtend,
Erkennt Zeus keinen andern Herrscher,
Und schaut zu Niemand über sich verehrend auf.
Er spricht, und fertig folgt die That,
Und schafft, was kaum still im Herzen keimte.

(Danaos kommt mit seinen Begleitern aus der Stadt zurück.)

Danaos.

Getrost, o Kinder! Glücklich steht's in Argos' Stadt;
Die Schlüsse gingen alle durch im Rath des Volks.

Der Chor.

Heil, Alter, der so liebe Botschaft uns gebracht!
Wohlan, verkünd' uns, wie des Volkes Schluß beschied,
Wo sich der Mehrheit Hände siegend hingeneigt.

Danaos.

Es stimmten Argos' Bürger all' in Einem Sinn,
Daß frisch in Jugend wieder schlug dies greise Herz.

Weit scholl der Aether, als des Volkes Hände rings
Empor sich hoben, diesen Spruch bestätigend:
„Wir sollen frei in diesem Lande wohnen, frei
Vor jedem Anspruch, unverletzlich aller Welt,
Und Fremde weder dürfen uns, noch Heimische,
Von hinnen führen; wird Gewalt an uns geübt,
So soll der Bürger, welcher uns nicht Hülfe leiht,
Ehrlos erklärt sein und verbannt durch Volkesschluß."
Zu solchem Antrag stimmend, sprach der König selbst
Für uns, Pelasgos, an den schweren Zorn des Zeus,
Des Flüchtlingshortes, mahnend, daß ihn nie die Stadt
Aufwecken möge: solch ein Doppelgräul, zugleich
Am Fremdling und am Bürger durch die Stadt verübt,
Würd' ihr ein unerschöpfter Born des Leides sein.
Das Volk von Argos hörte dies, erhob die Hand,
Bevor man aufrief, und gebot: „so soll es sein!"
Der Rede klugen vielgewandten Gang vernahm
Das Volk Pelasgos'; aber Zeus entschied das Ziel.

Die Chorführerin.

Auf, laßt uns Argos' Volke das Heil
Anwünschen, wie Heil uns wurde von ihm!
Zeus, gastlicher Gott, o vernimm das Gebet
Aus gastlichem Mund, und geleit' es in Huld
Zu dem herrlichsten Ziel der Vollendung!

Wechselgesang des Chores.

Erste Strophe.

Götter aus Zeus' Geschlecht,
Höret mich jetzt, wenn Einmal,
Segen erfleh'n für Argos!
Nicht in der Flamme Glut tilge Pelasgos' Stadt
Ares, der üppig tobt mit graunvollem Ruf,
Der auf des Blutes Feld Saaten der Männer abmäht,
Weil sie mein sich erbarmte,
Und mild fällte mein Urtheil,

Und Zeus' Schützlinge ehrt, der Frau'n
Mitleidwürdige Heerde.

Erste Gegenstrophe.

Nicht zu der Vettern Gunst
Fällte die Stadt den Spruch; sie
Ehrte der Frauen Klage,
Und zu dem Rächer Zeus blickte sie auf, dem all=
siegenden Wächter, dessen Fluch, traun, kein Haus
Ueber dem Dache sich wünscht; denn er lastet schwer dort.
Uns Verwandte, des heil'gen
Zeus Schutzflehende, scheut sie;
Darum lächeln die Götter ihr
Stets an reinen Altären.

Zweite Strophe.

Darum empor von laubschattender Lippe fromm
Schwebe, Gebet der Ehren!
Möge die Seuche niemals
Ihnen die Stadt veröden,
Nie mit gefall'ner Bürger Blut
Tränken den heimischen Grund der Aufruhr,
Ungebrochen der Jugend
Blume blüh'n, Aphrodita's
Menschenmordender Buhle nie,
Ares, mähen die Blüte!

Zweite Gegenstrophe.

Und in der Greise Hut flamme der Herde Glut,
Schwellend umhäuft von Gaben,
Daß die Gemeine blühe!
Ehre sie Zeus, den großen,
Gastlichen Gott, vor allen, ihn,
Welcher mit grauem Gesetz das Recht wahrt!
Mag die Saat des Gefildes
Immer neu sich gebären!
Huldvoll bringe der Leto Kind
Hülfe kreißenden Frauen!

Dritte Strophe.

Nie zu der Männer Tod stürme Verderben her,
Welches, die Stadt zerfleischend,
Cither und Reigen haßt, thränengebärenden Krieg
Und Volksaufruhr zum Kampfe waffnet!
Fern vom Haupte der Bürger
Lag're feindlicher Seuchen
Schwarm; mild schütze des Phöbos Hand
Alle die Jugend des Landes!

Dritte Gegenstrophe.

Schaffe Kronion, daß, reifender Früchte voll,
Wuch're die Flur das Jahr durch;
Weidender Heerden Zucht mehre sich stets im Gefild;
Gewährt Heil sonder Ende, Götter!
Hehr an hohen Altären
Schalle heiliger Sänger
Lied; von lauterer Lippen Rand
Schweb' es, beschwingt von der Laute!

Vierte Strophe.

Behutsam wahre seiner Ehren
Das freie Volk, dessen Wort die Stadt lenkt,
Mit weisem Geist sinnend auf Gemeinwohl.
Versöhnlich stets, mög' es gern
Dem Fremdling, eh wild der Kampf
Erwacht, sein Recht ohne Leid gewähren!

Vierte Gegenstrophe.

Der Heimat Götter ehret allzeit,
Den Vätern gleich, all' ihr Argossöhne,
Im Lorberschmuck Opferstiere weihend!
Der Aeltern Furcht ist von drei
Gesetzen, die Dike's Hand
In eh'rne Denktafeln grub, das dritte.

Danaos.

O Kinder, um so weise Wünsche lob' ich euch.
Doch zittert nicht, wenn aus des Vaters Munde nun
Ein unerwartet neues Wort das Ohr vernimmt.
Von dieses Schutzgestades Höh'n gewahr' ich dort
Das Schiff, (es ist wohlkenntlich, daß es meinen Blick
Nicht irrt,) die Segeltücher und das Doppeldeck,
Die Stirne, vorwärts ihren Blick hierher gewandt,
Dem Steuerruder, welches herrscht am Spiegelrand,
Nur allzufolgsam, aber uns nicht holdgesinnt.
Die Schiffer auch erkenn' ich, — ihre dunkelen
Gestalten schimmern aus den weißen Hemden vor, —
Dort auch die andern Boote sammt des Hülfsgefolgs
Mannschaft; das Hauptschiff rudert selbst mit Macht heran,
Es zog, dem Ufer nahe, schon die Segel ein.
Nun schaut mit ungestörtem Ernst in stiller Ruh
Zum Strand und fleht hier unverwandt die Götter an:
Ich will nach Rechtsbeiständen, will nach Helfern geh'n.
Denn wohl ein Herold oder auch ein Bote kommt,
Der euch von hinnen führen will als Eigenthum.
Nichts soll gescheh'n von diesem; seid ganz unbesorgt.
Doch ist es wohl gerath'ner, wenn die Hülfe säumt,
Der Götterhut hier immer eingedenk zu sein.
Getrost! Dereinst am festgesetzten Tage muß
Ein Frevler büßen, der die Götter frech entehrt.

Erste Strophe.

Führerin des ersten Halbchors.

Ich zittre, Vater; denn die Schiffe, raschbeschwingt,
Sie nah'n: indessen ohne Rast entflieht die Zeit.

Erster Halbchor.

Schauer der Angst umfängt bebend die Seele mir,
Ob auch die weite Flucht einen Gewinn mir bot.
Mein Vater, ach, die Angst tödtet mich!

Danaos.

Fest steht der Argossöhne Spruch; so sei getrost,
Mein Kind; sie kämpfen, zweifle nicht, den Kampf für euch.

Erste Gegenstrophe.

Führerin des zweiten Halbchors.

Voll Ungestüm, wahnwitzig, unersättlich sind
Im Kampf Aegyptos' Söhne: selber weißt du das.

Zweiter Halbchor.

Und an gewölbter, blauschimmernder Kiele Bord
Schifften sie her (mit Glück zeigte der Zorn die Bahn)
Sammt dunkler Männer zahlreichem Zug.

Danaos.

Sie werden Viele treffen; die im glühenden
Mittage wacker abgehärtet Brust und Arm.

Zweite Strophe.

Führerin des ersten Halbchors.

Das Eine bitt' ich, Vater: laß mich nicht allein!
Allein vermögen Frauen Nichts, uns fehlt der Muth.

Erster Halbchor.

Tückischen Sinnes, ha! tückischer Ränke voll
In unheil'ger Brust, werden sie, Raben gleich,
Keines Altares achten.

Danaos.

Ein großer Vortheil wäre das für uns, o Kind,
Wenn ihr vereint mit Göttern sie befeindetet.

Zweite Gegenstrophe.

Führerin des zweiten Halbchors.

Nicht diesen Dreizack fürchten sie noch Göttermacht,
Nie zieh'n sie, Vater, ihren Arm von uns zurück.

Zweiter Halbchor.

Maßlos im Trotze kühnfrevelnden Uebermuths,
In wahntrunk'ner Gier hündischer Dreistigkeit,
Achten sie nicht der Götter.

Danaos.

Doch lehrt das Sprüchwort, Wölfe seien mächtiger
Als Hunde; Byblos' Staude zwingt die Aehre nicht.

Der Chor.

Sie hegen schnöder, grauser Ungethüme Wuth
Im Busen; darum hüte dich vor ihrer Macht!

Danaos.

Die Fahrt der Schiffsgeschwader ist wohl nicht so rasch,
Kein Port so nahe, noch der Taue sichrer Halt
So schnell an's Land zu fördern, noch vertrauen sich
Der Schiffe Lenker alsobald dem Ankergrund,
Zumal sie hier ein hafenloses Land empfängt.
Die Nacht, zu der die Sonne niedertaucht, gebiert
Dem klugen Steuermanne Noth und Herzeleid.
So wäre denn dem Heere selbst das Landen nicht
Rathsam, bevor die Schiffe sichern Stand gefaßt
Vergesset ihr nur angsterfüllt die Götter nicht,
Und ruft um Hülfe! Mich erhört die Stadt gewiß,
Den greisen Boten, jung an wohlberedtem Geist.

(Danaos geht mit seinen Begleitern zur Stadt zurück.)

Wechselgesang des Chores.

Erste Strophe.

O du holmreiche Flur, mit Recht verehrt!
Was wird mit uns? In welchen Winkel Apia's
Entflieh'n wir, der uns schirmend hüllt in düstre Nacht?
Ein dunkler Rauch möcht' ich flieh'n,
Zeus' Wolkenheeren nahe zieh'n,
Entschwinden spurlos, Hauchen gleich emporgeweht,
Wie leiser Staub, unbeschwingt zerrinnen!

Erste Gegenstrophe.

Nicht unruhvoll mehr sänne dann mein Geist.
Jetzt schlägt in dunkeln Wogen mir das Herz empor:
Des Vaters Botschaft tödtet, Angst entseelte mich.
Des Todes Arm möge denn
In Stranges Fesseln mich umfah'n,
Bevor der Gottverfluchte diesen Leib berührt!
Zuvor erblaßt, berge mich Grabesdunkel!

Zweite Strophe.

Wo wird in Aethers Höhe mir ein stolzer Thron,
Um den der Wolke Nebelbild zu Schnee erstarrt,
Ein glatter, unwirthsamer Fels,
Oede, steil, der Adler Haus,
Der, zum Abgrund schwindelnd, mir
Tiefen Sturzes Zeuge sei,
Eh Gewalt, mein Herz zerreißend,
Mich an diese Männer kettet?

Zweite Gegenstrophe.

Wohl auch der Hunde Beute, wohl auch heimischer
Raubvögel Mahl zu werden, ich verweigr' es nicht:
Der Tod allein ja nimmt von uns
All das jammerschwere Leid.
Komme denn sein Tag, bevor
Mich das Brautgemach empfängt!
Was vermag mich sonst zu retten,
Was zu lösen diese Bande?

Dritte Strophe.

Um Hülfe jamm're himmelan,
Den Göttern flehe mein Gesang,
Der diese Leiden ende, der
Mich löse! Vater, sieh den Kampf!
Dein gerechtes Auge lieb' es nicht,
Freche Gewalt zu schau'n!
Deinen Schützlingen hilf, o Zeus,
Weltlenkender Gott der Allmacht!

Dritte Gegenstrophe.

Denn sieh, Aegyptos' Söhne, frech,
Mit unerträglich wildem Trotz
In hastigem Laufe stürmen sie
Der Flüchtigen nach; mit wildem Ruf
Trachten sie gewaltsam mich zu fah'n.
Dein ist die Wage, du
Wäge! Schaffst du nicht das Gedeih'n,
Was könnte der Mensch vollenden?

(Geschrei der ankerwerfenden Aegypter. Die Führerin zeigt nach dem Strande hinaus; voll Entsetzen drängen sich die Jungfrauen zu einer jammernden Masse zusammen.)

Schlußgesang.

Erste Jungfrau des Chores.

Ha, der Räuber dort im Schiff kam zum Strand!

Zweite.

Eher versinke, Räuber!

Dritte.

Neue landen!

Vierte.

Ich Arme, wehe!
Laut erheb' ich bangen Angstruf.

Fünfte.

Ich sehe schon
Die Vorspiele dort, sehe schon Gewaltthat mir droh'n.

Sechste.

Eile geschwind, o rette —

Siebente.

Wie sie voll Trotz sich bläh'n! Grausen im Schiff, am Ufer!

Achte.

O Fürst, beschirm' uns!

(Vom Strande her kommt ein ägyptischer Herold, gefolgt von Sklaven, die mit Stangen, Beilen und Peitschen bewaffnet sind.)

Der Herold.

Fort ihr, fort in die Barke! Geschwind, geschwind!

Erster Halbchor.

So wird man uns denn
Fortzerren am Haar, brandmarken, des Beils
Mordender Schlag trennt uns blutend das Haupt vom Rumpf!

Der Herold.

Fort ihr, fort, ihr Verruchten, an Bord, an Bord!
Oder auf salziger See
Weithinwogender Flut
Setz' ich in herrischem Trotz
Dich mit vernietetem Speer
Blutiggepeitscht in das Schiff!
Und widerstrebst du länger,
Schärf' ich des Zwanges Gewalt, dir endlich
Auszutreiben den Wahnsinn!

Zweiter Halbchor.

O Graun, o Graun!
Verlaß den Sitz! Zurück in's Schiff,
Du, der ungestraft Argos' Altar entweiht!

Erster Halbchor.

Möcht' ich ihn nie mehr seh'n,
Neilos' umweideten Strom, welcher des Sterblichen Blut
Stärkend durchwallt mit dem Quell des Lebens!
Mich schützt der Altar, der Altar hier,
Mich Tochter uralten Bluts!

Der Herold.

Du mußt ungesäumt in's Schiff, fort in's Schiff,
Ob gern, ob ungern!

Zweiter Halbchor.

Gewalt, Gewalt!
Hebe dich weit hinweg von mir!
Schwer büßest du, Frevler, was du versuchst.

Erste Strophe.

Erster Halbchor.

Weh uns, weh uns!
Daß du versänkest ohne Rettung
In dem wogenden Meerhain,
In des Sturms Nacht an den vielsandigen Untiefen Sarpedons
Treibend auf dunkler Irrfahrt!

Der Herold.

Wehklaget nur und jammert, ruft die Götter an!
Aegyptos' Barken überspringt ihr nimmerdar,
Und ob ihr bittrer jammert noch im Ton der Angst!

Erste Gegenstrophe.

Zweiter Halbchor.

Ach, ach, ach, ach!
Schmähe du, belle hier am Ufer,
Ha, blähe dich trotzvoll!
Daß der Nilgott, o du Frechster,
Von der Frechheit dich zurück doch
Schreckte, mich mächtig schützte!

Der Herold.

Fort ihr, gebiet' ich, ungesäumt zur Barke, die
Sich schon zur Abfahrt wandte! Keines zögre mehr!
Denn diese Hand scheut wahrlich eure Locken nicht.

Zweite Strophe.

Erster Halbchor.

Weh, Vater, weh! Des Herdes Schutz mein Fluch!
Zum Meere schleppt er mich,

Langschreitend, Spinnen gleich,
Ein Nachtungethüm!
O Ge, Ge, Mutter, hilf,
Wende das Graun von uns!
O Zeus, Ge's Sohn, hilf!

Der Herold.

Ich fürchte, traun, die Götter dieses Landes nicht,
Die nicht als Kind mich pflegten, nicht mich altern sah'n.

Zweite Gegenstrophe.

Zweiter Halbchor.

In meiner Nähe zischt zweifüßig hier
Die Schlang' heran und wird
Zur gift'gen Natter, bohrt
In's Herz tief sich ein.
O Ge, Ge, Mutter hilf,
Wende das Graun von uns!
O Zeus, Ge's Sohn, hilf!

Der Herold.

Wofern du nicht, uns folgsam, gleich zum Schiffe gehst,
Reiß' ich zu Fetzen ohne Scheu dein Prunkgewand.

Dritte Strophe.

Erster Halbchor.

Ihr Landeshäupter, helft! Gewalt duld' ich hier!

Der Herold.

Fortschleppen, scheint es, muß ich euch am Lockenhaar,
Da nicht sofort ihr hören wollt auf mein Gebot.

Dritte Gegenstrophe.

Zweiter Halbchor.

Wir sind verloren, Herr! O graunvolles Leid!

Der Herold.

Ja viele Herrn, Aegyptos' Söhne, seht ihr gleich!
Getrost: ihr klagt nicht über Herrenlosigkeit!

(Während der letzten Worte tritt der König von Argos mit Gefolge ein.)

Der König.

He, was beginnst du? Welcher Wahn bethörte dich,
Daß du Pelasgis' Bürger und ihr Land beschimpfst?
Du wähntest wohl in einer Frauenstadt zu sein?
Ein Fremdling, höhnst du Hellas' Volk in frechem Trotz,
Und Vieles frevelnd, schaffst du Nichts mit klugem Sinn.

Der Herold.

Wo lenkt' ich ab vom Rechte, was verbrach ich hier?

Der König.

Erst, was dem Fremdling zieme, blieb dir unbekannt.

Der Herold.

Wie das? Ich ging Verlor'nes aufzufinden aus —

Der König.

Und welche Schutzherrn sprachst du hier in Argos an?

Der Herold.

Den größten Schutzherrn Hermes, der allspähend wacht.

Der König.

Anrufend Götter, scheust du nicht der Götter Macht!

Der Herold.

Die Götter ehr' ich, welche Neilos' Volk verehrt.

Der König.

Und Argos' Götter gelten dir, so hör' ich, Nichts!

Der Herold.

Sie will ich achten, wenn mir Niemand diese raubt.

Der König.

Du sollst es büßen, wenn du sie berührst, und gleich!

Der Herold.

Gastfreundlich lautet nimmermehr ein solches Wort.

Der König.

Ich nehme Götterschänder nicht gastfreundlich auf.

Der Herold.

Geh' hin, Aegyptos' Söhnen selbst dies kundzuthun!

Der König.

Um solches mich zu kümmern, bin ich nicht gemeint.

Der Herold.

Damit du klarer sehest, red' ich deutlicher.
Ziemt doch dem Herold, Alles deutlich kundzuthun.
Wer, soll ich sagen, kehr' ich auf das Schiff zurück,
Hat mir der Frauen blutsverwandte Schaar geraubt?

Der König.

Wozu den Namen sagen? Kommt die Zeit dereinst,
Erfährst du selbst und deine Fahrtgenossen ihn.
Die führe frei mit ihres Herzens Wunsch davon,
Wenn du mit frommer Rede sie gewinnen kannst.
Einstimmig ward von Argos' Bürgern allzumal
Der Schluß genehmigt, keiner Macht jemals die Schaar
Der Frauen auszuliefern: hell glänzt dieser Spruch,
Fest eingenietet, und besteht unwandelbar.
In eh'rne Tafeln gruben wir sein Wort nicht ein,
Noch ruht es stumm in Pergamentes Falten; nein,
Vernehmlich hörst du's, ungefälscht, aus freiem Mund.
Und jetzt hinweg aus meinen Augen, — ungesäumt!

Der Herold.

Wofern du neuen Kriegesbrand entflammen willst,
Nun, auch Aegyptos' Söhne sind zu Kampf bereit.
Wohl schlichtet Ares solchen Streit durch kein Verhör
Von Zeugen, nicht durch Silber mag er solchen Zwist
In Frieden enden; nein, zuvor auf blut'gem Feld
Sinkt manches tapfre Leben noch im Tode hin.
Doch uns, den Männern, wende dann der Sieg sich zu!

(Der Herold mit den Begleitern ab.)

Der König.

Als Männer sollt ihr dieses Reichs Bewohner, traun,
Erfinden, nicht als Trinker schlechten Gerstenweins! —

(zu den Jungfrauen)

Ihr alle sammt den treuen Dienerinnen geht
Gefaßten Muthes nach der wallumhegten Stadt,
Die stolzer Mauern sichre Wehr ringsher umschließt!
Ihr trefft der Häuser viele dort, vom Volk erbaut,
Und andre baut' ich selber, nicht mit karger Hand.
Behaglich ist's, in einem wohlbestellten Haus
Mit vielen Andern wohnen; doch, gefällt es mehr,
Steht auch in eignen Häusern euch zu wohnen frei.
Von alle dem das Beste, Wohlgefälligste
Ist euch zu Dienste: wählet! Euer Schutz bin ich
Und alle Bürger, welche den Beschluß gefaßt.
Was harrst du stärk'rer Freunde noch, denn diese sind?

Die Chorführerin.

Reich lohne für Heil euch Fülle des Heils,
O pelasgischer Held!
Nun sende voll Huld uns den Danaos her,
Der die Töchter mit Rath umsichtig bedenkt,
Ein getreu vorsorgender Vater.
Er möge zuvor auswählen ein Haus
Und ein freundliches Dach, wo zu wohnen uns ziemt.

Man tadelt so gern, was Fremdlinge thun:
O wende sich Alles zum Besten!

Der König.

Mit feierndem Ruhm, nicht grollend begrüßt
Von dem heimischen Volk, zieht, Freundinnen, ein!
Schaart ihr euch an, ihr Mägde, wie dort
Euch Danaos einst, nach dem Loose vertheilt,
An die Herrinnen schenkte zur Mitgift!

(Er geht ab. Zu den Halbchören der Danaostöchter ordnen sich die Dienerinnen in zwei Halbchören, um feierlich in Argos einzuziehen. Während dessen kehrt Danaos mit Geleit aus der Stadt zurück.)

Danaos.

Euch ziemt, o Kinder, Argos' Söhne durch Gebet
Und Opferduft und Spenden, gleich Olympiern,
Zu feiern; denn sie waren eure Retter, traun!
Was naher Vettern Uebermuth mit dreister That
An uns gefrevelt, hörten sie voll bittern Zorns,
Und gaben, diesem greisen Haupt zur Ehre, dann
Mir als Geleiter diese Lanzenknechte mit,
Daß nicht ein Speerstoß ungeahnt von Meuchlerarm
Mir bringe Tod, ein ewig Blutmal ihrem Land.
Da solches mir geworden, wahrt ihr euren Schmuck,
Der Seele Reinheit, — noch zu höh'rer Ehre mir!
Und schreibt zu vielem Andern, was der Vater euch
An's Herz gesprochen, dieses auch in euer Herz:
Den neuen Umgang richtet und bewährt die Zeit!
Denn frech erhebt sich wider Eingewanderte
Die Lästerzunge, leicht beschmutzt ein böser Mund.
Euch mahn' ich denn, bereitet keine Schande mir,
Nun ihr erblüht zum Alter, das die Männer lockt.
Nicht leicht zu hüten, wahrlich, ist die zarte Frucht;
Verfolgend bringen Männer ihr den Untergang.
Was hoch in Lüften flattert, was am Boden schleicht,
Was tief in Wassern wimmelt, hascht die Früchte gern,

Die, kaum entfaltet, Aphrodite's Stimme preist,
Und rohgesinnter Lüsternheit den Raub verwehrt.
Auch nach der Jungfrau'n zarten Huldgestalten wirft
Der liebetrunk'nen Blicke zaubermächtiges
Geschoß in süßem Sehnen, wer vorübergeht.
Drum duldet niemals, was zu flieh'n, so viele Noth,
So weiten Meeres lange Bahn ihr durchgekämpft,
Und wehrt von uns die Schande, wehrt dem Feind die Lust!
Ein Haus zur Wohnung bietet sich zwiefach sogar;
Denn eins gewährt Pelasgos, eins gewährt die Stadt,
Von allen Zinsen ledig: schon ein großes Glück!
Nur dieses treue Vaterwort, bewahrt es treu,
Und ehrt die Tugend höher als das Leben selbst!

Die Chorführerin.

Daß nur der Götter Gnade sonst uns nicht verläßt:
Um meine Blüte, Vater, sei ganz unbesorgt!
Wenn Götterrath nicht Andres über mich verhängt,
So weich' ich nie von meines Sinnes altem Pfad.

Gesang der hinausziehenden Chöre.

Erste Strophe.

Erster Halbchor.

So erhebt denn im Triumphton
Des Olymps Götter, die Burgherrn
Und der Stadt Hüter und die schon in der Urzeit
Erasinos' Flut umwohnten!

Zweiter Halbchor.

In das Lied stimmt mit Gesang ein,
O Gefährtinnen! Der Gesang gel-
te der Heimat des Pelasgos, und der Nilstrom
Werd' im Lied nicht mehr gefeiert!

Erste Gegenstrophe.

Erster Halbchor.

Nur die Quellströme besing' ich,
Die das Land tränken mit Labsal,
Und in allnährenden Windungen sich ergießend,
Durch die Gau'n fruchtspendend hinzieh'n.

Zweiter Halbchor.

O beschirm' unsere Schaar, Ar-
temis, voll Gnaden! O mög' uns
In ihr Joch nicht mit Gewalt zwängen Kythere!
Wir verabscheu'n solchen Kampfpreis.

Zweite Strophe.

Erster Halbchor.

Doch vergißt auch Aphrodita's der Gesang nicht;
An des Zeus Seite vereint herrscht sie mit Hera,
Und in ehrwürdiger That waltet die tiefsinnige Göttin.

Zweiter Halbchor.

Und gesellt naht mit der huldlächelnden Mutter
Sich die Sehnsucht und die allsiegende, holdzaubernde Peitho,
Und die Hingebung umschwärmt kosend die Göttin
Und der Liebesgötter Flüstern.

Zweite Gegenstrophe.

Erster Halbchor.

O wie graut uns, den Entflohenen, vor dem Unheil,
Das heranstürmt, vor des Kriegs blutigem Scheusal!
O warum glückte die Seefahrt zu der windschnellen Verfolgung?

Zweiter Halbchor.

Was verhängt ward vom Geschick, mag sich's erfüllen!
Es umgeht Keiner des Zeus ewigen, niewankenden Rathschluß.

Wie der Frau'n viele der Ehbund in der Urzeit,
So beglück' er uns dereinst auch!

Dritte Strophe.

Erster Halbchor.

Doch hinweg wende Kronion
Mir den Ehbund mit den Vettern!

Zweiter Halbchor.

Und gewiß wär' es das Beste.

Erster Halbchor.

Doch den Unbeugsamen beugt Nichts.

Zweiter Halbchor.

Dir verhüllt birgt sich die Zukunft.

Dritte Gegenstrophe.

Erster Halbchor.

Wie vermag ich es, des Zeus Sinn
Zu durchschau'n, Räthsel des Abgrunds?

Zweiter Halbchor.

Ein Gebet sprich, doch genügsam.

Erster Halbchor.

So belehr' uns: was geziemt hier?

Zweiter Halbchor.

In Geduld trage, was Zeus schickt.

Vierte Strophe.

Erster Halbchor.

Wehre du von uns, o Zeus,
Den verhaßten, feindlichen
Bund mit den schnöden Männern,

Du, der Jo's Kummer einst
Durch der Hand linden Druck bewältigend,
Heil erschuf mit süßer Kraft!

Vierte Gegenstrophe.

Zweiter Halbchor.

Du verleihe Sieg den Frau'n!
Wenn ein doppelt Leid mir droht,
Wähl' ich das klein're lieber.
Daß dem Recht des Rechtes Sieg
Folge, fügt Gottes Rath auf mein Gebet,
Der aus Leid mein Leben löst.

Erklärende Anmerkungen.

V. 38. Themis, die Göttin des Rechtes, meinen die Danaiden, verbietet einen Ehebund zwischen so nahen Verwandten.

V. 41. Der Sprößling des Zeus ist Epaphos, der Sohn der von Hera in eine Kuh verwandelten Io.

V. 44. Epaphos heißt der durch Berührung Erzeugte.

V. 54. Tereus' jammerndes Weib, die in eine Nachtigall verwandelte Tochter Pandions, die aus Rache gegen Tereus seinen und ihren Sohn Itys ermordete.

V. 62. der Ioner, der Griechen.

V. 67. Das umnebelte Land, Aegypten. Aegypten hieß bei den Alten „das dunkle Land".

V. 104. Apia, der Peloponnesos.

V. 128. Zeus' heilige Tochter, Athene.

V. 152. Den Sohn der Sterke, den Epaphos in seinen Nachkommen.

V. 175. die Kampfgottheiten, Zeus, Poseidon, Apollon, Hermes.

V. 198. Kronions lichtbeschwingter Vogel ist nach dem Scholiasten die Sonne, weil sie, wie der Hahn, uns zum Tagewerke weckt (ἐξανίστησι γὰρ ἡμᾶς ὡς ὁ ἀλεκτρυών).

V. 200. Des Himmels Flüchtling, Phöbos. Als Apollon im Zorn um seinen Sohn Asklepios, den Zeus zur Strafe für seine Todtenerweckungen mit dem Blitzstrahl erschlug, die Kyklopen getödtet hatte, ward er von Zeus aus dem Himmel verbannt, und hütete in Pherä die Schafe des Admetos.

V. 217. Der Zeus der Todten ist Hades, der Beherrscher der Unterwelt.

V. 302. Enthülle mir des Vaters weisen Namen nun. Man muß bei diesem ganzen Zwiegespräch festhalten, daß der König von Allem, was er fragt, schon vorher unterrichtet war. Und so konnte er auch hier von dem „weisen Namen des Vaters" reden, insofern ihm der Name desselben (Danaos) schon vorher bekannt war, dieser Name aber, von dem Zeitworte δάω, δάημι (erfahren haben, kundig sein,) abgeleitet, einen Verständigen, Weisen bezeichnet.

V. 406. *vom gottreichen Sitz*, von dem Altare, der mehreren Gottheiten gemeinschaftlich ist. Vgl. V. 209 f.

V. 477. *Inachos*, ein Fluß bei Argos.

V. 494. Die Jungfrauen sind ohne *Führer*, da der Vater abwesend ist.

V. 503. *Peitho*, die Göttin der Ueberredung.

V. 522. *Zwier* für zweimal aus der Sprache Luthers.

V. 526. *Teuthras* hieß ein alter König von Mysien.

V. 530. *das goldprangende Land*, das durch Handel reich gewordene Phönicien, wenn nicht das V. 527 genannte Lydien gemeint ist.

V. 535. Durch den Typhon oder *Typhos* wird jeder starkwehende Wind bezeichnet.

V. 626. *von laubschattender Lippe* — mit Beziehung auf die Oelzweige, womit die Schutzflehenden bekränzt waren.

V. 644. *Der Leto Kind*, Artemis, die Helferin bei Geburten.

V. 671. *Die Furcht der Aeltern*, die sich auch darin zeigt, daß man, ihnen *gleich* (V. 669), die Heimatgötter ehrt.

V. 724. „Der Hund hat seinen Meister am Wolf." Diese sprüchwörtliche Redensart, von der „hündischen Dreistigkeit", welche der Chor V. 722 den Aegyptern zuschreibt, ausgehend, hat hier im *Wolfe* (λύκος) seine Gegenanspielung daher, weil die Einwohner von Argos, ihrem Ursprunge nach, als *Lykier* betrachtet werden können, wie denn auch Pelops, der dem Peloponnesos den Namen gab, aus *Lykien* kam.

V. 725. *Byblos' Staude zwingt die Aehre nicht*, d. h. die Aegypter, die von der Byblosstaude sich nähren, bezwingen die Argeier nicht, welche die Frucht der Aehre genießen.

V. 822. *Sarpedons Untiefen*, eine gefährliche Klippengegend an der Küste von Cilicien.

V. 868. Ein glücklicher Fund wurde dem *Hermes* zugeschrieben, wie man ihn auch als *den* Gott anrief, der zum Wiederfinden des Verlorenen behülflich war.

V. 902. Die Aegypter bedienten sich nach Herodot statt des Weines eines Tranks aus Gerste, da bei ihnen keine Weinstöcke gepflanzt wurden.

V. 971. *Erasinos*, ein Fluß in Argos, der aus dem stymphalischen See abfließt.

V. 984. *Aphrodite* galt auch für die Göttin der ehlichen Liebe.

Lesarten und Verwandtes.

V. 3. ἀπὸ προστομίων λεπτοψαμάθων.
V. 19. τίνα δ' ἂν χώραν.
V. 49. πρόσθε πόνων μνασαμένα, γονέων ἐπιδείξω
πιστὰ τεκμήρια, γαιονόμοισι δ' ἄελπτά περ
ὄντα φανεῖται.
V. 56. κιρκηλάτας ἀηδόνος.
V. 58. πενθεῖ νέοικτον οἶτον ἠθέων. Opponuntur inter se luctus, quod expulsa est e consueta sede, et lamenta ob necem filii. Herm.
V. 71. ὕβριν δ' ἐτύμως στυγοῦντες, εὖ
πέλοιτ' ἂν ἔνδικοι νόμοις.
V. 74. ἀρῆς.
V. 76. εἰ θείη θεὸς εὖ παναληθῶς.
V. 79. κἀν σκότῳ μελαίνᾳ τε τύχᾳ.
V. 84. τείνουσι πόροι.
V. 86. ἰάπτει δ' ἐλπίδων.
V. 88. βίαν δ' οὔτις ἐξαλύξει
τὰν ἄπονον δαιμονίων.
μνῆμον ἄνω φρόνημά πως.
V. 94. βρότειον, οἷα νεάζει, πυθμὴν
δι' ἁμὸν γάμον τεθαλώς.
V. 105. καρβᾶν' αὐδάν, ὦ γᾶ, κοννεῖς.
V. 130. παντὶ δὲ σθένει διωγμοῖς
ἀσφαλίσασ' ἀδμῆτος ἀδμῆτα
ῥύσιος γενέσθω.
V. 164. προμηθίαν λαβών.
V. 176. Wörtlicher:
Mehr als ein Burgwall schirmt des Altars fester Schild.

V. 187. τὸ τῇδε, κάρτ' ἐπίφθονον γυνή· quod ad hanc rationem attinet, (justum in loquendo modum tenendi,) maxime vituperationi obnoxium est feminarum genus.

V. 211. ἐχθρῶν ὅμαιμον καταμιαινόντων γένος.

V. 218. τόνδε τὸν τρόπον, i. e. hunc in modum, quem vobis præivi v. 180 sqq.

V. 230. καὶ τἄλλα πέ μ' ἐπεικάσαι δίκαιον ἦν.

V. 240. ἧς δι' ἁγνός ἔρχεται Στρυμών, τὸ πρὸς δ. ἡ. κ.

V. 271. οἶμαι f. εἶναι.

V. 273. καιτἄν.

V. 281. κἄκρυπτά γ' Ἥρας ταῦτα τἀμπαλάγματα.

V. 290. τί δ'; ȣ̓κ ἔτευξεν ἄλλο δυσπότμῳ βοΐ;

V. 298. Ἐπάφȣ δὲ τίς ποτ' ἐξεγεννήθη πατρός; So suchten wir die offenbare Lücke zu ergänzen.

V. 300. Wörtlich: Und welchen nennst du ferner noch, der ihr entsproß?

V. 333. λυκοδίωκτον ὡς.

V. 337. νεύονθ' ὅμιλον τόνδ' α. θ.

V. 344. ποτιτρόπαιον αἰδόμενος ȣ̓ πενεῖ
καλλιπότμȣ τύχας. ἱεροδόκα πέλει
θεῶν λ. ἀ. ἁ. ἁ.

V. 368. δυσπαραθέλκτȣς abhängig von μένει.

V. 372. δεῖ τοί σε φαίνειν.

V. 378. σέβας Apposition zu δίκαν.

V. 423. καὶ δώμασιν μὲν χρημάτων πορθȣμένων
γένοιτ' ἂν ἄλλα κτησίȣ Διὸς χάριν,
ἄτης τε μείζω καινὸν ἐμπλῆσαι γόμον.

V. 460. ἴθ' ȣ̓ν (oder στεῖχ' ȣ̓ν), πάτερ.

V. 474. καὶ πολυχρύσȣς ἕδρας.

V. 484. κίει.

V. 494. ἀεὶ δ' ἀνάρκτων.

V. 495. σύ τοι λέγων εὔφραινε καὶ πράσσων φρένα.

V. 506. πιθȣ̃ τε καὶ γένει σῷ.

V. 510. τὸ πρὸς γυναικῶν ἐπιδών, παλαίφατον. Der Sinn ist: Id quod ad mulieres attinet, i. e. preces a mulieribus profectas respiciens.

V. 550. δι' αἰῶνος κρέων ἀπαύστȣ
πράκτωρ τῶνδ' ἐφάνη Ζεύς.
δύα δ' ἀπημάντῳ σθένει.

V. 593. μέγαν προφωνῶν.

V. 595. πρὸς πόλεως.
V. 619. δυσπολέμητον, ὅτις ὃν δόμος ἔχοι
ἐπ' ὀρόφων κοταίνοντα.
V. 630. μηδ' ἐπιχωρίοις στάσις.
V. 642. τίκτεσθαι δὲ φόρȣς γᾶς.
V. 650. ἴζοι κρατὸς ἀτερπής.
V. 656. πρόνομα δὲ βοτὰ γᾶς πολύγονα τελέθοι.
V. 658. εὔφημον δ' ἐπὶ βωμοῖς
μȣ̃σαν θεῖεν ἀοιδοί.
V. 662. φυλάσσοι δ' ἀτρεμαῖα τιμὰς
τὸ δήμιον, τὸ πτόλιν κρατύνει,
προμηθὶς εὐκοινόμητις ἀρχά.
V. 745. τὸ πᾶν δ' ἀφάντως ἀμπετής, ὡς ἄος, ὡς.
V. 747. ἄλυκτον δ' ȣ̓κ ἔτ' ἂν πέλοι κέαρ.
V. 755. κύφελλ' ὑδρηλά.
V. 760. πρὶν δαΐκτορος βίᾳ με
καρδίας γάμȣ κυρῆσαι.
V. 768. ἢ τίν' ἀμφυγὰν ἔτ' ἢ πόρον τέτμω γάμȣ λυτῆρα;
V. 770. ἴϋζε δ' ὀμφὰν ȣ̓ράνια
μέλη θεοῖσι λίτανα καὶ
τέλεα δύας πελόμενά μοι
λύσιμα· μάχαν δ' ἔπιδε, πάτερ,
βίαια μὴ στέρξης ὁρῶν.
V. 787. τῶν πρὸ σύ, μάρπτι, κάμνοις.
V. 788. αὖθι καββασίας — —
τάλαινα
δυΐον βόαμα φαίνω.
V. 800. εἰ δ', ἀνὰ πȣλύρυτον
ἁλμιόεντα πόρον
δεσποσίῳ ξὺν ὕβρει
γομφοδέτῳ τε δόρει
αἷμον' ἴσω σ' ἐπ' ἀμάδα,
ἢ δȣπίαν σ' ἔπειτα
κελεύσω βίᾳ μεθέσθαι
ἰσχυρᾶ φρενὸς ἄταν.
V. 809. ἀτίετος ἀνὰ πόλιν ἀσεβῶν.
V. 815. σὺ δ' ἐν ναΐ, ναΐ βάσει ταχα.
V. 817. βία, βία.
φρȣ̃δα πολέα βᾶθί μοι,

πρόκακα πάθ' ὀλόμενε παλάμαις.
Pessima patere, o perdite, propter conatus tuos.

V. 820. εἰ γὰρ δ. ὁ.
V. 823. ἀερίαισιν αὔραις.
V. 826. χέεσα καὶ πικρότερον οἰζύος νόμον.
V. 827. λυμαίνων σὺ πρὸ γᾶς ὑλάσκοις
περίκομπα βρυάζων.
ἐπαρωγὸς δ' ὁ μέγας Νεῖλος ὑβρίζοντά σ' ἀποτρέψειεν ἄϊστον ὕβριν.
V. 840. βοᾷ (mit deiner Hülfe) φοβερὸν ἀπότρεπε.
V. 894. εἴ σοι τόδ' ἡδύ, πόλεμον αἵρεσθαι νέον.
V. 925. βάξει λαῶν τῶν ἐγχώρων.
V. 926. τάσσεσθε, φίλαι, δμωαὶ δ' ἔτως, ὡς etc.
V. 938. τοιῶνδ' ἐμῶ τυχόντος, εὐπρυμνῆ φρενὸς
χάριν σέβεσθε τιμιωτέραν ἐμοί.
καὶ ταῦτα δ' ἐγγράψασθε.
V. 948. θήραις δὲ κηραίνεσί νιν βροτοί· τί μήν;
καὶ κνώδαλα πτερῶντα καὶ πεδοστιβῆ
καὶ νηκτὰ πάντως ἐστὶν ἁρπάζοντ' ἰδεῖν
καρπώμαθ', ἃ στάζοντα κηρύσσει Κύπρις
κἄωρα κωλύεσά θ' ὡς μένειν ὄρῳ.
V. 997. προτερᾶν πέλοι γυναικῶν.
V. 998. ὁ μέγας Ζεὺς δ' ἀπαλέξαι.
V. 1001. σὺ δὲ θέλγοις ἂν ἄθελκτον; tune vero ea es, quæ speret futurum, ut flectat Jovem flecti nescium?
V. 1012. χειρὶ παιωνίᾳ καταστροφάν. καταστροφὰν ist Objekt zu κτίσας V. 1013.

Verzeichniß der Sylbenmaße in den lyrischen Stellen dieser Tragödie.

V. 1—39. Anapäste.

Strophe 1. V. 40—45. Gegenstrophe 1. V. 46—51.

– ⏑ ⏑ – ⏑ ⏑ –
– ⏑ ⏑ – ⏑ ⏑ –
– ⏑ – ⏓ – ⏑ – ⏑
– ⏑ ⏑ – – ⏑ ⏑ – ⏑ ⏑ – ⏑ ⏑ – ⏒
– ⏑ ⏑ – ⏑ ⏑ – ⏑ ⏑ – ⏑ ⏑ – ⏑ ⏑ – ⏑ ⏑ – ⏓
– ⏑ – ⏑ ⏑ – ⏑ – ⏑ –

Strophe 2. V. 52—56. Gegenstrophe 2. V. 57—61.

– ⏑ ⏑ – – ⏑ ⏑ – – ⏑ ⏑ –
⏑ – ⏑ – ⏒ – ⏑ – ⏑ –
– – – ⏑ ⏑ – – ⏑ ⏑ – – ⏑ ⏑ –
– ⏑ ⏑ – – ⏑ ⏑ –
⏒ – ⏑ – ⏑ – ⏑ –

Strophe 3. V. 62—68. Gegenstrophe 3. V. 69—75.

– ⏑ ⏑ – ⏑ ⏑ – ⏑ ⏑ – ⏑ ⏑ – ⏑ ⏑ – ⏑
– ⏑ ⏑ – ⏑ ⏑ – – ⏑ ⏑ – ⏑ – ⏑
⏑ – ⏑ – ⏓ – ⏑ –
⏑ – ⏑ – ⏑ – ⏑ –
– ⏑ ⏑ – ⏑ ⏑ –

– ⏑ ⏑ – – ⏑ ⏑ – ⏑ ⏑ –
– ⏑ – ⏑ – ⏑ –

Strophe 4. V. 76—80. Gegenstrophe 4. V. 81—85.

– ⏑ ⏑ – ⏑ ⏑ – ⏑ ⏑ – –
⏑ ⏑ – ⏑ ⏑ – – – – ⏑ ⏑ – ⏑
– – – ⏑ ⏑ –
– ⏑ – ⏑ –
– ⏑ ⏑ – ⏑ ⏑ – ⏑ – ⏒

Strophe 5. V. 86—92. Gegenstrophe 5. V. 93—99.

⏑ – – – ⏑ –
– – ⏑ – ⏑ – ⏑ ⏑ – ⏑ –
⏑ – – ⏑ – ⏑ – –
– ⏑ ⏑ – – ⏑ ⏑ –
– ⏑ ⏑ – ⏑ – ⏑ –
– ⏑ ⏑ – ⏑ ⏑ – ⏑ –
– ⏑ ⏑ – ⏑ – ⏒

Strophe 6. V. 100—108. Gegenstrophe 6. V. 109—117.

⏓ – ⏑ – ⏑ – ⏑ – – – ⏑ –
⏓ – ⏑ – ⏑ ⏑ – ⏑ –
⏑ – ⏑ – ⏑ – ⏑ –
– ⏒ – ⏑ ⏑ – ⏓
⏑ – – ⏑ – ⏑ – – ⏑ –
– – ⏑ ⏑ – – – ⏑ ⏑ –
– ⏑ ⏑ – ⏑ –
⏑ – ⏑ ⏑ ⏑ – ⏑ –
– ⏑ ⏑ – ⏑ – ⏑

Strophe 7. V. 118—126. Gegenstrophe 7. V. 127—135.

⏑ – ⏑ – ⏑ – ⏑ –
⏒ – ⏑ ⏑ – ⏑ – ⏑ –
– – ⏑ – ⏒ – ⏑ – ⏑ –
– ⏑ – ⏒ – ⏑ – ⏑
– ⏑ – ⏑ – ⏑ – – ⏒
– ⏑ – ⏑ – ⏑
– ⏑ – – ⏑ ⏑ – ⏑ – ⏑

– – ⏑ ⏑ –

⏑ ⏑ – ⏑ ⏑ – ⏑ ⏑ – ⏑ –

Strophe 8. V. 136—148. Gegenstrophe 8. V. 149—161.

– ⏑ – ⏑ – ⏑

– ⏑ – ⏑ – ⏑ –

⏑ – ⏑ ⏓

– ⏑ – ⏑ – ⏑ –

– ⏑ – ⏑ – ⏑ –

– ⏑ – ⏑ – ⏑ –

– ⏑ – ⏑ – ⏑

– ⏑ – – ⏑ – ⏑ – ⏑ –

144 ff. 157 ff. Drei anapästische Verse.

⏑ – ⏑ –

– ⏑ ⏑ – ⏑ – ⏑

Strophe 1. V. 330—335. Gegenstrophe 1. V. 341—346.

⏒ – ⏑ – ⏑ – – ⏑ –

⏑ – – ⏑ – – ⏑ ⏑ – ⏑ –

– ⏑ ⏑ – ⏑ ⏑ – – ⏑ ⏑ – ⏑ ⏒

– ⏑ ⏑ – ⏑ – – ⏑ ⏑ – ⏑ –

– ⏑ ⏑ – ⏑ – – ⏑ ⏑ – ⏑ – ⏑

⏑ – ⏑ ⏑ – ⏑ – ⏑

Strophe 2. V. 352—357. Gegenstrophe 2. V. 363—368.

⏓ – ⏑ – – ⏑ ⏑ – ⏑ –

– ⏑ ⏑ – ⏑ –

⏑ – – – ⏑ – ⏑ – ⏑ –

⏑ – – – ⏑ – ⏑ – ⏑ –

⏒ – – – ⏑ – ⏑ – ⏑ –

– ⏑ ⏑ – – ⏑ – ⏑ – ⏓

Strophe 3. V. 374—378. Gegenstrophe 3. V. 384—388.

– ⏑ ⏑ – ⏑ – – ⏑ ⏑ – ⏑ – und: ⏑ – – ⏑ – – ⏑ ⏑ – ⏑ –

– ⏑ ⏑ – ⏑ – – ⏑ ⏑ – ⏑ – und: – ⏑ ⏑ – ⏑ – ⏑ – – ⏑ –

– ⏑ ⏑ – ⏑ – – ⏑ ⏑ – ⏑ –

– ⏑ ⏑ – ⏑ – – ⏑ ⏑ – ⏑ – und: ⏑ – – ⏑ – – ⏑ ⏑ – ⏑ –

– ⏑ ⏑ – ⏑ – ⏓

Strophe 1. V. 400—404. Gegenstrophe 1. V. 405—409.

– ⏑ – – ⏑ –
– ⏑ – – ⏑ –
– ⏑ – – ⏑ –
– ⏑ – – ⏑ –
– ⏑ – – ⏑ –

Strophe 2. V. 410—413. Gegenstrophe 2. V. 414—417.

– ⏑ – – ⏑ – – ⏑ ⏓
– ⏑ ⏑ – ⏑ – ⏑ – – ⏑ – und: – ⏑ ⏑ – ⏑ – – ⏑ ⏑ – ⏑ –
⏑ – ⏑ – ⏑ – und: ⏑ – – ⏑ –
– ⏑ ⏑ – ⏑ – ⏑ – – ⏑ –

Strophe 1. V. 504—509. Gegenstrophe 1. V. 510—515.

⏑ – ⏑ – – ⏑ ⏑ – ⏑ – ⏑ ⏓
– ⏑ ⏑ – ⏑ – ⏑ ⏑ – ⏑ ⏑ – ⏑ – –
⏒ – ⏑ – ⏑ – ⏑
⏓ – ⏑ – – – ⏑ – ⏑ – ⏓
– ⏑ ⏑ – ⏑ ⏑ – ⏑ ⏑ – –
– ⏑ ⏑ – ⏑ – ⏑

Strophe 2. V. 516—523. Gegenstrophe 2. V. 524—531.

⏑ – – – ⏑ – ⏑ – ⏑
– ⏑ ⏑ – ⏑ ⏑ – ⏑ ⏑ – ⏑
⏓ – ⏑ – – ⏑ – ⏑ – ⏑
– ⏑ ⏑ – ⏑ ⏑ –
– ⏑ ⏑ – ⏑ ⏑ –
– ⏑ ⏑ – ⏑ ⏑ – ⏑ ⏑ –
– ⏑ ⏑ – – ⏑ ⏑ – – ⏑ ⏑ –
– ⏑ ⏑ – – ⏑ ⏑ – – ⏑ ⏑ – ⏑ – ⏑

Strophe 3. V. 532—540. Gegenstrophe 3. V. 541—549.

⏑ – – – ⏑ – ⏑ – ⏑ –
– ⏑ – ⏑ ⏑ – ⏑
⏑ – – ⏑ ⏑ – –
⏑ – ⏑ – ⏑ – ⏑ – ⏑ – ⏑ –
⏑ – ⏑ –
⏑ – ⏑ – – ⏑ – ⏑ – ⏑

– ⏑ ⏑ – ⏑ – ⏑ –
– ⏑ ⏑ – ⏑ ⏑ – ⏑ ⏑ –
⏒ ⏓ – ⏑ ⏑ – ⏒

Strophe 4. V. 550—557. Gegenstrophe 4. V. 558—565.

⏑ – – – ⏑ – ⏑ – ⏑
– ⏒ – ⏑ ⏑ – ⏓
⏑ – ⏑ – ⏓ – ⏑ –
⏒ – – ⏑ ⏑ – –
– ⏒ – ⏑ ⏑ – ⏑ –
– ⏑ ⏑ – ⏑ – ⏓
⏑ – ⏑ – ⏓ – ⏑ – ⏑ – ⏑ –
– ⏑ ⏑ – ⏑ – ⏑

Strophe 5. V. 566—570. Gegenstrophe 5. V. 571—575.

⏑ – – – ⏒ – ⏑ – ⏑
⏑ – – – ⏑ – ⏑ – ⏑
⏑ – ⏑ – ⏒ – ⏑ – ⏑ – ⏑ –
⏑ – ⏑ – ⏑ – ⏑ –
⏓ – ⏑ – – ⏑ – ⏑ – ⏑

V. 601—605. Anapäste.

Strophe 1. V. 606—615. Gegenstrophe 1. V. 616—625.

– ⏑ ⏑ – ⏑ –
– ⏑ ⏑ – ⏑ – –
– ⏑ ⏑ – ⏑ – ⏑
– ⏑ ⏑ – ⏑ – – ⏑ ⏑ – ⏑ –
– ⏑ ⏑ – ⏑ – ⏑ – – ⏑ –
– ⏑ ⏑ – ⏑ – – ⏑ ⏑ – ⏑ – –
– ⏑ – ⏑ ⏑ – ⏑
– – – ⏑ ⏑ – ⏓
– – – ⏑ ⏑ – ⏑ –
– ⏓ – ⏑ ⏑ – ⏑

Strophe 2. V. 626—635. Gegenstrophe 2. V. 636—645.

– ⏑ ⏑ – ⏑ – – ⏑ ⏑ – ⏑ –
– ⏑ ⏑ – ⏑ – ⏑
– ⏑ ⏑ – ⏑ – ⏓

17*

— ◡ ◡ — ◡ — ◡
— ◡ ◡ — ◡ — ◡ —
— ◡ ◡ — ◡ ◡ — ◡ — —
— ◡ — ◡ ◡ — ◡
— ◡ — ◡ ◡ — ⏓
— ⏒ — ◡ ◡ — ◡ —
— ◡ — ◡ ◡ — ◡

Strophe 3. V. 646—653. Gegenstrophe 3. V. 654—661.
— ◡ ◡ — ◡ — — ◡ ◡ — ◡ —
— ◡ ◡ — ◡ — ⏒
— ◡ ◡ — ◡ — — ◡ ◡ — ◡ ◡ —
◡ — — — ◡ — ◡ — ◡
— ◡ — ◡ ◡ — ◡
— ◡ — ◡ ◡ — ◡
— ⏓ — ◡ ◡ — ◡ —
— ◡ ◡ — ◡ ◡ — ◡

Strophe 4. V. 662—667. Gegenstrophe 4. V. 668—673.
◡ — — — ◡ — ◡ — ⏒
◡ — ◡ — — ◡ — ◡ — ⏓
◡ — ◡ — — ◡ — ◡ — ⏓
◡ — ◡ — — ◡ —
◡ — ◡ — — ◡ —
◡ — ◡ — — ◡ — ◡ — ◡

Strophe 1. V. 698—704. Gegenstrophe 1. V. 705—711.
Zwei vollständige jambische Trimeter.
— ◡ ◡ — ◡ — — ◡ ◡ — ◡ —
— ◡ ◡ — ◡ — — ◡ ◡ — ◡ —
— — ◡ — ◡ — — ◡ —

Zwei vollständige jambische Trimeter.

Strophe 2. V. 712—718. Gegenstrophe 2. V. 719—725.
Zwei vollständige jambische Trimeter.
— ◡ ◡ — ◡ — — ◡ ◡ — ◡ —
◡ — — ◡ — — ◡ ◡ — ◡ —
— ◡ ◡ — ◡ — ◡

Zwei vollständige jambische Trimeter.

Strophe 1. V. 740—746. Gegenstrophe 1. V. 747—753

⏑ – – – ⏒ – ⏑ – ⏑ –

741 f. 748 f. Zwei vollständige jambische Trimeter.

⏑ – ⏑ – – ⏑ –

⏓ – ⏑ – ⏑ – ⏑ –

745. 752 Ein vollständiger jambischer Trimeter.

⏓ – ⏑ – – ⏑ ⏑ – ⏑ – ⏑

Strophe 2. V. 754—761. Gegenstrophe 2. V. 762—769.

Zwei vollständige jambische Trimeter.

⏑ – ⏑ – ⏓ – ⏑ –

– ⏑ – ⏑ – ⏑ –

– ⏑ – – – ⏑ –

– ⏑ – ⏑ – ⏑ –

– ⏑ – ⏑ – ⏑ – ⏑

– ⏑ – ⏑ – ⏑ – ⏑

Strophe 3. V. 770—777. Gegenstrophe 3. V. 778—785.

⏑ – ⏑ – ⏑ – ⏑ –

⏑ – ⏑ – ⏑ – ⏑ –

⏓ – ⏑ – ⏑ – ⏑ –

⏑ – ⏑ – ⏑ – ⏑ –

– ⏑ – ⏑ – ⏑ – ⏒ –

– ⏑ ⏑ – ⏑ –

– ⏑ – ⏑ ⏑ – ⏑ – und: – ⏑ – – – ⏑ ⏑ –

– – ⏑ ⏑ – ⏑ – ⏓

Schlußgesang. V. 768—794.

– ⏑ – ⏑ – ⏑ – – ⏑ –

– ⏑ ⏑ – ⏑ – ⏑

– ⏑ – ⏑ ⏑ – ⏑ – ⏑

– ⏑ – ⏑ – ⏑ – –

⏑ – ⏑ –

⏑ – – ⏑ – – ⏑ – ⏑ – – ⏑ –

– ⏑ ⏑ – ⏑ – ⏑

– ⏑ ⏑ – ⏑ – – ⏑ ⏑ – ⏑ – ⏑

⏑ – ⏑ – –

Strophe 1. V. 820—823. Gegenstrophe 1. V. 827—831.

– ⏑ ⏑ – ⏑ – ⏑ – ⏑
⏑ ⏑ – ⏑ ⏑ – –
⏑ ⏑ – – ⏑ ⏑ – ⏓ ⏑ ⏑ – – ⏑ ⏑ – –
– ⏑ ⏑ – ⏑ – ⏓

Strophe 2. V. 835—841. Gegenstrophe 2. V. 844—850.

⏓ – ⏑ – ⏑ – ⏒ – ⏑ –
⏑ – ⏑ – ⏑ –
⏓ – ⏑ – ⏑ –
⏑ – – ⏑ –
⏑ – – – ⏑ –
– ⏑ ⏑ – ⏑ –
⏑ – – – –

Strophe 3. V. 853—855. Gegenstrophe 3. V. 856—858.

⏑ – ⏑ – ⏑ – ⏑ – – ⏑ –

Zwei vollständige jambische Trimeter.

Strophe 1. V. 968—975. Gegenstrophe 1. V. 976—983.

⏑ ⏑ – – ⏑ ⏑ – –
⏑ ⏑ – – ⏑ ⏑ – –
⏑ ⏑ – – ⏑ ⏑ – – ⏑ ⏑ – – und: ⏑ ⏑ – – ⏑ ⏑ – ⏑ ⏑ ⏑ ⏑ – ⏑
⏑ ⏑ – – – ⏑ – ⏒
⏑ ⏑ – – ⏑ ⏑ – –
⏑ ⏑ – ⏑ ⏑ ⏑ ⏑ – – und: ⏑ ⏑ – – ⏑ ⏑ – –
⏑ ⏑ – – ⏑ ⏑ – – ⏑ ⏑ – ⏓
– ⏑ – – – ⏑ – ⏒

Strophe 2. V. 984—990. Gegenstrophe 2. V. 991—997.

⏑ ⏑ – – ⏑ ⏑ – – ⏑ ⏑ – – und: ⏑ ⏑ – – ⏑ ⏑ – ⏑ ⏑ ⏑ ⏑ – –
⏑ ⏑ – – ⏑ ⏑ – – ⏑ ⏑ – ⏒
⏑ ⏑ – – ⏑ ⏑ – – ⏑ ⏑ – – ⏑ ⏑ – ⏑
⏑ ⏑ – – ⏑ ⏑ – – ⏑ ⏑ – ⏑
⏑ ⏑ – – ⏑ ⏑ – – ⏑ ⏑ – – ⏑ ⏑ – ⏒
⏑ ⏑ – – ⏑ ⏑ – – ⏑ ⏑ – ⏒
⏑ ⏑ – ⏑ – ⏑ – ⏑

Strophe 3. V. 998—1002. Gegenstrophe 3. V. 1003—1007.

⏑ ⏑ – – ⏑ ⏑ – ⏒
⏑ ⏑ – – ⏑ ⏑ – ⏒
⏑ ⏑ – – ⏑ ⏑ – ⏒
⏑ ⏑ – – ⏑ ⏑ – –
⏑ ⏑ – – ⏑ ⏑ – –

Strophe 4. V. 1008—1013. Gegenstrophe 4. V. 1014--1019.

– ⏑ – ⏑ – ⏑ –
– ⏑ – ⏑ – ⏑ ⏒
– ⏑ ⏑ – ⏑ – ⏑
– ⏑ – ⏓ – ⏑ –
– ⏑ – – ⏑ – ⏑ – ⏑ ⏒
– ⏑ – ⏑ – ⏑ –

CPSIA information can be obtained
at www.ICGtesting.com
Printed in the USA
LVHW110108200422
716647LV00003B/96

9 783752 596953